NORBERT HORST

Sterbezeit

Buch

Drei Tote bestimmen den Tag von Kriminalhauptkommissar Konstantin Kirchenberg. Der erste Fall ist Routine – traurige Routine: Ein Drogentoter ist an einer Überdosis gestorben. Die Sachlage ist klar, weitere Ermittlungen sind nicht vonnöten. Auch der zweite Todesfall scheint wenig spektakulär. Ein alter Mann hat seine schwer rheumakranke Frau tot im Bett aufgefunden. Allerdings konnte der Notarzt keinen natürlichen Tod feststellen. Am kompliziertesten ist jedoch Fall Nummer drei: In einem alten Haus wurden bei Renovierungsarbeiten menschliche Knochen gefunden: zwei Hände, die fein säuberlich von einem Körper abgetrennt wurden. Kirchenberg lässt ein so genanntes Isotopengutachten erstellen. Mit dieser Technik kann die Herkunft von Leichen und Leichenteilen bestimmt werden. Parallel zu den Hightech-Untersuchungen geht Kirchenberg selbst ganz traditionell vor, indem er die ehemaligen Bewohner des Hauses kontaktiert. Gleichzeitig befragt er bundesweit Polizeistellen nach ungelösten Morden, bei denen dem Opfer die Hände abgeschnitten wurden. Die Ermittlungen führen Kirchenberg schließlich zu einer Familientragödie, doch die Ergebnisse des Isotopengutachtens wollen nicht so recht zu seiner Tätervermutung passen. Denn das wahre, schreckliche Ausmaß der tragischen Familiengeschichte ist Kirchenberg zunächst nicht bewusst …

Autor

Norbert Horst ist im Hauptberuf Kriminalhauptkommissar bei der Polizei des Landes Nordrhein-Westfalen. Als Mitglied eines MK-Pools hat er in zahlreichen Mordkommissionen ermittelt. Heute arbeitet er als Pressesprecher. Der Autor ist verheiratet und hat zwei Kinder. Für seinen ersten Roman mit KHK Kirchenberg, »Leichensache«, erhielt er den Friedrich-Glauser-Preis 2004 für das beste Krimidebüt; für »Todesmuster« wurde er mit dem Deutschen Krimipreis 2006 ausgezeichnet.

Von Norbert Horst außerdem bei Goldmann lieferbar:

Leichensache. Roman (45230)
Todesmuster. Roman (45912)
Blutskizzen. Roman (46305)

Norbert Horst

Sterbezeit

Roman

GOLDMANN

FSC
Mix
Produktgruppe aus vorbildlich
bewirtschafteten Wäldern und
anderen kontrollierten Herkünften

Zert.-Nr. SGS-COC-1940
www.fsc.org
© 1996 Forest Stewardship Council

Verlagsgruppe Random House FSC-DEU-0100
Das für dieses Buch verwendete FSC-zertifizierte Papier
Holmen Bock Cream liefert Holmen Paper, Hallstavik, Schweden.

1. Auflage
Originalausgabe September 2008

Umschlaggestaltung: Design Team München
Umschlagfoto: plainpicture/whatapicture
BH · Herstellung: Str.
Satz: Uhl + Massopust, Aalen
Druck und Bindung: GGP Media GmbH, Pößneck
Printed in Germany
ISBN: 978-3-442-46487-6

www.goldmann-verlag.de

Für
Dorothea und Wolfgang

MONTAG

07 Uhr 40

»Bericht. Absatz.

Auffinden einer leblosen weiblichen Person. Absatz.

Beim Betreten des Raumes liegt die Person in Bauchlage auf dem ca. 1,40 x 2,00 m großen Bett in der vom Eingang aus gesehen hinteren rechten Ecke. Es handelt sich offensichtlich um eine jüngere Frau südländischen Typs, die Figur ist auf den ersten Blick als schlank zu bezeichnen. Die Person liegt frei, lediglich die Unterschenkel sind durch eine Bettdecke bis etwa fünf Zentimeter oberhalb der Knöchel verdeckt. Der rechte Arm liegt längs der Körperachse lagegerecht, der linke Arm ist angewinkelt, sodass die linke Hand mit der Handfläche nach unten unter der rechten Wange liegt und dem nach links gewendeten Kopf als Auflage dient. Als Bekleidung ist lediglich ein kurzärmeliges, T-Shirt-ähnliches Nachthemd der Farbe Weiß zu erkennen, welches etwa das obere Drittel der Oberschenkel, genauer gesagt, der wohlgeformten Oberschenkel bedeckt. Das rechte Bein ist ausgestreckt, das linke leicht angewinkelt, wobei Ober- und Unterschenkel einen Winkel von etwa 150 Grad bilden. Das Gesicht ist durch die langen, schwarzen Haare verdeckt. Absatz.

Es werden nun erste Veränderungen vorgenommen. Absatz.

Schiebt man die Masse der Haare nach hinten, so wird ein durchaus als hübsch zu bezeichnendes Gesicht erkennbar. Die Augen sind geschlossen, die Gesichtszüge ebenmäßig. Auffallend ist die Mimik, bei der es sich um ein eigentümliches Lächeln handelt. Bei dem Versuch, die Hand unter dem Kopf hervorzuziehen, kann eine gewisse Starre festgestellt werden, deren Ursache noch unbekannt ist. Fährt man nun mit der Hand den Rücken hinab, so kann der optische Eindruck einer gewissen Sportlichkeit des Körpers auch sensorisch bestätigt werden. An der Rückseite der Oberschenkel ist deutlich zu fühlen, dass die Person noch nicht ausgekühlt ist. Schiebt man nun den Saum des zu weiten T-Shirts nach oben bis in den Bereich der Lendenwirbel, wird erkennbar, dass die Person darunter nackt ist, und so wird dieser unglaublich schöne Arsch …«

»Ich zeig dich an.«

»Einschub. Absatz.

Die Person gibt plötzlich Laute von sich. Ursächlich hierfür könnte die Beschäftigung mit diesem wunderbaren Körperteil sein. Um die festgestellte revitalisierende Wirkung der Berührungen zu überprüfen, wird ein weitergehender Versuch unternommen, dergestalt, dass die Empfindlichkeit des Bereiches an der Innenseite der Oberschenkel mit einer ähnlichen Behandlung überprüft wird. Dies hat nun auch zur Folge, dass das oben genannte eigentümliche Lächeln in ein Grinsen übergeht. Führt man nun die Hand unter die hochgeschobene Kleidung in den Bereich des Rückens und beginnt, mit den Fingerkuppen unter leichtem Druck elliptische Bewegungen zu machen, lassen sich auch erste muskuläre Reaktionen wahrnehmen, die sich, nimmt man die andere Hand zur Hilfe, verstärken und von gurrenden Lauten begleitet werden.«

»Nicht, nicht jetzt.« Mürrisch, halb ernst, halb gespielt.

»Außerdem beginnt die Person mit Abwehrhandlungen.«

Ayse dreht sich auf den Rücken, streicht sich eine Strähne aus dem Gesicht.

»Ich hab heilende Hände, ein Wunder, ich bin ein Heiler, ein …«

»Blödmann.«

»Du wolltest geweckt werden, also mecker nicht.«

Sie stöhnt, legt sich den Handrücken auf die Augen.

»Ja, ich weiß.«

Beim Aufstehen fällt der Haar-Vorhang wieder zu, sie kommt tranig, lose Umarmung, der Nachtgeruch begleitet sie.

»Kaffee hab ich schon gekocht, Brötchen sind auch da. Ich komme heute etwas früher, wenn es geht, okay? Irgendwas machen wir heute Abend.«

Sie nickt stumm, ein Kuss voller Haare, ihre Füße machen Barfußgeräusche auf den Fliesen im Bad.

So, Tasche, Handy, Geld, sonst noch was? Ne.

Aus dem Badezimmer ein Schrei. Ayse. Tür auf.

»Was ist los?«

Die Zahnbürste steckt im Mundwinkel, sie zeigt auf den Funkwecker.

»Es ist ja erst Viertel vor acht.«

»Du hast gesagt, du hättest Viertel vor neun den Termin und wolltest eine Stunde früher aufstehen.«

»Ich wollte«, undeutlich, sie nimmt die Zahnbürste aus dem Mund, »ich wollte um Viertel vor neun aufstehen, weil ich eine Stunde brauche, hab ich gesagt.« Kleine Nervfalte auf ihrer Stirn. Sie spült aus, putzt sich den Mund ab, trottet Richtung Schlafzimmer, wieder Barfußgeräusche. Auf halbem Wege kommt sie zurück, flüchtiger Zahnpastakuss.

»Tut mir leid.«

»Penner.« Ins Schlafzimmer und weg.

»Noch vor acht und schon das zweite Lob, das kann ein Tag werden.«

In den meisten Briefkästen im Hausflur stecken noch die Zeitungen. Die Tür geht auf, Frau Gierth mit einem Beagle an der Leine. Sie ist schon perfekt frisiert, in ihrem Gesicht keine Spur von Müdigkeit.

»Morgen, Frau Gierth. Na, wieder Kindermädchen? Für wie lange ist es denn dieses Mal?«

»Zwei Wochen, sind aber bald vorbei.« Freundliches Lächeln. »Meine Freundin, die Waltraud, ist auf Kreuzfahrt«, kleine Pause, »mit ihrer neuen Flamme.« Sie presst leicht die Lippen aufeinander, senkt ein wenig den Kopf. »Ein pensionierter Regierungsdirektor, achtundsechzig Jahre.«

»Ist die Waltraud nicht älter?«

»Fünf Jahre«, sie winkt mit der Hand ab, »sie und ich, wir sind doch nur ein Jahr auseinander. Aber der Trend geht wohl zum jugendlichen Lover, wie man heute sagt.« Sie muss über ihren eigenen Scherz lachen. »Ich meine, bei Männern kommt das ja schon mal vor«, Pause mit Bedeutung, kurzer Blick, »aber anders herum ist es ja immer noch die Ausnahme.«

»Gönnen Sie ihr das man.«

»Tue ich ja.«

»Na, dann noch viel Spaß mit… wie heißt er noch?«

»Buffy, ist eine Sie. Und braucht viel Bewegung. Ihnen auch einen ruhigen Tag. Hab übrigens lange nichts mehr von Ihnen in der Zeitung gelesen. Keine spektakulären Fälle zurzeit.«

»Nichts Besonderes dabei im Moment, zum Glück.«

»Ja, da haben Sie recht. Hoffentlich wird heute keiner umgebracht.«

»Ja, würde mir auch gar nicht in den Kram passen. Oder wir merken es erst nächste Woche, dann soll es mir heute auch egal sein. Wollen mal sehen, Tschüss.«

Draußen spiegelt sich das Licht der Straßenlaternen auf den Autodächern, hinter den Häuserzeilen der Klang der Stadt. 07:58 auf der Digitaluhr an der Apotheke.

In drei Minuten fährt die Bahn.

08 Uhr 20

Auf der Wache hinterm Tresen reichlich Kollegen, Wirrwarr, Gebrabbel. Jetzt noch? Ablösung war doch schon vor zwei Stunden. Egon am Wachtisch schimpft, kann den Funk nicht verstehen, sieht den Gruß, beiläufig zurück. Auf der Kriminalwache ist es ruhiger. Zimmermann am Schreibtisch ordnet die Vorgänge der Nacht, Trappe telefoniert, versenkt nebenbei zwei Stück Zucker in seinem Kaffee.

»Morgen Udo.«

»Morgen Konni.« Er liest noch zwei Sekunden, schaut dann hoch.

»Was für uns dabei?«

»Ne«, Kopfschütteln, »war ’ne völlig ruhige Nacht. Bis

jetzt ein Pkw-Aufbruch und zwei Einbrüche. Der eine in eine Schrebergartenhütte«, er hält die Anzeige hoch, amüsiert, »haben ’ne halbe Flasche Wacholder geklaut. Die meisten von denen sind wirklich so blöd wie’n Landbrot. Aber nichts für euch, keine Toten, kein Brand, nix.«

»Kommt mir gelegen. Ruhigen Dienst noch.«

Im Flur in der Sechsten sind einige Türen offen, Radiogedudel, Altenkamp telefoniert laut, hebt nebenher grüßend die Hand. Von irgendwo schwacher Kaffeeduft. Gute Idee. Mal sehen, ob Helmut schon mit der Zeitung durch ist.

Petra im Vorzimmer tippt mit Stöpsel im Ohr, lächelnder Seitenblick.

»Morgen, Konni, wirst schon erwartet.« Sie zieht die oberste Schublade auf, steckt sich ein Gummibärchen in den Mund, tippt weiter.

»Ah, Konni.« Helmut kommt aus seinem Zimmer, hält einen Zettel hoch. »Hab dich schon gehört, da bist du ja endlich. Die Leitstelle hat einen Toten gemeldet, hier ist die Adresse.« Er reicht das Papier. »Am Acker 37. Ist, glaub ich, in dieser Bungalowsiedlung hinter dem alten Güterbahnhof.«

»Guten Morgen, Chef. Wie war das Wochenende? Gut und erholsam, hoffe ich. Auch mit der Frau Gemahlin daheim alles in Ordnung? Hat der Dackel geregelten Stuhlgang? Prima, und die …«

»Ja, Tschuldigung. Die haben nur schon vor ’ner Viertelstunde angerufen. Es ist keiner da sonst, nur der Ratsbewerber aus Ullas Mordkommission. Und der Kriminalwache wollte ich es nicht schon wieder geben, die machen sowieso schon ’ne Menge Leichen für uns, auch im Tagesdienst.«

»Ist ja gut.«

»Ein Auto hab ich dir schon besorgt.« Er geht zurück in sein Zimmer, kommt mit der Fahrzeugtasche zurück.

»Kannst du schon was zum Toten sagen?«

»Nicht viel. Junger Mann in der elterlichen Wohnung, scheint 'ne Drogengeschichte zu sein.«

»Wirf die Zeitung nicht weg.« Er hebt die Hand, hat verstanden. »Ich liebe dieses sanfte Hineingleiten in den Tag.«

»Nur in den Tag?« Petra mit gespielter Ahnungslosigkeit.

»Petra! Die erste Sauerei des Tages von dir!? Mich hätte das wieder einen Fünfer in die Chauvikasse gekostet.«

Sie zuckt mit den Schultern. »Bei Kerlen wäre es ja auch platter Humor, bei Frauen ist es Situationswortwitz, selbstironisch und mit einer leicht frivolen Note«, schiebt sich noch einen gelben Gummibären zwischen die Zähne, grinst.

»Das hat man davon, wenn man studierte Leute als Tippsen einstellt.«

Sie wirft wortlos ein rotes Gummibärchen, tippt weiter.

Junger Mann. In der elterlichen Wohnung. Könnte heftig werden. Na, denn.

Eben noch die Sachen holen.

08 Uhr 45

Der Notarztwagen steht vor der Garage, der Streifenwagen dahinter, weißes Doppeltor mit Goldbeschlägen. In den Ritzen des Natursteinweges kein Kräutchen, moderne Kunst in den Beeten, am Eingang Marmor satt, sieht alles nach Kohle aus.

Schellen, ein tiefer Gong, nach dem zweiten Mal erscheint hinter dem Milchglas Uniformgrün.

»Hallo.« Schon mal gesehen den Kollegen. Er grüßt zurück.

»Es ist im Keller. Patrick Berg heißt der Mann, achtundzwanzig. Wie es aussieht, war es eine Überdosis, der Typ ist nämlich nach Aussage der Eltern seit seinem vierzehnten Lebensjahr abhängig.«

Er geht in den Keller vor, langer Gang, durch eine Stahltür, dahinter noch ein Raum. Der Notarzt sitzt vor einer Holztür, die Kollegin und der Sanitäter stehen. Riesentyp, stößt fast mit dem Kopf an die Kellerdecke.

»Hat ein bisschen länger gedauert, tut mir leid.«

Der Doc steht auf, nickt kurz, scheint nicht genervt zu sein. Mit der rechten schiebt er die Holztür auf, macht einen Schritt in den Raum. Die Luft ist muffig und schwer, überall Klamotten.

»Ich habe nicht mehr viel an der Leiche gemacht. Als wir kamen, war die Totenstarre schon eingetreten.«

Er liegt in Rückenlage auf dem Sofa, karierte Boxershorts, das T-Shirt ist bis über die Brustwarzen hochgeschoben. Auf dem Tisch davor Fixerbesteck, um die Kerze zerflossenes Wachs.

»Scheint ein ganz schwerer Junkie zu sein, ich habe nämlich unzählige alte Einstiche an fast allen Venen gefunden und einige frische. Welches der letzte ist …«, er presst die Lippen aufeinander, »keine Ahnung. Vielleicht einer in der Leiste, da sind ein paar verschorfte. Ich habe aber nicht überall nachgesehen.«

»Wer hat ihn gefunden?«

»Die Eltern, sind jetzt oben in der Wohnung. Die sind wohl gewohnt, dass er öfter länger weg ist, aber jetzt hat er sich seit vorgestern Abend eingeschlossen, das kam ihnen komisch vor. Da hat der Vater die Tür eingetreten.« Er zeigt auf das Schließblech, der Holzrahmen ist gesplittert.

»Wenn nichts mehr ist, würde ich jetzt gern fahren. Die Todesbescheinigung liegt auf der Anrichte.«

Er grüßt kurz, packt draußen seine Sachen, geht. Der Sanitäter hinterher, muss sich in der Stahltür ducken.

»Können wir dir noch helfen?« Die Kollegin macht einen Schritt in den Raum, ihr Funkgerät rauscht.

»Ne, das sieht ja alles ganz normal aus, mach ich schon. Oder habt ihr was Besonderes bemerkt?«

»Nichts.« Ihr Pony schwingt bei jeder Kopfbewegung. »Als wir kamen, war der Notarzt auch schon fertig, wir sind gar nicht mehr hier ins Zimmer gegangen.«

»Ist sonst noch jemand im Haus?«

»Nur die Eltern, oben in der Wohnung.«

»Dann gehe ich erst zu denen. Danke.«

Kurzes Winken, die schwere Stahltür fällt hinter ihr zu.

Das Treppengeländer zieht sich in geschmiedeten Ranken vom Keller ins Erdgeschoss, von da weiter nach oben. Die Garderobe aus rotem Holz, überall weißer Marmor. Wenn man nicht selbst wischen muss.

»Herr Berg, Frau Berg!« Nichts.

Eine Tür öffnet sich, ein weißhaariger Kopf erscheint, ein Gesicht.

»Wir sind hier.« Traurig, kraftlos, mit einem Rest Haltung. Die Sommerbräune verdeckt die Verzweiflung nur unvollkommen, seine Krawatte ist gelockert. Sehen teuer aus, die Klamotten. Er dreht sich um, setzt sich wieder an den Küchentisch. Asymmetrisch, unter der Glasplatte moderne Kunst. Ist wahrscheinlich ein Designerteil für zehntausend Mäuse. Dafür kaufen sich andere 'ne ganze Küche.

Die Frau lehnt an einem Schrank, sieht aus dem Fenster, die Arme vor der Brust verschränkt. Blonder Pferdeschwanz, sie dreht sich nicht um. Mit Sicherheit gefärbt.

»Guten Morgen. Mein Name ist Konstantin Kirchenberg, ich bin von der hiesigen Kripo. Ich weiß nicht, Frau Berg, Herr Berg, ob ich die richtigen Worte finde, wahrscheinlich kann ich nicht nachvollziehen, wie es Ihnen jetzt geht, aber es tut mir sehr leid für Sie.«

Sie zeigt keine Reaktion, er erwidert kurz den Blick, angedeutetes Nicken.

»Ich will Ihnen die Einzelheiten ersparen, aber in einem solchen Fall wie diesem kümmert sich die Polizei zunächst um den Toten. Ist es Ihnen möglich, mir einige Fragen zu beantworten?«

Sie sieht weiter aus dem Fenster, er schiebt sein Wasserglas mit kleinen Schubsern zwischen Mittelfinger und Daumen hin und her.

Ganz gefasst, die beiden, zum Glück. Hoffentlich bleibt das so. Italienische Totenklage braucht keiner heute Morgen.

»Wissen Sie, Herr Kirchenberg, wir hatten sicherlich Angst vor diesem Moment, wir haben ihn gefürchtet, aber wir mussten ihn seit einigen Jahren auch für möglich halten.« Er hebt den Kopf. »Patrick ist etwa seit seinem vierzehnten Lebensjahr abhängig, wir wissen es, seit er achtzehn ist, so ungefähr.« Er sieht sich wieder beim Spiel mit dem Glas zu, irgendwas brummt hier. »Wir haben alles versucht, natürlich, ich kann Ihnen die abgebrochenen Therapien aufzählen.« Er stößt die Luft durch die Nase aus, schließt für einen Moment die Augen. »Um die halbe Welt bin ich zu Fachleuten geflogen, sogar auf die ganz harte Tour haben wir es probiert, es war alles dabei. Wir haben ihn in der Gosse liegen lassen, haben ihn halbtot eingeliefert, wir haben uns von ihm belügen und beklauen lassen…«

Hat hier schon irgendwer 'ne Frage gestellt? Aber einfach mal reden lassen.

»Aber er ist doch schließlich unser Sohn.« Sie dreht sich um, jung gebliebenes Gesicht, Donnerwetter. Was so eine Woche Beautyfarm pro Jahr doch ausmacht. Aber mit Trauervorhang. Ihre Augenlider sind rot. Zwei Schritte, sie nimmt sich einen Stuhl, setzt sich.

»Ja, er ist unser Sohn, unser guter Sohn.« Er macht zwei tiefe Atemzüge, dann Blickkontakt. »Sie werden jetzt vielleicht denken: Typisch, Sohn aus reichem Hause. Wird vernachlässigt und flüchtet sich in Drogen, kennt man ja. Aber so war es nicht, Herr Kirchenberg, so war es nicht.«

Na, machen wir uns selbst Vorwürfe? Gefragt hat dich das jedenfalls keiner. Vielleicht doch nicht alles so rund gelaufen?

»Die Familie war uns immer wichtig, deshalb haben mein Bruder und ich die Führung der Firma auch ganz flexibel gestaltet. Als meine Kinder klein waren, hat er mehr gemacht, und später dann anders herum. Ich habe mit Patrick Fußball gespielt, immer wieder, geangelt haben wir, tagelang, oder sind mit seinen Freunden baden gefahren. Wir haben Buden gebaut, uns Pfeil und Bogen geschnitzt und haben gelacht miteinander«, zwei tiefe Atemzüge, »so viel gelacht…« Sein Mund bleibt offen stehen, er braucht ein paar Sekunden. »Ich weiß nicht, was ihn in diese andere Welt getrieben hat, ich weiß es nicht.«

Sie hebt ihre Hand aus dem Schoß, drückt für einen Augenblick sein Handgelenk, zieht sie wieder zurück.

»Als nichts mehr half, haben wir ihm irgendwann unten diesen Raum eingerichtet, wohin er kommen konnte, wann er wollte, schlafen, sich duschen, wenigstens das. Und der Kühlschrank war auch immer voll. Er musste allerdings von hinten hineingehen, weil die Stahltür zum Haus immer verschlossen war. Das war nötig, leider, denn Geld bekam er keines von uns, weil das eh für Drogen draufging und weil er, wenn er Druck hatte, oft im Haus etwas geklaut hat, früher.«

Der redet und redet. Schon eigenartig, wie unterschiedlich die Leute reagieren. Ausrasten, schreien oder die ganz Ruhigen. Wollen Sie 'nen Kaffee, Herr Kommissar? Hatten wir auch schon, alles dabei. Er hier muss reden.

»Manchmal war er tagelang weg, aber er kam immer wieder. Er hat sich zwar öfter eingeschlossen, aber er hat immer geöffnet, wenn wir klopften und er es hörte… Kontakt haben wir nämlich immer zu ihm gesucht, immer.« Er trinkt einen Schluck, stellt das Glas wieder ab. »Ich würde mein Leben für ihn geben, aber«, noch ein tiefer Atemzug, »aber es hat nicht gereicht.«

Draußen fährt ein Auto vorbei, es brummt noch immer, trotzdem Stille.

»In sein Taufbuch hat uns jemand vorne einen Spruch hineingeschrieben.« Sie kommt nach vorn, legt ihre Hände auf den Tisch. Die Erinnerung holt ein schwaches Lächeln hervor. »Wenn Kinder klein sind, gib ihnen Wurzeln, wenn sie groß sind, gib ihnen Flügel. Wir haben immer versucht, bei unseren Kindern danach zu handeln.«

»Ja«, seine Augen blicken weit in die Vergangenheit. »Flügel, fliegen lassen.« Mit Sarkasmus, er macht eine Pause. »Gib ihnen Flügel.« Ganz leise. Seine Gesichtszüge verändern sich nicht, seine Augen füllen sich mit Tränen, es fließt über die Wangen. Endlich.

»Ich werde mir jetzt Ihren Sohn noch einmal ansehen müssen, das wird eine Zeit dauern. Wenn Sie wollen, können Sie ihn danach noch einmal sehen. Soll ich einen Notfallhelfer verständigen? Ich weiß aus anderen …«

»Nein, das wird nicht nötig sein.« Sie sagt es leise und bestimmt.

»Soll ich für Sie einen Bestatter beauftragen, oder haben Sie einen besonderen Wunsch?«

»Vielen Dank, ich mache das, wir haben da schon jemand.«

»Er müsste nur in etwa einer halben Stunde da sein.«

Sie nickt freundlich, kriegt sie wirklich hin, er liegt mit der Stirn auf dem Unterarm. Irgendwas brummt.

Im Kellerraum noch der gleiche Muff. Einmal Fenster auf, der Flügel schlägt an einen Schrank, hinterlässt eine kleine Macke. Scheiße. Sieht hoffentlich keiner. Die kalte Luft fällt in den Raum, verfängt sich in seinen Haaren, lebt für einen Moment in einer abstehenden Locke über dem Ohr.

So, Patrick, dann wollen wir mal. War das ein Versehen, oder hast du bewusst den Abflug gemacht, hm? Keine Antwort?

Die rote Lampe vom Memocord glimmt, die Batterieanzeige steht auf halb voll.

»Auffinden einer männlichen Leiche …«

12 Uhr 40

Aus den Schneehaufen in der Fußgängerzone fließt Tauwasser, überall Splitt.

Gib ihnen Flügel, jou. Wenn sie groß sind, gib ihnen Flügel. Und meine Seele breitet …, wie ging das noch mal? … dann ihre Flügel aus, als flöge sie nach Haus. Ne, das ging anders. Breit ihre Flügel aus. Auch nicht. Breitet breit, geht nicht. Weit. Weit könnte sein. Weit ihre Flügel aus. Und meine Seele breitet weit ihre Flügel aus. Ne, irgendwie war das anders. Aber nach Haus, das stimmt.

Er hat jedenfalls den Abflug gemacht. Patrick, Mann, Mann. Mit achtundzwanzig. Ob das ’ne Show war von den beiden Alten vorhin? Sah eigentlich nicht so aus. Die brauchten das vielleicht für sich selbst.

Der graue Wintermantel zahlt, ist fertig. Die Scheibe überm Tresen ist nur einen Spalt offen, die Tüte passt kaum durch. Da hatten wir es aber schon kälter diesen Winter.

»Bitte, was darf’s sein?« Pausbacken, Stirnband, die Ärmel vom Kittel spannen stramm über der Fleecejacke, sie trägt fingerlose Handschuhe.

»Ein Käsebaguette mit Krautsalat und Schinken.«

Einpacken, drei Euro fünfzig, fertig.

Dieser Marmor überall. War doch Marmor, oder? Sah jedenfalls so aus. Zu den größten Spezialisten in der Welt geflogen... Tja, hat wenig genützt. Klang schon so, wie für sich selbst aufgesagt.

Die Fußgängerampel springt passend auf Grün, im Gegenverkehr Brinkmann und Bretthauer von den Betrügern, wahrscheinlich auch was zu essen holen. Kurzer Gruß.

Aber was soll man auch machen, wenn wirklich nichts hilft? Was hat er gesagt? Wie ein Lokführer, der einen auf den Schienen liegen sieht? Könnte schon sein. Er liegt da, den Hals auf den Schienen, man kann ihn sehen, schon von weitem, immer näher, er sieht einen an, nichts hilft, alles Bremsen ist umsonst, immer näher, vorbei. Aber kein Fremdverschulden, eindeutig. Das ist wichtig.

Ein Streifenwagen schleicht vom Hof, hinterm Steuer Sepp. Auch schon länger nicht gesehen.

Ulla wartet vor dem Aufzug, Schultertasche, Stiefel, dunkler Mantel. Die roten Stehhaare passen zum Schal.

»Ullala, welche Freude. Dass man dich hier auch mal sieht.«

»Morgen, mein Lieber.« Sie löst ihre Linke vom Schulterriemen, streicht weich über den Rücken. Der Aufzug kommt. »Ist für mich gar nicht so schlecht, dass wir mit der Mordkommission in der Wache im Süden unsere Räume haben. Spare ich jeden Morgen ’ne Viertelstunde Fahrzeit.«

»Und? Wie sieht es aus mit eurer Babyleiche?«

»Nicht so toll. Wir hatten gestern den zweiten Presseaufruf, aber bis eben war noch kein Hinweis da. Ab Morgen gehen wir mal an die überörtlichen Gynäkologen ran.«

»Wie lange hat es gelebt nach der Geburt?«

»Nicht lange. Ist auch nicht wie üblich an Unterkühlung gestorben, sondern erstickt worden, ziemlich bald, nachdem es raus war.«

Der Aufzug stoppt, sie geht vor.

»Ich kriege übrigens gleich den Ratsbewerber, der bei dir in der MK war.«

»Den Seeger.« Ihre Stimme hebt sich, sie wendet den Kopf mit einem Ruck.

»Wieso? Was ist mit dem?«

»Ach du, da will ich dich gar nicht beeinflussen. Da mach dir man dein eigenes Bild.« Gespielt ahnungslose Miene.

»Komm, Ulla, was ist los?«

»Ist mein Ernst, Konnimäuschen, der will ja noch Rat werden, und ich will niemandem was verbauen. Vielleicht kommst du ja mit ihm klar. Der ist übrigens kein Durchläufer, der macht diese neue Ratsausbildung.«

Sie schließt ihr Büro auf, wirft den Mantel über den Stuhl.

»Was machst du überhaupt hier?«

»Ach, ich muss ein paar Dinge mit Helmut besprechen, und die Gruppenleiterin hatte auch was. Außerdem musste ich in 'nem alten Vorgang was nachsehen.« Sie blättert in ihrer Ablage.

»Käffchen? Ich bringe es dir auch.«

»Danke, sehr gern«, sie blickt auf, warmes Lächeln. »Mit drei Stück Zucker.«

»Wieder mit Zucker?«

»Diesen Kalorienwahnsinn krieg ich nur ohne Stress hin. In MK-Zeiten brauche ich was zum Verbrennen.« Sie hängt ihren Mantel über den Stuhl, setzt sich, blättert.

Vorher die Jacke ausziehen. Am Bildschirm unten rechts der gelbe Briefumschlag, neue E-Mail.

PP Gelsenkirchen

Hallo Kollege Kirchenberg,

Bezug nehmend auf deine Mail vom 12.02. Folgendes:

Wir hatten nach unseren Unterlagen am 30.01.91 im Rhein-Herne-Kanal eine weibliche Leiche, die erhebliche Schraubenverletzungen aufwies. Da die Beine mit Draht gefesselt waren, und beide Hände fehlten, ist damals angenommen worden, dass auch die Hände gefesselt waren und möglicherweise durch eine Schraube abgerissen wurden. Die Hände und einige Weichteile wurden nicht aufgefunden. Die Tat wurde nicht geklärt.

Im Anhang einige Fotos aus der Lichtbildmappe.

Bei Bedarf stehe ich gern telefonisch für weitere Infos zur Verfügung.

Bertram, KHK

Bild 1, öffnen. Der rechte Unterarm fehlt bis zur Hälfte, das Fleisch ist ausgefranst, der Knochen ragt wie ein abgebrochener Stock heraus. Passt leider nicht. Unser Täter war da schon ordentlicher.

Bild 2, öffnen. Noch etwas näher dran. Nein, sicher nicht. Außerdem ist unser Opfer wohl ein Kerl.

Antwort kriegt er nachher. Ullas Kaffee.

Die Kanne in der Kaffeemaschine ist leer. Warmhaltekanne, einmal schütteln, auch leer. Was auch sonst.

14 Uhr 20

Word, Doppelklick, die Sanduhr erscheint. Nun mach schon. Nichts. Die Sanduhr. Los jetzt.

Der Posteingang läutet, unten rechts das Icon. Von Ayse, hey.

Hallo, du Leichenschänder,
wollte nur noch mal nett guten Tag sagen, war vorhin etwas verschlafen und maulig, aber wer mir morgens schon übern Hintern fährt und mich kitzelt, kann normalerweise froh sein, wenn er nicht getötet wird, erst recht, wenn man auch noch zu früh geweckt wird. Heute Abend habe ich allerdings nichts dagegen.
Überleg dir schon mal was Schönes.
GuK Ayse

Dann muss sie ja jetzt am Schreibtisch sitzen. Das Handy, Namen, Ayse, wählen.

»Jaa, Ayse hier.«

»Hier ist der Webmaster des Polizeipräsidiums. Frau – wie war noch mal Ihr Name?«

Sie braucht zwei Sekunden.

»Ich kenne keinen Webmaster, mein Herr.«

»Ich möchte Sie …«

Helmut kommt rein, macht Zeichen, dahinter ein junger Typ. Ja, gleich bei dir, alles klar, gehen wieder.

»… möchte Sie darauf hinweisen, dass dies ein dienstlicher Rechner ist, der für dienstliche Zwecke gebraucht wird.

Daher ist jede private Nutzung missbräuchlich und widerrechtlich und könnte für den Empfänger Konsequenzen haben.«

»Aha. Aber, lieber Webmaster, das war doch alles dienstlich. Woher willst du denn wissen, wie das gemeint war. Alles eine Verschlüsselung.« Sie klingt grinsend.

»Verschlüsselung, soso. Dann wäre es interessant zu wissen, wofür ›über den Hintern fahren‹ steht.«

»Das erkläre ich dir unter vier Augen, du Blödmann.«

»Das ist das dritte Mal, dass du heute nett zu mir bist. Außerdem ist das gar nicht so blöd. Das hier ist nämlich wirklich ein dienstlicher Account, und die Webmaster haben vielleicht zu viel zu tun, aber wenn sie wollten, könnten sie die Mails schon lesen.«

»Echt?« Mit Kichern.

»Ja, echt.«

»Na dann lass dir bei deiner Antwort mal was schönes Dienstliches einfallen. Ich muss jetzt nämlich weg.«

»Bis heute Abend.«

Über den Dächern im Westen wird es etwas heller. Der Schneeregen schlägt an die Scheibe, die glasigen Kristalle überleben für ein kurzes Gleiten, ziehen kleine Schlieren hinter sich her, weg.

Sehr geehrte Frau Demir,
bezüglich Ihrer Nachricht von 14.22 möchte ich deren Erhalt bestätigen und Ihnen mitteilen, dass die Begründung diverser Verhaltensweisen Ihrerseits die letzte Zusammenkunft betreffend hier mit Verständnis zur Kenntnis genommen wird.

Für das avisierte Treffen am heutigen Abend sind bereits verschiedene Handlungsalternativen angedacht, und es ist beabsichtigt, hier zeitnah kooperativ eine Auswahl zu treffen.
Mit freundlichen Grüßen
Kirchenberg, KHK

Senden.

Jetzt zu Helmut.

Petra ist nicht da, seine Tür ist angelehnt. Er sitzt hinterm Schreibtisch, der junge Typ davor.

»So Konni. Darf ich dir Sebastian Seeger vorstellen.«

Er steht auf, groß, schlank, sportlich. Handschlag, fester Händedruck, nicht zu fest.

»Sebastian ist Ratsbewerber und macht jetzt bei uns seine Kripoerfahrungen. Er war vorher in anderen Dienststellen und bis gestern in Ullas Mordkommission. Ich hatte gedacht, du nimmst ihn mal ein paar Tage unter deine Fittiche. Er ist noch bis Freitag bei uns. Danach geht's«, er sieht ihn fragend an, »ins Innenministerium?«

»Richtig.« Kernige Stimme. »Teil der neuen vierjährigen Ratsausbildung ist auch eine Zeit im Innenministerium.«

»Hat Ulla so wenig zu tun? In einer MK, da braucht man doch eigentlich jeden Mann.«

Helmut bewegt die Lippen, sucht.

»Wie soll ich sagen, also Ulla ...«

»Zwischen Ulla Wiesing und mir gab es gewisse atmosphärische Störungen.« Selbstbewusste Lautstärke, fester Blick.

Das hat Ulla also gemeint. Ganz schön bestimmter Bursche. Wie alt mag der sein? Gute dreißig? Vielleicht. Aber lassen wir das mal ganz ruhig auf uns zukommen.

»Ich schlage vor, wir gehen erst mal zu mir ins Büro und bereden alles Weitere, gut?«

Er ist einverstanden, Helmuts Telefon klingelt.

»Weber.« Hebt nebenbei die Hand, fordert zum Warten auf. Er nimmt sich einen Stift, bestätigendes Brummen, Gruß, auflegen. »Das war die K-Wache, die haben eine Leichensache.« Er reicht den Zettel.

»Scheiße, heute ist echt wieder Sterbezeit, wie die Fliegen. Ich habe gleich zur Vernehmung vorgeladen.«

»Was Wichtiges?«

»Na ja, nicht ganz unwichtig. Der ehemalige Hausbesitzer von dem Knochenfund vor vier Wochen. Ist denn sonst keiner da? Gibt's doch nicht.«

Helmut umfasst sein Kinn mit Zeigefinger und Daumen.

»Ich kann es machen.« Der Neue. »Ich meine, nicht die Leichensache, sondern die Vernehmung. Wenn es nicht was ganz Spezielles ist und du mir ein paar Worte dazu sagen kannst.«

Müsste gehen. Die wissen vermutlich eh nichts.

»Okay, dann komm mit.«

Er trottet hinterher, Petra ist wieder da.

Die Wärme im Büro riecht alt, mal Fenster aufmachen.

»So, hier ist der Vorgang. Vor knapp vier Wochen hat ein Arzt beim Ausschachten des Kriechkellers in einem alten Haus, das er gekauft hat, die Knochen von zwei abgetrennten Händen gefunden, hier sind die Fotos.«

Er nimmt die Bilder, macht große Augen.

»Die sehen ja aus … Ich hätte das für Hühnerknochen gehalten oder so, wenn überhaupt.«

»Ja, schon richtig. Muss man wahrscheinlich Arzt sein, um so was zu erkennen. Das Gutachten der Gerichtsmediziner haben wir schon, ist dahinter. Leider kann man bei Knochen nur sehr, sehr ungenau was über das Alter sagen, wenn überhaupt keine Weichteile mehr dran sind. Das ist hier leider der Fall.«

»Das kann man nicht feststellen? Hätte ich gedacht.«

»Wenn wir Zähne hätten, sähe es anders aus, aber so müssen wir uns damit begnügen. Frau Dr. Richter, die Obduzentin, meint, mit ziemlicher Sicherheit älter als ein Jahr, aufgrund des festen Lehmbodens vielleicht auch zwei bis drei Jahre, es können aber auch fünfzig Jahre sein.«

Er schüttelt den Kopf.

»Eine kleine Chance haben wir noch. Hier, dieses dunkle Zeug ist Gewebe und war wahrscheinlich mal ein Tuch oder ein Sack, in dem die Dinger drin waren. Vielleicht kann man über dessen Zustand etwas Genaueres zum Alter sagen. Das Gutachten ist in Arbeit.«

Aufmerksamer Blick, ständiges Nicken.

»Also keine besondere zeitliche Dringlichkeit. Mir geht es darum: Der Mann heißt Gustav Krause, hat das Haus laut Grundbuchamt vor achtunddreißig Jahren gekauft und Mitte der Achtziger wieder verkauft an einen Sawitzki. Der hat es dann vor kurzem an den Arzt verkauft. Bis gestern war Krause in Urlaub, und seine Frau konnte nichts dazu sagen. Mich interessiert, ob er noch weiß, wer da wann gewohnt hat und was das für Leute waren. Beim Einwohnermeldeamt haben sie ihre Daten für die Zeit nämlich nur auf Fiches, und da kommt man nur mit Namen weiter. Das ist eigentlich das Wichtigste. Ach ja, und ob er was zu den Kellerräumen sagen kann. Wenn die Knochen möglicherweise älter sind als dreißig Jahre, können wir da eh kaum was machen. Noch Fragen?«

»Alles klar.« Er nimmt den Vorgang, setzt sich, blättert.

So, Autoschlüssel, Tasche. Wo ist der Zettel von Helmut? Sichelweg. Wo ist das denn wieder? Im Auto mal die Leitstelle fragen.

15 Uhr 02

Jensen, müsste nach den Klingelschildern in der ersten Etage sein. Aufwendig gestaltete Glastür, öffnet sich auf Druck, vor den Briefkästen steht ein Kinderwagen. Scheint 'ne ganz ordentliche Adresse zu sein, schon die zweite heute. Hat ja auch mal was, nicht immer durch Müll zu stiefeln. Im ersten Stock links ist die Wohnungstür angelehnt, die blonde Kollegin grüßt, hat es eilig. Kurze Einweisung und weg, nimmt jeden Treppenabsatz mit zwei Schritten. In der Küche der Notarzt, derselbe wie heute Morgen, lehnt an der Arbeitsplatte.

»Beim dritten Mal geben Sie aber einen aus, Doc.«

Er schafft ein Grinsen, ja, ja, war nicht so originell.

»Drei Leichen – ein Korn, oder so ähnlich?«

Der war auch nicht besser.

»Sie liegt im Schlafzimmer, ihr Mann ist bei ihr.« Er stellt sich gerade hin. »Einundachtzig Jahre, litt seit mehr als zwanzig Jahren an Rheuma, extrem an Rheuma, war eigentlich ein Pflegefall.«

Ja und, Dottore? Konnten wir da das Kreuz nicht woanders machen?

»Warum dann kein natürlicher Tod? Oder gibt es Unklarheiten?«

»Ja, ich versteh schon«, er schließt kurz die Augen. »Wahrscheinlich ist es auch natürlicher Tod, aber ich kenne halt ihre Krankenakte nicht. Mit letzter Sicherheit kann ich es nicht sagen. Ist irgendwie …«

»Schon gut, geht in Ordnung.« Nachher mal den Hausarzt anrufen.

»Der Hausarzt kommt alle ein bis zwei Wochen, war aber vorhin nicht erreichbar, darum haben sie die Feuerwehr angerufen. Gemacht hat das übrigens die Nachbarin von gegenüber. Die geht den beiden Alten wohl öfter zur Hand, hat auch einen Schlüssel, allerdings nur für Notfälle. Sie hat geschellt, und als keiner öffnete, ist sie sicherheitshalber reingegangen.« Er packt nebenbei seine Sachen ein.

»Ich werd mal versuchen, den Hausarzt zu kriegen, dann kann sie vielleicht ohne Aufwand unter die Erde. Sonst noch was?«

»Ach ja«, er schließt die Tasche, »der Tod ist schon vor ein paar Stunden eingetreten, sie ist schon steif. Hat der Mann vielleicht gar nicht mitgekriegt, ist nämlich auch schon vierundachtzig.«

Er zeigt auf den Totenschein, kurzer Gruß, er geht, der Sanitäter hinterher. Ist wesentlich kleiner, der Riese von heute Morgen hat wohl schon Feierabend.

Hier müsste mal einer lüften, dringend. Im Wohnzimmer braungrüne Polsterromantik auf Grausamtteppichen, an den Wänden moderne Kunst. Passt gar nicht. Die Tür zum Schlafzimmer steht halb auf, er sitzt im Stuhl vor dem Krankenhausbett. Sein Blick auf ihrem Gesicht, seine Hand auf ihrem

Arm, der Daumen unter den Rand des Ärmels gesteckt, streichelt sanft. Die Digitalminuten springen lautlos von elf auf zwölf, die vier Wände umrahmen die Stille wie die Messingschiene die Betenden Hände über dem Bett. Mein Gott, das hing bei Oma auch überm Bett. Ja, und jetzt? In einer Stunde ist Feierabend. Er rührt sich nicht. Das letzte Rendezvous. Ansprechen? Wie lange die wohl verheiratet waren bei dem Alter? Fünfzig Jahre? Fünfundfünfzig Jahre? Jeden Morgen dasselbe Gesicht nach dem Aufwachen.

Ayses Haare auf dem Kissen, grau, rotes Gummi, Rot auf Grau auf Weiß. Immer noch mit Zopf. Etwas rundere Hüften, an den Mundwinkeln kleine Fächer, die Poren auf den Wangen ein wenig deutlicher. Sie wird wach, die Augen mit altem Glanz, das Lachen mit alter Freiheit. Tja.

Er wendet den Kopf, sein Gesicht ist leidlos und klar.

»Herr Jensen.« Keine sichtbare Reaktion. »Ich bin Konstantin Kirchenberg von der Polizei. Können Sie mich verstehen?«

»Ja.« Seine Stimme hat eine unpassende Sanftheit.

»Es wird Ihnen vielleicht sehr eigenartig und störend vorkommen, dass die Polizei jetzt hier ist, aber ich müsste mir Ihre Frau gleich einmal ansehen.«

Er macht eine winzige Bewegung, sieht aus wie Einverständnis.

»Wenn Sie möchten, kann ich Ihnen aber noch etwas Zeit lassen und komme in ein paar Minuten zurück, ja?« Wieder die Bewegung. Okay, dann erst zur Nachbarin.

Gegenüber Lohmüller, geschwungenes Schild unter dem Spion, melodischer Gong. Die Tür öffnet sich.

»Ja, bitte?« Graue Kurzhaarfrisur, ungefärbt, kräftige Figur.

»Frau Lohmüller, mein Name ist Kirchenberg. Ich bin von der hiesigen Kripo. Kriegen Sie keinen Schreck, es ist nichts Dramatisches, aber ich hätte ein paar Fragen zum Tod von Frau Jensen.«

»Ja, gut«, mit leichter Verzögerung, »wenn das nötig ist. Wollen Sie dafür reinkommen?«

Meinetwegen, kurz. Sie schließt die Tür, bleibt im Flur stehen.

»Können Sie mir kurz erzählen, wie Sie das vorhin erlebt haben? Der Notarzt hat mir erzählt, Sie hätten ihn angerufen.«

»Ja, also.« Sie legt die Rechte aufs Brustbein. »Jensens und wir wohnen schon seit zwanzig Jahren nebeneinander, wir haben damals die Wohnungen zusammen gekauft. Da war Irma zwar auch schon krank, aber sie konnte noch aufstehen.«

Aber jetzt bitte nicht die ganzen zwanzig Jahre.

»Es hat sich so entwickelt, dass ich den beiden zur Hand ging und auch schon mal geputzt habe, wenn es zu arg war«, hochgezogene Augenbrauen, »wenn Sie wissen, was ich meine. Also, nicht dass Sie denken, ich hätte Geld dafür genommen, nein, das war schon reine Nachbarschaftshilfe.«

Ja, Mutter, Nächstenliebe.

»Wir haben uns halt vertraut und ich …«

»Sie hatten einen Schlüssel zu der Wohnung?«

»Das wollte ich grad sagen. Heute Nachmittag …«

»Wann genau?«

»Na, so vor 'ner Stunde habe ich dann geschellt, weil ich einkaufen wollte. Ich bring dann manchmal was mit, wenn sie was brauchen. Als keiner aufmachte, kam mir das eigenartig vor, und ich bin reingegangen, man weiß ja nie bei so alten Leuten.«

»Sie haben also aufgeschlossen und sind reingegangen?«

»Ja, genau, ich hab dann gerufen, und als niemand antwortete, bin ich zum Schlafzimmer, und da saß Richard vor dem Bett, wie er es eigentlich immer tat, wenn er mit Irma sprach oder ihr was vorlas.« Sie wendet den Blick, sieht ins Leere.

»Er saß da?«

»Ja, er saß da, wie immer.«

»Und Frau Jensen war da schon tot?«

»Sie lag eigentlich im Bett wie sonst auch, sah aber eigenartig aus, gar nicht so, als ob sie schliefe.«

Genau, sie sehen tot aus.

»Ich habe sie dann angefasst und einen unheimlichen Schreck bekommen, weil sie so kalt war.« Sie sucht wieder den Fußboden ab.

»Und dann haben Sie den Notarzt angerufen?«

»Ja, sofort. Nein, Unsinn«, sie macht eine wirre Bewegung mit den Händen. »Erst habe ich Dr. Kuckert, den Hausarzt, angerufen, aber da war, nur der Anrufbeantworter. Ich wusste ja nicht, was los war, und habe gedacht, vielleicht ist da noch was zu machen, und habe dann sofort 112 gewählt.«

»Was war mit Herrn Jensen? War er so wie jetzt?«

»Wie meinen Sie das?«

»Na, war er da auch so ruhig, so apathisch wie jetzt?«

»Richard ist eh ein ruhiger Typ, deswegen, also, man kann das schlecht sagen. Er saß einfach nur da, nur da.«

»Gut, Frau Lohmüller, das reicht mir bis hierher. Ich werde Sie morgen vielleicht noch einmal anrufen, wenn sich noch ein paar Fragen ergeben.«

Sie macht zwei Schritte, öffnet die Tür, Gruß.

Der Postbote kommt die Treppe hoch, geht weiter nach oben.

Er sitzt noch da, als sei er auch gestorben. Sorry, alter Mann, aber ich habe keine Zeit bis heute Abend.

»Herr Jensen? Es tut mir leid, aber ich müsste jetzt anfangen. Ich schlage vor, Sie warten so lange im Wohnzimmer. Ich beeile mich, und bevor der Bestatter kommt, können Sie noch von Ihrer Frau Abschied nehmen, ja?«

Er steht wortlos auf, geht ins Wohnzimmer, macht beim Gehen schleifende Geräusche.

Auf dem Nachttisch reichlich Medikamente. Wenn das alles ihre sind, am besten mitnehmen.

Er steht im Wohnzimmer vor dem Fenster, sieht nach draußen.

»Herr Jensen.«

Er dreht sich mit Verzögerung, drei kleine Schritte auf der Stelle. Wortloser Blickkontakt. Mein Gott, der ist ja kaum ansprechbar. Die Befragung verschieben wir besser auf die nächsten Tage.

»Die Medikamente auf dem Nachttisch, waren die alle für Ihre Frau?«

Er sieht kurz zur Seite, nickt.

»Ich nehme die mal mit, ja? Wenn die Sache geklärt ist, können Sie die wiederhaben. Vielleicht schon heute Nachmittag oder morgen, wenn ich Ihren Hausarzt erreicht habe.«

Er atmet einmal tief, ein Nicken, kaum wahrnehmbar.

Wohin jetzt damit? Im Abfalleimer in der Ecke ein weißer Müllbeutel, fast leer, am Boden nur zwei Glasampullen und eine Medikamentenschachtel. Besser als ihn nach 'ner Plastiktüte zu fragen. In der Schublade vom Nachttisch Einwegspritzen, Tupfer und Pflaster, das kann hierbleiben, der Rest kommt mit.

So, Irma, jetzt zu dir.

16 Uhr 04

Die Wolken am Himmel sehen aus, als hätte man Farbtropfen verwischt. Zirren? Heißen die Zirren? Oder Zirrus? Kumulus sind die Dicken im Sommer, Drachenfliegerfahrstühle. Doch, die heißen Zirrus.

Fünfundfünfzig Jahre verheiratet. Woran der eben wohl gedacht hat so neben ihr? An die Streitereien, die fiesen, giftigen Tage, vielleicht haben sie sich ja auch gekloppt. Oder an die geilen Nummern. Oder an ganz was anderes. Vielleicht daran, wie er ins Bad kommt und sieht ihr beim Waschen zu. Oder wenn er sie mal zufällig in der Stadt getroffen hat, und sie geht an ihm vorbei, ohne ihn zu sehen. Oder wie ihre Schamhaare auf seinem Oberschenkel knistern. Wenn er sie die letzten zwanzig Jahre gepflegt hat, war damit wahrscheinlich nicht mehr so viel. Kann sein, dass er an diese letzten zwanzig Jahre gedacht hat. Keine Scheiße mehr wegmachen, keine Pfannen zum Lokus bringen, nicht mehr labbrige, fleckige Fleischfetzen waschen.

Eins, zwei, drei, vier, fünf, da, im Süden noch einer. Sechs Kondensstreifen, wieder mächtig Betrieb da oben.

Fünfundfünfzig Jahre dieselben Brüste, derselbe Mund, derselbe Hintern, fünfundfünfzig Jahre dieselben Augen. Und fünfundfünfzig Jahre dasselbe Gehirn auf dem Kopfkissen nebenan, ist wahrscheinlich am schwierigsten.

Ayse im Rollstuhl, Bademantel, vorn drauf Essensreste. Die Haare grau, wirr. Kriegt dunkle Haut eigentlich auch Flecken? Beim Füttern drückt sie den Brei links und rechts aus den Mundwinkeln wie ein Halbjähriges. Stumpfes Grinsen. Sie muss zur Toilette, schafft es nicht mehr. Die Klebestreifen der Riesenwindel lösen sich mit …

Ach, verflucht noch mal. Dafür muss man auch geboren sein.

Der Rauch der Kippe steigt gerade nach oben. Ein Alter in Rentnerbeige kommt den Waldweg lang, wird langsamer, leichte Richtungsänderung. Er setzt sich ans andere Ende der Bank. Ne, Opa, kein Gespräch jetzt, ja. Komm, geh weiter.

Auf einigen Dächern Schneereste, die dünnen Rauchsäulen fingern sich in den Himmel.

Er sitzt unruhig, linst verstohlen rüber. Lass es, okay?

»Schöner Platz hier, nicht wahr?«

War klar.

»Ja.«

»Ein wunderbarer Blick.«

»Ja, ganz wunderbarer Blick.« Eh schon spät. »Schönen Tag noch.«

Die Kippe rollt in einen Hohlraum zwischen zwei Steinen, lässt sich nicht austreten. Weiter vorn läuft ein Eichhörnchen über den Weg.

16 Uhr 32

Name: Krause, Vorname: Gustav, Gebdat. 12.04.35

Dann ist er jetzt zweiundsiebzig.

Ich bin über meine Rechte und Pflichten als Zeuge…

Geschenkt. Wo wird's denn interessant?

…und ich haben das Haus 1966 gekauft. Ich habe hier noch einmal den Kaufvertrag mitgebracht, den hatte ich sogar noch irgendwo. Als meine Frau mir von dem Anruf erzählte, wusste ich ja, worum es ging.
Am 01.06.1966 habe ich das Haus für 66000 DM gekauft. Verkäufer war damals ein Werner Romberg, der dort auch wohnte mit seinen beiden Schwestern. Ich hatte das Angebot für das Haus aus der Zeitung. Selbst wohnen wollten wir nie in dem Haus, wir hatten damals in der neuen Siedlung gebaut, und es war zu dem Zeitpunkt eben auch bewohnt. Damals wurden zwei Bausparverträge…

Bla bla. Was hat der alles aufgeschrieben?

…schon immer was für Immobilien übrig und wollte das auch so als Altersvorsorge und für die Kinder. Ich hatte damals schon zwei Häuser. Dieses war zwar ein alter Schuppen, aber sehr groß, und die Lage war auch gut.

Der sollte doch nur fragen, wer da gewohnt hat.

> Die drei Geschwister haben nach dem Verkauf noch etwa ein Jahr dort gewohnt bis 1967. Danach stand das Haus eine Zeit leer, so zwei, drei Monate, glaube ich, dann habe ich es an eine Familie Fritsche vermietet. Das war ein Ehepaar mit einer Tochter und zwei Söhnen, die damals so Anfang zwanzig waren. Die Tochter war jünger. Die Fritsches waren keine so angenehmen Leute, und es gab auch häufiger Probleme mit der Miete, wenn ich mich richtig erinnere. 1977 habe ich dann das Haus an eine Familie Weber vermietet. Helene und Gerhard Weber. Die hatten eine kleine Tochter, als sie hier einzogen, und haben dort gewohnt, bis ich das Haus 1984 verkauft habe.

Auf dem Flur nähert sich das Klacken von Absätzen wie ein Hammerwerk, wer trägt denn bei uns solche Schuhe? Ulla? Nicht ihre Frequenz. Der Bewerber kommt schneidig durch die Tür, baut sich vor dem Schreibtisch auf.

»So, ich war grad bei der Poststelle, ist auch was für dich dabei, hier.« Er reicht einen Umschlag, Solta-Institut. Ach, könnte das Gutachten sein, passt ja.

»Hast du die Vernehmung gelesen? Alles nach deinem Geschmack?«

Irgendwas lässt den leicht arrogant wirken. Kein Wunder, dass Ulla mit dem Probleme hatte, auf so was kann die gar nicht.

»Erstens: Noch nicht ganz, gelesen, meine ich, zweitens: sehr ausführlich.«

Er lächelt, hat die Ironie nicht verstanden.

»Hat er auch was zum Keller gesagt?«

»Ja, zum Schluss.« Er nimmt die Vernehmung, blättert, legt sie wieder auf die Unterlage. »Zweiter Absatz.« Tippt mit dem Finger.

Zu den Kellerräumen kann ich nur sagen, dass daran in der Zeit, in der ich das Haus hatte, nichts gemacht worden ist. Bei Häusern aus der Zeit waren die Keller häufig Kriechkeller und mit Lehmboden ausgestattet, das war nichts Außergewöhnliches. Der dritte Kellerraum muss erst Mitte der Sechziger entstanden sein, als der hintere Anbau gemacht wurde. Ich meine mich zu entsinnen, dass mir der Verkäufer das seinerzeit erzählt hat. Ansonsten habe ich die Kellerräume beim Verkauf so übergeben, wie …

»Ja, der hintere Raum unter dem hässlichen Anbau, das war genau da, wo die Hände vergraben waren.« Mitte der Sechziger. Also auf jeden Fall danach. »Hilft uns aber auch nicht viel weiter. Vierzig Jahre im Höchstfall, was soll man da noch ermitteln?«

»Ich bring grad die Post zu Petra, bin gleich wieder da.« Er hebt kurz das Papierbündel, geht.

Mitte der Sechziger, mein Gott. Die sind doch alle unter der Erde, von damals. Aber irgendwer hat da irgendwem mal die Hände abgesägt, das steht fest. Was schreibt denn das Institut?

Der Umschlag reißt beim Aufmachen aus. Oben links ein kleiner Zettel, rosa Büroklammer, eine Handschrift wie genormt.

Sehr geehrter Herr Kirchenberg,
anbei das Gutachten. Wenn noch Fragen sind, gern per Telefon.
Grüße,
S. Lübbe
PS
Das Probematerial kann zunächst hier verbleiben?

Meinetwegen.

Mit Kopie des Untersuchungsantrages vom …

Wo wird's denn interessant?

Gutachten

Untersuchungsmaterial

Asservat 1 A: 15 cm x 13 cm großes Stoffstück
Asservat 2 A: Bodenprobe vom Ablageort
Sachverhaltsschilderung:

Alles bekannt …

… handelt es sich hier um ein textiles Objekt aus Baumwollfasern mit vermutlich einseitigem Erdkontakt, daher … Erdfaultest nach DIN … Klimaschrank … Widerstandsfähigkeit zellulosehaltiger Textilien gegen Mikroorganismen … Abbau dieses Gewebes bis zu einem Festigkeitsverlust …

Alles Wissenschaftlerchinesisch. Wo ist denn das Ergebnis.

Zusammenfassung
Vorweg sei darauf hingewiesen, dass die Einschätzung unter den Bedingungen fehlender Angaben zum Temperaturspektrum und zu möglicherweise temporären Schwankungen in der Feuchtigkeitszufuhr im anliegenden Erdreich gemacht wird. Unter Berücksichtigung der Zusammensetzung der mitgelieferten Bodenprobe und unter der Vorraussetzung, dass der eingelagerte Stoff zum Zeitpunkt der Einlagerung relativ neu war, ist von einer Lagerung im Erdreich mit großer Wahrscheinlichkeit zwischen 24 und 30 Jahren auszugehen.
Unter Verweis auf die o. g. fehlenden Faktoren kann ein Unsicherheitsfaktor von etwa 3 bis 5 Jahren an beiden Enden der Zeitskala nicht ausgeschlossen werden.

Also zwischen neunzehn und fünfunddreißig Jahren. Das heißt von 1972 bis 1988. Na, das sind doch mal exakte Angaben. Dann haben wir das Ding doch diese Woche noch geklärt. Gequirlte Scheiße.

Die Absätze des Neuen kündigen ihn an. Da gab es in den Siebzigern doch mal so eine Fernsehwerbung der Teppichindustrie gegen harte Böden. Klack-Klack-Bälle haben die damals verteilt, so kleine, rote, harte Dinger, so klingt das.

Er setzt sich gegenüber auf den Stuhl, verschränkt die Arme, hebt leicht das Kinn.

»Also, das hier ist das Gutachten vom Institut über das Stück Stoff, kannst du dir mal ansehen. Ist schon etwas besser als bei den Knochen, aber alles in allem bleibt ein Zeitfenster von etwa sechzehn Jahren, ist wenigstens 'ne Marke.«

Er reagiert auf die Fratze mit einem lautlosen Lacher.

»Und was machen wir jetzt?«

»Wir schicken da morgen mal einen Leichenhund durch das gesamte Haus. Hab ich bis jetzt drauf verzichtet, weil ich erst mal wissen wollte, wie alt die Dinger sein könnten, außerdem standen damals noch alle Räume voll mit Zeugs. Lediglich den Abraum haben wir damals untersucht, jedenfalls den, der noch da war. Das meiste war weg, weil die das so nach und nach gemacht haben. Und danach sehen wir uns mal an, ob wir noch irgendwas über die Mieter aus der Zeit finden.«

Er zieht ein Gesicht, als wäre er nicht einverstanden. Sein Problem.

So, Organigramm, Diensthundestaffel, Telefon. Leiter: EPHK Krug, der Rainer.

Fünf Mal das Freizeichen, Umschalten aufs Handy, er ist sofort dran.

»Krug.«

»Konstantin Kirchenberg vom KK 11, Tag Rainer.«

Hallo zurück.

»Du, ich brauche morgen einen eurer Leichenhunde, ist das möglich?«

»Morgen ist schlecht, Konni. Ab morgen ist die ganze Woche schlecht, wir sind in der Ausbildung. Heute kann ich dir einen anbieten.«

Das ist doch jetzt nicht wahr. Früher Feierabend war heute angesagt.

»Heute ist blöd, ich wollte eigentlich mal normal nach Hause.«

»Tja, mein Lieber«, kurzes Lachen, »die Entscheidung kann

ich dir nicht abnehmen. Oder du besorgst dir einen aus 'ner anderen Behörde, aber du weißt, Leichenhunde haben nicht so viele im Land.«

»Es ist zum Wahnsinnigwerden. Kriegen wir das dann einigermaßen schnell hin, so in 'ner halben Stunde?«

»Kommt drauf an, wie groß das Objekt ist. Sag mir, wo, und der Hund ist in 'ner halben Stunde da.«

»Am Gaswerk 17. Ein ganz altes Haus, nicht zu verfehlen.«

Helmut geht vorbei, kommt zurück.

»Konni, die Pressestelle hat angerufen, die hatten noch zwei Nachfragen wegen den Knochenfunden.«

Wegen der Knochenfunde.

»Ich ruf da an. Wahrscheinlich aber erst morgen.« Schon wieder weg.

Er hält das Schweigen ein paar Sekunden aus.

»Was läuft?«

»Ich schreib noch 'ne E-Mail an die angrenzenden Bundesländer, die sollen mal nachsehen, ob sie in der Zeit einen unvollständigen Leichenfund hatten. Dann fahren wir zum Objekt, der Leichenhund kann nur heute.«

»Bin in fünf Minuten wieder da.« Er geht.

Schon nach fünf, verdammt, das wird später, Ayse.

E-Mail, neu.

Sehr geehrte Frau Demir,
bezüglich des für heute avisierten Termins zur intendierten Erfahrung haptischer Grundzüge in der Kommunikation bei paralleler Verbalisierung emotionaler Erlebnisinhalte bedaure ich Ihnen mitteilen zu müssen, dass sich der Be-

ginn der Veranstaltung um etwa ein bis zwei Stunden verschieben wird.

Mit freundlichen Grüßen

K. Kirchenberg

Senden. Ayse vor dem Bildschirm, muss grinsen, schüttelt amüsiert den Kopf. Hoffentlich.

Jetzt an die Behörden.

E-Mail, neu.

17 Uhr 03

Keine Regung, kein Zucken, nichts entgeht ihm, keine Millimeterbewegung vom kleinen Finger. Die schwarzen Augen wie Audrey Hepburn in einem Fünfzigerjahrefilm. Okay, etwas stärkere Körperbehaarung. Könnte man glatt für Treue halten oder so was, oder Hingabe. Der Hund war mir im Sturme treu, der Mensch nicht mal im Winde. Ist wahrscheinlich nichts weiter als 'ne andressierte Fixierung auf die Futterlieferantin.

Die Hundeführerin hält das Schlauchstück hinterm Rücken, holt es ganz langsam nach vorn. Man sieht das Vibrieren der Muskeln unterm Fell. Eine schnelle Bewegung, er schnappt zu, zerrt wie besinnungslos.

»Angenommen, du wirst mal krank. Kann man so einen Hund umgewöhnen?«

Das Tier hängt am Schlauchstück, sie wirbelt ihn noch einmal herum.

»Klar kann man das. Passiert auch manchmal, wenn Hundeführer mit ihren Hunden nicht klarkommen. Hier, sein Spielzeug, das ist wichtig. Wenn er dafür belohnt wird, macht der alles.«

So viel zur Treue.

»Sind halt nur ein paar Verbindungen im Gehirn, auch nicht anders als bei uns.« Sie hält das Teil ruhig. »Aus, Sam, Platz!«

Er lässt das Schlauchstück los, legt sich ins braune Gras, wie im Hundemagazin.

»Ist dieser ganze Zirkus nötig, oder können wir bald anfangen?« Der Bewerber mit unterschwelligem Kommandoton. Hat der sie noch alle? Du bist hier nicht in deiner Dienstgruppe. Scharfer Blick, er sieht ihn nicht, leider.

»Er muss vorher nur immer ein bisschen in Gang gebracht werden.« Sie reagiert nicht darauf, vielleicht nicht mitgekriegt.

Das Schloss an der Eingangstür klemmt nicht mehr, ist wahrscheinlich geölt worden.

»Woher haben wir den Schlüssel?«

Wir? Mal ganz langsam, Freund.

»Der Besitzer hat mir den Zweitschlüssel überlassen, weil er in den nächsten Wochen eh nicht zum Renovieren kommt. Die ganze Hütte steht sowieso leer. Wo fangen wir an, im Keller?«

»Am besten da, wo ihr schon was gefunden habt.«

Der Hund hat auf der engen Treppe Schwierigkeiten, unter der Decke die nackte 100-Watt-Birne, immer noch. Auch nach dem Ausschachten kann man hier nicht stehen.

»Für dich zur Info: Das Haus ist verkauft worden, die neuen Käufer wollten den Keller vertiefen, war ein Kriechkeller mit Lehmboden, und wollten Estrich einziehen. Dabei haben sie hinten unter dem angebauten Raum ...«

Sie kommt mit.

»... ein Paar abgetrennte Knochen von menschlichen Händen ausgegraben. Wir wissen jetzt, dass sie mindestens fünfzehn Jahre alt sind und wahrscheinlich nicht älter als fünfunddreißig.«

»Der Boden hier unten ist komplett ausgehoben?«

»Die haben vorne an der Treppe angefangen und waren kurz vorm Ende, als sie die Knochen gefunden haben. Den Rest haben wir dann zusammen ausgegraben, aber nichts mehr gefunden.«

»Das heißt, hier unten wird nichts mehr sein.«

»Vermutlich nicht. Der Besitzer, der es gefunden hat, ist Arzt und macht diese Restaurierung als Hobby. Dem wären andere Knochen auch vorher schon aufgefallen, sehr wahrscheinlich.«

Sie nickt, gibt ein winziges Zeichen, durch den Körper des Hundes geht eine Zuckung. »Such!« Sie lässt ihn von der Leine, er geht los, wie gestochen, sie bleibt dicht dabei. Er bellt nach wenigen Metern, kriegt sein Spielzeug, schnappt sofort zu, sie balgt mit ihm, ausgiebiges Loben.

»Das ist die Stelle, an der die Knochen lagen?« Sie erwidert das Nicken. »Da ist noch was, das hat er noch.«

Wieder das Ritual, das Kommando und los. Mit hektischer Konzentration durch den Keller, in jede Ecke, er findet nichts. Mit ein paar Sprüngen nach oben, die Hundeführerin hinterher, führt ihn zuerst in den großen Raum. In einer Ecke bleibt er etwas länger, noch einmal zurück, doch nichts, weiter.

Der Bewerber steht mit verschränkten Armen, lehnt am Türrahmen.

»Hätte man das nicht schon eher machen sollen? Ich meine, wenn er jetzt noch was findet…«

Wie meint er das denn?

»Keine Sorge. Wir hatten unsere Gründe.«

Die beiden kommen aus der ehemaligen Küche, hechten in den ersten Stock.

»Stört es, wenn ich mitkomme, oder stehe ich im Weg?«

»Nein, geht schon.« Ihre Stimme kommt bereits aus einem der hinteren oberen Räume, leichter Hall in der Leere.

Die Treppe knarrt, ausgetretene Stufen, der Lack am Handlauf abgegriffen. Haben die Hände hier auch mal angefasst, als noch Fleisch und Sehnen dran waren? Hat der hier mal gewohnt? Oder hat der das Haus als kompletter Mensch nie gesehen?

Im Garten unter den Büschen Schneereste, freier Blick von hier oben.

Eine Amsel sitzt auf dem Zaun, aufgeplustert, wippt einmal kurz, startet.

Man hört ihre Stimme in den leeren Räumen. Sie feuert ihn an, gepresstes Flüstern, der Laufrhythmus der Hundekrallen auf den Dielen dazwischen.

Er ist unten geblieben, hat hoffentlich gemerkt, dass das eben daneben war. Der ist bestimmt Dienstgruppenleiter. Trotzdem, soll er bei seinen Leuten machen, wenn die sich das gefallen lassen.

»Ist das die Bodentreppe hier hinten, oder gibt es noch ’ne andere?« Sie kommt aus dem hinteren Raum, bleibt im Türrahmen stehen.

»Ne, ist schon richtig, da geht es nach oben. Schafft er das?«

»Klar, wenn ich ihm etwas helfe.« Sie verschwindet wieder.

Mal mit anfassen.

Sie steht auf der Treppe, macht die Klappe auf, Sam sitzt vor der ersten Stufe, lässt sie nicht aus den Augen. Sie kommt runter, stellt sich dahinter.

»So, hopp!«

Drei Sätze, einmal mit den Hinterläufen nachschieben, geschafft. Ging doch besser als erwartet. Wieder energisch gehauchte Kommandos, sie holt sich seine Aufmerksamkeit, hat Schwierigkeiten.

»Den Boden können wir noch, dann braucht er dringend 'ne Pause.«

»Schon klar. Anstrengend, oder?«

Sie nickt.

»Man sagt, zehn Minuten Arbeit sind für die wie ein Zehnkilometerlauf für uns.«

Er hat die Nase wieder unten.

Die Deckenbalken sind extrem dick. Vom Platz her könnte man dazwischen durchaus was ablegen. Sollte aber was DNA-Fähiges sein, Kopf oder große Knochen, wär schon mal was.

Sie sind in der hinteren Ecke, die Dachpfannen reflektieren sein Schnüffeln, er geht noch mal in die Ecke, bleibt ganz starr, schnüffelt, bleibt wie angewurzelt stehen. Sie sieht rüber, noch eine Ermunterung. Er hechelt weiter, doch nichts. Das war's.

Sie lobt ihn ausgiebig, er kriegt sofort sein Spielzeug, tobt, reißt.

»Das war's.« Sie kommt zur Luke, wirft ihren Zopf über die Schulter, ihre Stirn glänzt. Sie lächelt ein wenig verlegen, zuckt mit den Schultern.

»Gut, dann haben wir eben nur ein Paar Hände.«

Sam kommt, vom Schlauchstück tropft sein Rotz. Braver Hund.

23 Uhr 20

Der dicke Türke zahlt, unterm Rand vom braunen Strickcappy kräuseln sich die grauen Locken wie kleine Haken. Sener fragt was auf Türkisch, sie lachen. Der Dicke geht, dreht sich auf halbem Weg zur Tür wie ein Tänzer. Noch ein paar Sätze mit üppiger Gestik, noch mal Altmännerlachen im Duett, er geht. Sener notiert was hinter der Theke, kommt rüber.

»Na, ihr beiden, um euch habe ich mich noch gar nicht richtig gekümmert heute Abend. Wie war der Film?« Er legt seine Hand auf Ayses Schulter, sie umfasst sein Handgelenk.

»Es ging so, ganz lustig.«

»Möchtet ihr noch was trinken?«

»Du?«

Ayse schüttelt den Kopf.

»Ich auch nicht. Ich war spät zu Hause, und morgen liegt auch einiges an.«

»Ja, da erholt man sich am besten im Bett.«

Er klopft auf die Schulter, grinst wie Jack Nicholson.

Sener! Lass es!

Ayse zieht einen Mund, rollt die Augen. Sie steht auf, sagt ihm was Türkisches, klingt wie eine kleine, weiche Melodie, klingt nach Nähe. Umarmung, er küsst sie auf die Stirn, genießt den Moment zwei Sekunden. Sie lösen sich, Sener kommt mit zur Tür, gibt einen Schulterklaps mit auf den Weg.

»Schönen Abend, euch beiden.«

Dieses Mal ohne begleitende Gedanken.

Der Mond hängt wie ein halber Käse in den Ästen, zwischen den Wolken wenige Sterne.

Sie hakt sich ein, findet nach fünf Metern den Gleichschritt.

»Was hast du ihm eben auf Türkisch gesagt?«

Seitenblick, um ihren Mund gespielte Herablassung. »Ich soll dich einfach so in meine kleinen Geheimnisse einweihen?«

»Sonst mache ich demnächst einen Türkischkurs.«

Sie lacht ein leises Hexenlachen.

»Dann gebe ich dir aber auch einen türkischen Namen.«

»Einen türkischen Namen. Welchen denn? Ali?«

»Ein bisschen phantasievoller kann es schon sein. Alper vielleicht.«

Sie verliert kurz den Gleichschritt, hüpft einmal, hat ihn wieder.

»Alper?«

»Ja. Oder einen indischen, wie die Brüder meiner Mutter.«

Im Briefkasten Werbung und eine Karte. Von Dominik. Ach ja, Schilaufen mit der Schule.

Liebes Onkelchen …

Wird auch langsam etwas frecher, schadet aber nicht.

Schöne Grüße aus Samnaun.
Dominik

»Indische Namen? Sind das nicht die mit den vielen As?«

»Das sind tamilische. Indische klingen sehr weich.«

Sie zieht sich die Jacke aus, geht ins Bad.

Einmal ausstrecken, die Entspannung kriecht wie eine warme Welle den Rücken hoch. 23 Uhr 42. Tagesthemen sind längst vorbei.

Der alte Jensen ist jetzt den ersten Abend allein. Nach fünfundfünfzig Jahren den ersten Abend allein. Könnte sein, dass er's genießt. Kein Vorlesen mehr, kein Essenholen, kein Füttern. Kein schlechtes Gewissen mehr, wenn er ins Wohnzimmer geht und 'ne Viertelstunde am Fenster steht oder sich im Fernsehen die nackten Mädels in den Werbeshows ansieht. Endlich kann er mal nur sich selber fragen, was laufen soll. Aber vielleicht kann er das gar nicht mehr. Vielleicht heult er sich ja auch ein Loch ins Herz.

Ayse kommt aus dem Bad, schon im Schlaf-T-Shirt mit nackten Beinen. Setzt sich aufs Sofa, kuschelt sich an.

»Macht's dir was aus, mich noch zwei Minuten hier so sitzen zu lassen, einfach so, allein?«

Auf ihrem Gesicht ein leiser Schrecken, steht langsam auf, setzt sich in den Sessel.

»Sei mir nicht böse, manchmal brauche ich das.«

Sie zieht die Beine an, beißt sich auf die Unterlippe.

»In manchen Augenblicken weiß ich gar nicht, wie ich mich bei dir fühlen soll.«

»Hey, es ist nichts. Ich brauche halt nur mal einen kleinen Moment für mich, mehr nicht.«

»Das ist genau wie diese E-Mails, die du schickst. Das ist lustig, und ich weiß ja auch, wie es gemeint ist, aber es passt zu dir. Wie eine Umarmung, ohne dass man sich dabei berührt.«

Ihr Lächeln mit einem leisen traurigen Ton.

»Ayse, wie kommst du denn jetzt darauf? Das hast du mir ja noch nie gesagt.«

»So lange kennen wir uns ja auch noch nicht und sehen uns ja auch immer nur ein paar Tage am Wochenende, oder wie jetzt mal 'ne Woche. Ist ja auch nicht immer so. Wenn wir miteinander schlafen, dann nicht, und auch sonst nicht immer, aber manchmal, manchmal bist du so, so… so für dich allein.«

Allein? Wie allein?

»Ich hab keine Ahnung, wovon du redest. Komm mal her!«

Sie schüttelt den Kopf.

»Lass mich mal hier sitzen, jetzt.«

Das kann doch nicht wahr sein, was ist denn los auf einmal? Was Falsches gesagt?

»Ayse, Lieblingsayse, ich bin, also, ich weiß nicht, was ich sagen soll. Genau das Gegenteil ist der Fall. So wie bei dir, so war es schon lange nicht mehr, vielleicht noch nie. Heute, als ich neben der Leiche von der alten Frau stand, da musste ich an dich denken.«

»Siehst du«, mit flehendem Nachdruck, »das meine ich. Du hältst das wahrscheinlich für ein Kompliment, wenn du bei Leichen an mich denkst. Aber vielleicht muss man das auch, wenn man ständig mit Toten zu tun hat und man jeden Tag diese Dramen mitkriegt, wie Menschen ins Herz geschnitten wird.«

»Jetzt fang doch nicht mit dem Scheiß an. Meinst du, ich komme damit nicht klar, oder was? Das ist völlig normal, wir alle sterben. Wenn du durch die Fußgängerzone gehst und all diese Leute siehst, wie sie leben und da rumlaufen, dann denk mal daran, dass jeder von denen stirbt. Das ist normal, Ayse. Ich bin halt nur bei einigen dabei, hinterher. Mehr nicht.«

»Ja, aber das kann doch nicht normal sein. Du sagst, du siehst 'ne Leiche und denkst an mich.«

»Quatsch, das hab ich nie gesagt. So war es auch nicht. Die beiden waren eben fünfundfünfzig Jahre verheiratet, und da hab ich mir vorgestellt, wie du aussiehst nach fünfundfünfzig Jahren. Das meinte ich. Solche Gedanken hatte ich noch nie.«

Sie zuckt mit den Schultern, schließt die Augen, legt ihr Kinn auf die Knie. Glänzt da was?

»Es ist halt nur… Also, wenn du mir diese Sachen erzählst, dann denke ich manchmal: Mein Gott, ich könnte das nie, ich würde dabei verrückt. Da muss man doch abstumpfen.«

»Ayse, jetzt komm mir nicht mit Panzer um die Seele oder so 'nem Scheiß. Ich mache da meine Arbeit, sonst nichts.«

Ihr Blick malt kleine Kurven auf den Fußboden.

»Man kann neben dir manchmal richtig allein sein.« Sie schickt einen kurzen Blick, lacht verstohlen, umfasst wieder ihre Knie. Ihre Augen sind tatsächlich feucht.

»Ich habe mir dich vorgestellt, Ayse, dich, mit grauem

Zopf. Ich hab mir noch nie ’ne Frau alt vorgestellt, wenn ich mit ihr zusammen war; noch nie.«

Durch das geöffnete Fenster sind draußen Stimmen zu hören, Lachen.

»Ich würd mich halt manchmal gern einfach etwas mehr zu Hause fühlen.«

Klingt wie aus einer anderen Zeit. Wie sie wohl als Kind ausgesehen hat? War bestimmt ein kleines, leuchtäugiges Postkartenkind, so wie die, mit denen sie Werbung für Patenschaften machen.

»Das hat nichts mit dir zu tun, Ayse. Als alter Knochen hat man halt schon so seine Eigenheiten.«

Sie sitzt da, nur ihre nackten Zehen bewegen sich. Im Staubfilm auf dem Bildschirm ein dunkler Fleck, fast rund.

»Gute Nacht, Onkelchen.«

»Was?«

»Es hieß: Gute Nacht, Onkelchen.«

Ihre Augen bleiben ernst.

DIENSTAG

07 Uhr 49

03.07.73 Leipnitzweg 16
Mord im Obdachlosenmilieu. Täter und Opfer kannten sich von Trinkgelagen. Täter erstach Opfer mit 10 Stichen.

03.08.73 Stadtpark
Auffinden einer männlichen Leiche mit erheblichen Kopfverletzungen. Mord nach Zechanschlussraub.

31.08.73 Sporthafen
Weiblicher Torso im Wasser. Opfer war von der Schule nicht nach Haus gekommen. War zu Täter in den Pkw gestiegen. Sexualmord.
Geschädigt: Gabriele Groß.

Genau, so hieß die. War das ein Aufstand damals an der Schule, nur Presse und Polizei, eine Woche lang, mindestens. Das ging durch alle Blätter und nur das eine Thema, beim Bäcker, im Hausflur oder an den Mülltonnen, überall. Wer war denn MK-Leiter? Riepe. Nicht mehr kennengelernt. Von dem haben sie noch erzählt, manchmal. Aber der war schon weg 89.

05.09.73 Ingsener Feld

Altenkamp geht vorbei, zügig, mit wedelnden Armen.

»Moin, Heinz.«

Keine Antwort, seine Bürotür fällt ins Schloss.

Ernst dahinter, langsamer, hat einen gelben Pappordner in der Hand.

»Moin, Ernst.«

Seine Füße bleiben draußen, er lehnt sich in den Raum.

»Morgen, Konni.«

»War irgendwas mit Heinz, oder kam mir das nur so vor?«

»Ne, ne, war schon was. Der hat von Helmut gerade erfahren, dass er keine der beiden A-Zwölfer-Stellen kriegt, die diesen Monat gekommen sind.« Er zieht einmal die Luft tief ein.

»Ach du Scheiße. Der hatte doch die Schnittchen bestimmt schon bestellt.«

»Das Gefühl hatte ich auch.« Wink mit der Pappe, er geht.

Der dicke Heinz. Eigentlich wär er auch dran gewesen. Das trifft ihn, das trifft ihn bestimmt richtig.

05.09.73 Ingsener Feld

Auffinden eines weiblichen Neugeborenen. Das Kind hatte gelebt, Tod durch Ersticken.

Damals auch schon. Manchmal hat man den Eindruck, das ist heute mehr geworden mit den toten Neumenschen.

19.10.73 An der Brücke
Passanten gaben Hinweise auf Leichengeruch aus Pkw auf Parkplatz. Im Kofferraum wurde die Leiche eines erschossenen Mannes gefunden.

Das Klacken kündigt ihn an.

»Guten Morgen. Sorry, etwas verspätet. Ich hatte noch kurz einen Termin bei der Gruppenleiterin.«

»Morgen.« Man hat einen Termin bei der Gruppenleiterin, soso. Es ist eben schon wichtig, den richtigen Leuten einen guten Morgen zu wünschen. Noch bist du nicht im höheren Dienst, Freund.

»Was liegt an? Neuigkeiten?« Er reckt den Hals, sieht auf den Schreibtisch.

»Das hier ist unsere MK-Kladde, darin stehen in Kurzform alle Mordkommissionen und Leichenfunde seit 1945, ausgenommen eindeutige Selbsttötungen. Zwar nur in Stichworten, aber es reicht, um zu wissen, worum es ging, wer das Opfer war und wer der Täter, wenn sie geklärt wurden. Wenn man mehr braucht, muss man halt im Keller nachsehen.«

»Wäre das nicht sinnvoller in ein paar Dateien im Computer?«

»Wäre es, aber irgendwer müsste dann die Zeit haben, das zu übertragen. Bei teilweise fünfhundert Überstunden tut sich das keiner der Kollegen an. Ich habe jetzt zur Sicherheit ab 1963 durchgesehen, ob wir irgendwann einen Knochenfund oder unvollständigen Leichenfund oder was Ähnliches hatten, das zu unseren Händen passen könnte. Bis auf den Fund eines Oberschenkelknochens im Wald am Kanal im Jahre«, wo ist der Zettel?, »68 war nichts dabei. Wenn du willst, kannst du den Rest übernehmen, dann kann ich ein paar Mails schreiben und Telefonate führen. Lernst du das auch mal kennen.«

»Klar.« Er nimmt den Ordner. »Ich geh zu mir, hab ich mehr Ruhe.« Er wirft einen ersten Blick, blättert. »Wenn ich was finde, wo finde ich dann die Akten dazu?«

»Wenn du was findest, kommst du am besten erst mal zu mir, und wir gehen gemeinsam in den Keller.«

Er will noch was sagen, überlegt es sich, geht.

Kurz nach acht, vielleicht ist Ayse schon auf.

E-Mail, neu.

Sehr geehrte Frau Demir,
Bezug nehmend auf unser gestriges Erörterungsgespräch, affektive Defizite bei der gegenseitigen Wahrnehmung in traditionellen Lebensformen betreffend, möchte ich noch einmal verstärkend mitteilen, dass es dem Verfasser auch unter Anwendung neuester mentaler Reproduktionstechniken nicht möglich ist, sich einer derartigen Ausschüttung positiver Stresshormone, induziert durch die Anwesenheit Dritter, zu erinnern, wie bei unmittelbarem, interpersonellem Kontakt mit der Adressatin.
Hochachtungsvoll
Kirchenberg, KHK

Senden.

Ayse steht auf, macht Kaffee, setzt sich vor den Bildschirm, in ihren Augen noch die Nacht, in ihren Haaren noch ihr Schlafgeruch, liest die Nachricht, muss lächeln. Hoffentlich.

So, erst Einwohnermeldeamt oder Vermisste? Erst die Vermissten.

Edda müsste da sein.

09 Uhr 25

Der enge Rock lässt nur Geishaschritte zu, in ihrer Hochsteckfrisur steckt ein silberner Kamm, glänzt wie Perlmutt. Die geht wie übern roten Teppich, sieht auch so aus. Was hat die für einen Namen gesagt? Wohlbrink? Oder Wollbrink? Wer so geht, sollte Monroe heißen.

Links an der Wand alle Bänke besetzt, ein paar Männer stehen, die Klamotten von den meisten sehen aus wie C&A aus dem Secondhandshop. Einige glotzen, folgen ihr mit dem Kopf, das Staunen verdrängt die Mutlosigkeit, nur für einen Moment.

Eine Tür fliegt auf.

»Verdammte Scheiße, was glaubt ihr eigentlich, wer ihr seid.« Seine Glatze glänzt rot, die Jacke spannt überm Bauch, er geht noch einmal ins Zimmer. »Ich habe mir nicht zwanzig Jahre das Kreuz kaputt malocht, um mich jetzt von euch Wichsern so behandeln zu lassen.«

Der Bewerber macht ein paar schnelle Schritte hinterher, ist schon im Zimmer. Was macht der?

»Irgendwelche Probleme?«

Die Sachbearbeiterin sitzt hinterm Schreibtisch, atmet mit offenem Mund, lässt den Dicken nicht aus den Augen.

»Was willst du Arschloch denn? Hat dich einer gerufen?« Er geht auf den Bewerber zu, vorgestreckter Kopf.

»Mal langsam, immer mit der Ruhe.« Er baut sich vor ihm auf. »Ich habe gefragt, ob es irgendwelche Probleme gibt.«

Daran erkennt man echt den Bullen, ist so ’ne richtige Polizistensitte, immer sofort für alles zuständig.

»Es geht schon«, die Sachbearbeiterin hat rote Flecke am Hals, belegte Stimme. »Herr Spengler war mit einer Maßnahme nicht einverstanden.«

»Nicht einverstanden, Maßnahme.« Er kommt wieder in Fahrt. »Wenn ich irgendwo am Arsch der Welt Sechsjährige für ’n Hungerlohn Fußbälle nähen lasse und dafür fünf Millionen im Jahr einstreiche, sagt keine Sau was. Und ich muss mich für fünfzig Euro rechtfertigen.«

»Das klären wir aber in einem anderen Ton, haben wir uns verstanden?« Diesen Kommandojargon hat der wirklich im Blut.

»Was geht dich das überhaupt an, verpiss dich doch einfach.«

»Polizei.« Er hält ihm den Ausweis hin. »Mich geht das sehr wohl was an.«

»Na, toll.« Die Glatze geht zurück, zeigt Wirkung. »Alles eine Wichse, ist doch alles eine Wichse.« Trudelt Richtung Ausgang, verschwindet.

»Kleinen Augenblick noch.« Er will hinterher.

»Lass ihn.«

»Der hat mich beleidigt.«

»Lass ihn, ist eh ’ne arme Sau.«

»Das war ’ne Beleidigung. Der wusste, dass ich Polizist bin.« Energischer. »Sollen wir uns so was bieten lassen?«

»Er ist ’ne arme Sau. Es hilft nichts.«

Scharfer Blick, leises Nicken, hinter seiner Stirn arbeitet es.

»Darüber reden wir noch.« Mit gestrecktem Zeigefinger.

»Ich glaube, wir sind hier nicht mehr vonnöten, meine Herren. Soll ich Ihnen jetzt die Räume zeigen?« Frau Wohlbrink mit friedenstiftendem Lächeln, geht vor.

Der Bewerber stiefelt nebenher, scheint sauer zu sein. Soll er.

»So, hier haben wir den Raum mit den Mikrofiches.«

Sie schließt auf, Regale mit Hängeordnern bis zur Decke. Rechts in der Ecke der Tisch mit dem Riesenbildschirm, daneben ein paar Ordner.

»Sie kennen sich damit aus?« Sie bestätigt das Nicken. »Gut, hier die Ordner sind nach Jahren geordnet, bis 1987 eben, die Personendaten auf den Folien dann alphabetisch. Eigentlich ganz einfach.« Sie sieht von einem zum anderen, alles klar. »Dann wollten Sie noch wissen, wer in den Jahren in den Häusern gewohnt hat?«

»Richtig. Wir würden gern in einem kleinen Umkreis um den Leichenfundort Befragungen durchführen, dazu müssten wir allerdings wissen, wer damals in den angrenzenden Häusern gewohnt hat.«

»Richtig«, sie erinnert sich, »hatte ich Ihnen ja schon am Telefon erklärt: Die Identifizierung über die Häuser, zumindest zu der Zeit, geht nur über Karteikarten. Die haben wir allerdings in einem Kellerraum, weil die noch in so einem alten Walzenschrank untergebracht sind.«

»Und dann müssten wir natürlich überprüfen, ob heute von den Leuten noch jemand hier wohnt.«

»Das geht dann aber online, können Sie oben bei mir machen.« Ein kleines kokettes Lächeln. »Ganz schön großer Aufwand, den Sie da betreiben.«

»Ist richtig, aber da sind ja auch irgendwem mal die Hände abgeschnitten worden. Schon 'ne Zeit her, aber ein bisschen was müssen wir schon machen.«

»Wer kommt mit in den Keller?«

»Machst du das, dann übernehm ich das hier.«

Kurze Zustimmung, er geht hinter ihr her.

Wo schaltet man das Ding denn ein? Rechts am Fuß ein Kippschalter, der grüne Bildschirm springt mit einem dumpfen Laut an.

67 hat Krause das Haus gekauft und an Fritsche vermietet. 1967.

Die Folie gleitet in den Halter, kurzer Schub, die Datenblöcke rasen über den Bildschirm. Ist ja furchtbar empfindlich, mal langsamer. Gohlke, Grab. Nächster Block. Faber, Fehrmann. Übernächster Block. Frecke, Fritsche, so.

Fritsche, Brigitte, 08.08.60, am Gaswerk 17,

das war die Tochter,

zugezogen aus Oldendorf, ist ja nicht so weit, angemeldet 01.10.1967, abgemeldet 30.06.77

Und die anderen?

Fritsche, Helmut, Adresse stimmt, 31.11.48,

einer der Söhne muss das sein,

Fritsche, Ilse, geb. Großkurth, 11.04.28,

Mutter,

Fritsche, Kurt, 17.10.22,

das ist der Alte.

Fritsche, Willi, 04.03.47,

Familie Fritsche, kompletto. Die Kinder könnten noch leben, die Eltern wären schon ziemlich alt. Na, Familie Fritsche, habt ihr da mal Leichenteile vergraben?

Nächste, Weber, 1977, die Folie hat ein schwaches Eselsohr.

Großer Gott, Webers und kein Ende. Mutter hieß Helene, da.

Weber, Helene, geb. Reichel, 21.07.37, am Gaswerk 17,

zugezogen aus Recklinghausen, angemeldet 01.10.77, dann stand die Hütte zwei Monate leer, auch das noch. Verdammt. Kann doch sonst was drin gelaufen sein. Abgeschlossen wird er sie wohl haben, trotzdem, wer weiß…

Abgemeldet am 23.11.89. Eigenartiges Datum so mitten im Monat. Der alte hieß Gerhard, wieder nach oben.

Gerhard Weber, gibt es zweimal, da.

19.10.30, am Gaswerk 17,

aus Recklinghausen, angemeldet 01.10.77, abgemeldet 30.11.94. Hä? Anderes Datum? Haben die sich scheiden lassen? Töchterchen fehlt noch.

Sandra Weber, 02.05.76,

angemeldet 01.10.77, abgemeldet 30.11.94. Wie der Vater. Schon eigenartig. Marylin fragen, die wird das wissen.

10 Uhr 56

Aufwendige Edelstahlbriefkästen, das Licht bricht sich in der gebürsteten Struktur der Oberfläche. Weber, zweiter Klingelknopf von oben, natürlich.

Er hat eben auf der Fahrt eigentlich nichts gesagt, wollte die Sache doch noch besprechen, war doch angedroht. Damit musst du schon anfangen, Freund.

Auf das dritte Klingeln keine Reaktion.

»Da ist keiner zu Hause. Dann erst zu Fritsche oder Pahmeier, wie sie jetzt heißt. Können es hier ja später wieder probieren.«

Er steigt ein, in der Garageneinfahrt gegenüber schrauben zwei junge Bengel am Motor ihrer Karre rum, die Arme bis zu den Ellbogen schwarz.

Eigentlich ein schwaches Bild, dass er jetzt kneift, hätte man ihm doch zutrauen können, so wie er sonst immer einen auf Ich-habe-Rückgrat macht.

Die Ampel springt auf Rot.

»Ich dachte, du wolltest mit mir reden.«

Er sieht für zwei Sekunden rüber, ohne den Kopf zu bewegen.

»Vergiss es!«

»Irgendwas hat dir nicht gepasst eben.«

Grün.

»Okay, wenn du unbedingt willst: Du bist zwar 'ne Ecke älter als ich, und zurzeit mache ich bei euch eben den Lehrling. Aber ich bin sechzehn Jahre Polizist und leite seit knapp drei Jahren 'ne Dienstgruppe. Mir muss man nicht erzählen, wann ich einzuschreiten habe und wann nicht.«

»Das wollte ich auch nicht. Das war mehr 'ne persönliche, tja, Einschätzung.«

»Einschätzung?« Er wird heftiger. »Was sollte ich denn deiner Meinung nach machen nach diesem Spruch von dir? Trotzdem hinterhergehen? Sollten wir uns noch mehr eine Blöße geben als sowieso schon?«

»Ich wollte nur sagen, dass seine Reaktion zum Teil verständlich war.«

»Verständlich? Aber darum muss man nicht so einen Affen machen. Weißt du, wir pappen hier in Deutschland ziemlich dicht aufeinander, und das funktioniert nur, wenn sich alle an gewisse Regeln halten. Ich weiß nicht, warum du in diesem Job bist. Ich mache den, weil ich meinen Teil dazu beitragen will, dass das klappt.«

»Das hört sich ziemlich nach Oberaufseher an.«

»Da kannst du dich winden, wie du willst, genau das ist es, auch wenn es dir nicht passt. Da draußen laufen 'ne Menge schlimmer Jungs und Mädels rum, und wir sorgen dafür, dass die irgendwann am Kanthaken hängen, so sieht's aus. Wir sind keine Sozialarbeiter.« Er umfasst mit der Rechten den Sicherheitsgurt, zieht sich daran hoch.

»Wenn das der Film ist, der bei dir abläuft, musst du das so machen. Für mich gibt es da Unterschiede. Nenn es mal individuell gestaltete Maßnahmenintensität.«

Er legt den Kopf ein wenig in den Nacken, sieht rüber, überlegt.

»Kannst du ja machen, Sozialromantiker, aber lass mich meins machen, ja?« Mit Feuer im Blick. Sein Körper sackt in den Sitz, er streckt seine Beine in den Fußraum.

Grüne Welle, auch selten, dass man die schafft, aber um die Zeit geht das. Zwischen den Häusern hier und da Bretterzäune, erlauben durch die Zaunlücken einen Blick auf die Brachflächen dahinter. Hatten wir vor ein paar Jahren auch mal 'ne Leiche, auf so 'nem Grundstück. Ist geklärt worden damals.

»Wir sind da.«

Er sieht sich mit wissender Bullenskepsis um, steigt aus, macht behutsam die Tür zu, noch ein Rundumblick die grauen Fassaden lang.

»Ist das eure Bronx?« Übers Autodach.

Graffiti überall, in den meisten Eingangstüren zu den Treppenhäusern kaputtes Drahtglas. Am Straßenrand Autos ohne Kennzeichen, zwei ohne Räder. Keine Gärten, die ausgelatschten Lehmpfade vor den Häusern umrahmen ein paar Grasinseln, dazwischen Müll.

»Einige von denen lassen schon bei uns arbeiten. Wir sind hier ungefähr da, wo die soziale Leiter mit ihren beiden Enden in die Erde gerammt wurde.«

»Welche Nummer wohnt sie?«

»Nummer 9, hier vorne.«

Eins der wenigen Häuser mit Nummer, haben wir ja richtig Glück gehabt. In einigen der Klingelschilder fehlen Namen, Pahmeier ist zu lesen, steht in der obersten Reihe. Man hätte drauf wetten sollen. Im Flur etwas Maggi, feuchter Kalk, eine Spur Abfluss, aber noch erträglich der Muff. Das Chaos draußen hat Schlimmeres erwarten lassen. An den Wänden schwarze Striemen, Filzstift-Tags und Schuhsohlen, ein Schuhabdruck drei Handbreit über Kopfhöhe. Scheint 'ne Artistenunterkunft zu sein. Pahmeier wohnt auf dem letzten Treppenabsatz rechts, wo sonst. In einer Nachbarwohnung schreit ein Kind wie am Spieß. Er schellt, die Tür öffnet sich nach drei Fanfaren Geschrei. Ein Schwall warmer, feuchter Luft drückt an ihr vorbei in den Flur, labbriger Jogginganzug, T-Shirt, Frotteelatschen, ihre Haare sind blondiert.

»Ja, was ist?«

»Frau Pahmeier, Brigitte Pahmeier, geborene Fritsche?«

»Jaa.« Sie singt es fast, schnarrend, sägend, zieht sich mit der Rechten die Joggingjacke über den Busen. Ihre Augen wandern ständig von einem zum andern, bleiben am Dienstausweis hängen.

»Kirchenberg, Kripo. Können wir einen Moment reinkommen?«

Kurzes Zögern, sie macht Platz. »Was ist denn los? Wieder was mit Sascha?«

Die Jogginghose spannt überm Hintern, auf den Fußnägeln rote Lackreste.

»Wer ist Sascha?«

»Na, mein Schwiegersohn.« Diese Stimme. Sie geht voraus, räumt eilig Klamotten von den Stühlen, schiebt mit den Füßen Schuhe aus dem Weg.

Vergiss es, Mädchen, hier ist nichts mehr zu retten.

»Also, sie sind nicht verheiratet. Er ist der Vater meines Enkels.«

»Nein, es geht nicht um Sascha, Frau Pahmeier. Sie haben einmal in dem Haus Am Gaswerk 17 gewohnt, genauer gesagt in den Jahren von 1967 bis 1977, erinnern Sie sich daran?«

Sie glotzt verständnislos. Dieses Kind schreit nicht normal.

»Mein Gott, ja.« Aber sie quetscht ein braunes Stoffstück hinter einen Schrank. »Wir haben da mal gewohnt, aber was wollen Sie mich da fragen?«

»Sie sind die Einzige aus Ihrer Familie, die noch hier wohnt. Was ist mit den anderen, also Ihren Eltern und Geschwistern?«

»Meine Eltern sind tot, schon lange. Und Willi ist vor vier Jahren gestorben, in Duisburg hat der gewohnt.«

»Was ist mit Ihrem zweiten Bruder, Helmut?«

Sie setzt sich, bietet keinen Platz an. Das Kind schreit und schreit.

»Ja, weiß ich nicht so genau. Er wohnt in Berlin, glaub ich. Das letzte Mal hab ich ihn vor zwei Jahren gesehen. Aber was soll das, Sie fragen mich das alles …«

»Frau Pahmeier, wir haben vor einigen Wochen im Keller dieses Hauses menschliche Knochen gefunden, die darauf hindeuten, dass in den Jahren, als Sie mit Ihrer Familie dort gewohnt haben, wahrscheinlich jemand einen Menschen getötet, die Hände abgesägt und im Keller Ihres Hauses vergraben hat.«

»Was?« Sie zieht die Oberlippe an einer Seite hoch. Lass es, macht hässlich. »Wer macht denn so was?« Schiebt die Zunge zwischen die Vorderzähne. »Und was soll ich jetzt dazu sagen?«

»Das ist natürlich lange her, Frau Pahmeier, das ist uns schon klar. Aber können Sie sich vielleicht an irgendetwas Besonderes erinnern, was Ihnen damals aufgefallen ist? Vorher muss ich Sie belehren, dass Sie Ihre Brüder und Ihren Vater nicht belasten müssen, für den Fall, dass die beiden vielleicht was damit zu tun haben könnten. Aber natürlich können Sie eine Aussage machen, wenn Ihnen vielleicht noch etwas einfällt.«

Es schreit und schreit.

»Was soll ich denn darüber noch wissen? Das war ein schreckliches Loch, da konnte ich doch als Kind kaum drin stehen, das weiß ich noch. Ich hatte damals immer Angst, da reinzugehen, der war immer so dunkel. Auch hinterher bin ich da nur rein, wenn ich unbedingt musste. Ich kann mich da an nichts erinnern. Meine Brüder, ich meine, die Polizei war damals hin und wieder bei uns, wegen meiner Brüder…« Der Bewerber sendet einen kurzen Blick.

»…aber ob die im Keller, ja, was?« Sie macht eine fahrige Bewegung mit den Händen. »Sollen die da was vergraben haben? Das ist zwanzig oder dreißig Jahre her, wer soll sich da denn noch erinnern?«

»Von Helmut wissen wir, dass er ab und zu mit Autos gehandelt hat, die nicht ihm gehörten. Was war mit Willi?«

»Na, dasselbe. Die hatten immer was mit Autos zu tun, haben doch auch gesessen deswegen. Ich weiß nicht so genau, hab ich doch schon gesagt, wir haben uns aus den Augen verloren.«

»Was war denn in dem Keller?«

»Blöde Frage. Was man eben so im Keller hat. Vorräte, Kartoffeln, ach ja, und die Kohlen hatten wir damals auch da drin. Konnte man doch kaum nutzen.«

Ist doch immer nett, höflich behandelt zu werden.

»Sie können sich also an nichts erinnern. Ist Ihnen der Keller vielleicht mal verboten worden, oder waren mal Fremde mit ihren Brüdern darin?«

»Herrgott, ich weiß es wirklich nicht mehr. Meine Brüder waren damals auch immer wenig zu Hause, und ich bin da nur im Notfall reingegangen, sagte ich doch schon.«

Das bringt doch alles nichts. Aber zwei kriminelle Brüder, könnte schon was dran sein.

»Gut, Frau Pahmeier. Wir verstehen, dass Sie sich nur schwer an Einzelheiten aus der Zeit erinnern können. Ich lasse Ihnen mal meine Karte da, wenn Ihnen doch noch was einfällt, rufen Sie mich an, ja? Vielleicht haben wir später auch noch einmal ein paar Fragen an Sie.«

Sie begafft die Karte, kommt mit zur Tür, das Kindergeschrei wird lauter.

»Sagen Sie mal, schreit dieses Kind immer so, das ist doch nicht normal.«

»Das ist Demi-Jennifer, von gegenüber, die schreit öfter so, ist ein bisschen behindert. Nervt total, aber manchmal ist sie ruhiger.«

Sie schließt die Tür ohne Gruß.

Zum Cocktail im Flur ist noch eine Zutat dazugekommen. Irgendwo ist was angebrannt.

12 Uhr 10

Nebelreste stehen in den Straßen, ziehen die Farben aus den Dingen. Aber so dick wie heute Morgen ist er nicht mehr. Ein heller Fleck mit weichem Rand hinter den Wolken, die Sonne, schwächlich und weiß.

E-Mail, Eingang.

Erinnerung an die Untersuchung zur Kraftfahrtauglichkeit, Termine nächste Woche. Sonst nichts. Keine Hinweise auf unbekannte Leichen ohne Hände.

Kraftfahrtauglichkeit. Für andere Bereiche müsste es auch solche Untersuchungen geben. Vielleicht zur Tätertauglichkeit. Oder Menschentauglichkeitsuntersuchungen, auch nicht schlecht. Bloß schwierig, wenn man da durchfällt.

Ob es Ayse wohl besser geht? Vielleicht ist das ja auch alles vorgeschoben bei ihr. Könnte ja auch was ganz anderes sein als diese Kältenummer. Der Altersunterschied zum Beispiel. Vielleicht stört es sie ja doch. Traut es sich nicht zu sagen und spinnt sich was mit Kälte zusammen, allein sein und so.

Die Tür geht auf, Ernst kommt rein.

»Da bin ich, Konni. Kann ich bei dir rauchen?« Er hält seinen Zigarillo hoch.

»Nur unter einer Bedingung: Ich kriege auch einen.«

Er hält lächelnd die Blechdose hin, der Tabakduft ist auch auf Abstand zu riechen, gibt Feuer. Der Bewerber kommt, legt die Knochenakte auf den Schreibtisch, setzt sich. Eine Qualmwolke hüllt seinen Kopf ein, er sagt nichts.

»Fangen wir an. Erst mal danke, Ernst, dass du den Nachmittag abzwackst und uns unterstützt. Vielleicht kriegen wir dann heute alle potentiellen ehemaligen Nachbarn durch, ich möchte den Vorgang nämlich so schnell wie möglich vom Tisch haben. Du weißt einigermaßen Bescheid?«

»Nur ganz grob aus der Frühbesprechung, sag noch ein paar Sätze dazu.«

»Ein Dr. Claas, ein Arzt mit großer Praxis in einem Kaff hier in der Nähe, hat hier am Gaswerk 17 ein altes Haus von 1924 gekauft. Renovieren ist das große Hobby von Dr. Claas, weil er als Radiologe wenig Handwerkliches machen muss. Das Haus hatte einen Keller, genauer gesagt einen Kriechkeller, der nur einsfünfzig hoch war und der noch einen gestampften Lehmboden hatte. Er wollte ihn vertiefen und fliesen. Beim Ausschachten hat er Knochen gefunden, bei denen es sich um ein Paar menschliche Hände handelt, die ursprünglich wohl mal in einem Tuch eingeschlagen waren. Frau Dr. Richter hat die wieder zusammengefrickelt, und es sind die kompletten Knochen zweier männlicher Hände, abgetrennt ein Stück oberhalb der Gelenke, sodass von Elle und Speiche noch Teile vorhanden waren. Da sie so komplett sind, ist anzunehmen, dass sie einst im frischen Zustand vergraben wurden, also mit Gewebe drum herum. Anhand der Schnittstellen kann man übrigens davon ausgehen, dass sie abgesägt wurden, sagt Richter.«

»Warum vergräbt jemand nur die Hände, oder wurde noch was gefunden?«

»Keine Ahnung, warum, können wir hinterher mal drüber phantasieren. Und mehr gefunden haben wir auch nicht, wir haben damals den Abraum durchsucht und waren jetzt mit 'nem Leichenhund drin, aber der hat nur an der einen Stelle angeschlagen. Die Hände waren eingewickelt in ein blaues Tuch oder einen blauen Sack. Anhand dieser Textilien können wir die Liegezeit auf die Jahre von 1972 bis 1988 eingrenzen.«

Ernst hustet zur Show.

»Ja, ja, schon richtig, ist 'ne Menge Zeit. Trotzdem müssen wir das Mögliche abklären. Das Haus hat einmal 66 und dann noch mal 84 den Besitzer gewechselt, beide haben es wieder vermietet. In dieser Zeit haben dort im Wesentlichen zwei Mietparteien gewohnt, Fritsche und Weber, die einen von 67 bis 77 und die anderen dann bis 94. Von Familie Fritsche lebt heute noch …«

Das Handy. Ayse?

»Kirchenberg.«

»Hallo Konstantin, hier ist Mama. Na, wie geht's dir?«

»Hallo, Mam. Du rufst ein bisschen ungünstig an, kann ich dich in ein paar Minuten zurückrufen?«

»Gut, bis nachher.«

»So, wo waren wir? Fritsche. Von denen leben noch die

Tochter, Brigitte, die ist siebenundvierzig und heißt jetzt Pahmeier, mit der haben wir schon gesprochen, war aber kaum was zu holen. Die hatte allerdings kriminelle Brüder, von denen einer noch lebt.«

Ernst gibt mit der Hand ein Halt-Signal, nimmt sich einen Zettel, notiert die Daten, ist fertig.

»Dieser Bruder soll in Berlin leben, ist da aber nicht gemeldet. Der Rest ist tot. Von Familie Weber leben noch die Tochter und der Vater. Die wohnen auch noch hier, haben wir aber heute Morgen nicht angetroffen, da fahre ich gleich noch mal vorbei. Was zusätzlich blöd ist, da ist nach der langen Zeit aber wohl nichts mehr zu ermitteln: Zwischen den beiden Mieterwechseln, also 67 und 77 stand das Haus jeweils zwei Monate leer. 67 fällt raus, wahrscheinlich. Einer der Vermieter lebt noch und glaubt zwar, dass da damals nichts Außergewöhnliches passiert ist, aber ob man sich nach dreißig Jahren noch an 'ne aufgebrochene Kellertür erinnern würde?«

»Du meinst, jemand anders könnte reingegangen sein, als es leerstand, und die da vergraben haben.«

»Möglich wäre das zumindest.«

»Warum fällt der Hausbesitzer raus beziehungsweise die beiden Hausbesitzer?«

»Prinzipiell fallen die nicht raus, aber es wäre schon dämlich, Leichenteile im eigenen Keller zu vergraben und dann das Haus an jemanden zu vermieten.«

Stille Zustimmung.

»Wir haben heute in den Katakomben der Stadtverwaltung im Umkreis von hundert Metern um das Haus alle Nachbarn von damals notiert und die online mit den Daten im Einwohnermeldeamt verglichen. Zweiundzwanzig leben noch hier im Bereich, einige sogar noch in den Häusern. Wenn wir jeder sieben überprüfen, sind wir heute Nachmittag durch. Bei denen, die wir nicht antreffen, werfen wir diesen Zettel in den Briefkasten. Da steht kurz der Sachverhalt drauf und meine Telefonnummer. Noch Fragen dazu?«

»Was ist sonst fahndungsmäßig gelaufen?«

»Was willst du bei so einer Sache schon machen? Ich habe zuerst landesweit alle Dienststellen angeschrieben, allerdings noch ohne Zeiteingrenzung. Bisher habe ich drei Rückmeldungen, die aber alle nicht passen, aus verschiedenen Gründen. Jetzt, mit der zeitlichen Bestimmung, habe ich die angrenzenden Bundesländer mit einbezogen. Ich hoffe, da kommt nicht zu viel. Reicht dir das?«

Er winkt ab. Die beiden nehmen die Handzettel.

»Autos habe ich uns schon besorgt. Ich schlage vor, wir bleiben über Handy in Kontakt, wer weiß, wie es beim Einzelnen läuft. Wenn es zu spät wird, besprechen wir die Ergebnisse morgen früh.«

Sie gehen.

Der Tabak des Zigarillos brennt sacht vorne auf der Zunge, Lungenzug, im Kopf dreht sich ein kleiner Triesel. Die Konturen der Sonne sind etwas deutlicher zu sehen.

Telefonbuch, Namen, Kirchenberg.

»Kirchenberg.«

»Ich bin's, Mam. Was gibt es?«

»Schön, dass du dich so schnell meldest, ich wollte dich um einen Gefallen bitten. Ich habe heute Vera getroffen.«

»Welche Vera?«

»Na, Konstantin, Vera Strathmann, deine Cousine.«

»Vera, meine Güte, die habe ich ja schon Jahre nicht gesehen.«

Familienfeiern, dicke Torten auf zusammengeschobenen Tischen, der Raum über der Garage, Buden bauen.

»Du weißt ja, dass Vera eine Tochter hat, Tina, und mit der hat sie ein paar Probleme.«

»Soll vorkommen mit den Bälgern.«

»Konstantin! Sei nicht so. Sie glaubt, dass Tina Drogen nimmt.«

»Wie alt ist Tina denn?«

»Ich glaube, sie hat gesagt, fünfzehn.«

»Da nehmen die schon mal so was. Und was soll ich dabei deiner Meinung nach machen?«

»Na ja, ich hatte gedacht, du könntest ihr helfen. Du kennst dich doch in solchen Sachen aus.«

»Ich kenne mich da aus, Mam? Ich kenne mich mit Fünfzehnjährigen aus? Überhaupt nicht. Ich kann ihr da überhaupt nicht helfen.«

»Tu mir einen Gefallen, ruf sie einfach an, ja? Ich habe ihr gesagt, dass ich mit dir spreche.«

»Wie kannst du ihr so was versprechen, hm?«

»Sie war so hilflos, da musste ich ihr einfach helfen.«

»Ja, genau, du. Du kannst ihr helfen, so viel du willst, ich halte dich nicht zurück.«

»Konstantin …«

Das kann nicht wahr sein. »Okay, ich rufe sie an.«

»Ich hatte nichts zu schreiben dabei, darum habe ich die Telefonnummer nicht, sie sagte aber, sie stände im Telefonbuch.«

»Ja, ich rufe an.«

Vera, wie lange ist das denn her, das letzte Mal? Drei Jahre, vier Jahre. Auf irgendeiner Kirmes haben wir uns mal gesehen. Oder in ’ner Kneipe?

»Schön, das wusste ich, danke. Und schau mal wieder vorbei, ja?«

»Irgendwann am Wochenende. Tschüss.«

E-Mail, Eingang.

Keine Nachrichten über unvollständige Leichen.

14 Uhr 10

»›...was einmal in ihren Händen ist und in ihren Höhlen liegt, das kommt so leicht nicht wieder an des Tages Licht.‹ Schneeweißchen war ganz traurig über den Abschied, und als es ihm die Türe aufriegelte und der Bär sich hinausdrängte, blieb er an dem Türhaken hängen, und ein Stück seiner Haut riss auf, und da war es Schneeweißchen, als hätte es Gold durchschimmern gesehen; aber es war seiner Sache nicht gewiss. Der Bär ...«

Leise, mit sanfter Lebhaftigkeit, als wenn sie einem Kind vorliest. Bubikopf, etwas Grau im Braun, unterm engen Pullover kleine Brüste. Sie sieht ihn an, schlägt die Beine übereinander, der Saum ihres Faltenrocks bedeckt die Waden bis zur Mitte.

»Frau Sandra Weber.«

Sie sieht auf, ihr Blick ist mild, die Augen flackern für einen Moment.

»Ja, bitte?« Ihre Stimme hat mit einem Schlag ihre Lebhaftigkeit verloren.

»Mein Name ist Konstantin Kirchenberg, ich bin von der Kripo.«

»Ja.« Kleine Falten um die Augen, zwei tiefe Linien ziehen sich von den Nasenflügeln abwärts, begrenzen den Mund wie eine Klammer. Sie beachtet den Ausweis nicht, legt einen Papierfetzen zwischen die Seiten, klappt das Buch zu. An den Händen erinnert die glatte Haut an ihre Jugend, die Nägel sind unlackiert, kurz und gepflegt.

»Frau Weber, ich hätte ein paar Fragen an Sie, könnten wir uns an den Tisch dort setzen, geht das?«

Sie sieht zu ihm, nimmt ein Papiertuch, wickelt es um den Zeigefinger und rettet einen Speicheltropfen auf der Unterlippe vorm Absturz, richtet die Revers des Bademantels. Sein Blick betrachtet irgendwas zwei Milchstraßen weiter, mindestens. Fünf Schritte zum Tisch, sie setzt sich ihm zugewandt.

Das bisschen Grau ist es nicht, die Falten auch nicht. Wieso wirkt die so alt, ist doch erst einunddreißig? Die Körperhaltung? Das Sprechen? Die Klamotten sind nicht gerade aus der Vogue, aber die sind es auch nicht.

»Ich war heute schon zwei Mal an Ihrer Wohnung, Ihr Nachbar hat mir dann gesagt, dass ich Sie hier finden würde. Er sagte, Sie wären jeden Tag hier.«

»Ja, ich gehe morgens vor der Arbeit kurz hier vorbei und bin am Nachmittag auch erst einmal hier. Wieso wollen Sie mich sprechen?«

»Es geht um das Haus Am Gaswerk 17, Frau Weber. Sie haben bis Mitte 1994 in dem Haus gewohnt und …«

»Ach, Sie kommen bestimmt wegen der Knochen. Ich habe es in der Zeitung gelesen.«

»Ja, es stand schon in der Zeitung, leider, war uns auch gar nicht so recht, aber nicht mehr zu ändern. Genau darum geht es, Frau Weber. Ich weiß nicht, ob Sie sich überhaupt an was erinnern, ist ja lange her, und ich muss Sie vorher belehren, dass Sie sich mit dem, was Sie sagen, nicht selbst belasten müssen, sich selbst oder einen nahen Angehörigen, ja?«

Sie nickt, wieder diese Unsicherheit, egal, sie wird es wohl kapiert haben.

»Können Sie sich an die Zeit erinnern, Frau Weber?«

»An die ersten Jahre natürlich nicht, ich war, glaub ich, noch keine zwei, als wir in das Haus gezogen sind.«

»Können Sie was zu dem Keller sagen?«

»Nicht viel. Später war ich mal unten, aber eher selten. Wir hatten da eigentlich nur ein paar Vorräte untergebracht, und so groß waren die Räume ja auch nicht und eben so furchtbar niedrig. Ich war da nicht oft drin.«

Zwischendurch immer ein Blick zu ihm.

»Gibt es aus der Zeit irgendeinen Vorfall, etwas Besonderes, was im Zusammenhang mit dem Keller stand und an das Sie sich erinnern können?«

»Hm«, ihr Blick wandert einmal die Decke lang, »eigentlich nicht. Das war unser Keller, da standen ein paar alte Regale drin, in denen wir Vorräte hatten.«

»Ist mal was am Haus verändert worden?«

»Ja, irgendwann ist der obere Teil …«

Er hat etwas in die falsche Röhre gekriegt, hustet, würgt fast, etwas dünne Rotze läuft ihm auf die Brust.

Sie ist sofort bei ihm, »ist gut, Vati«, wischt den Schleim ab, ganz sacht legt sie ihre Wange auf seine Stirn, streichelt sein Gesicht. Er beruhigt sich wieder, noch ein Kuss auf den Scheitel.

Schmalzige Haare und fettige Kopfhaut scheinen ja kein Problem für Töchterchen zu sein.

»'tschuldigung. Manchmal verschluckt er sich.«

Diese Stimme. Aber das ist keine Sanftheit, das ist, das ist… irgendwie gefangen.

»Was hatten Sie gefragt? Ach ja. Irgendwann ist der obere Teil vom Grundstück verkauft worden, weil der Weg zum Park verbreitert wurde. Dann hat der Vermieter auch den Hof gepflastert, das fällt mir noch ein. Aber sonst… vom Keller könnte ich Ihnen nichts sagen.«

Sein kurzer Röchler zieht ihre Aufmerksamkeit auf sich, aber er kriegt es dieses Mal allein hin.

»Gab es andere Leute, die Zugang zum Keller hatten?«

»Wer denn? Nein. Soviel ich sagen kann, waren da keine anderen Leute drin.«

Da kann man auch versuchen, 'ne Drehtür zuzuschlagen.

»Wissen Sie noch, was in dem letzten Kellerraum war, geradeaus gegenüber der Treppe?«

Sie macht einen spitzen Mund, schüttelt den Kopf.

»Da stand die Kartoffelkiste, glaub ich.« Ihre Augen wandern nach unten. »Ja, links standen die Kartoffeln und rechts irgendetwas.«

»Ihre Mutter ist im Herbst 89 gestorben. Sie haben dann aber noch eine Zeit in dem Haus gewohnt.«

»Ja, fünf Jahre ungefähr, aber dann war das Haus einfach zu groß für zwei. Zuerst hatte Vati den Unfall, da konnte er kaum noch was machen am Haus, und dann kam sein erster Schlaganfall.«

»Wann war das?«

»Der Unfall war am 30. August 92.« Sie sieht ihn an.

Sein Kopf ist nach links geneigt, die Hände hängen im Schoß, welk, fleckig, cine Narbe verschwindet halb unter dem Ärmel. Aber die Nägel gefeilt. Eigenartig. Das war bestimmt Töchterchen. Wie ein V stehen seine Füße auf den Trittbrettern des Rollstuhls, auf den schwarzen Lederhausschuhen gelbe Flecke.

»Seitdem geht es ihm so?«

»Nein.« Mit gezügelter Empörung. »Er konnte zwar nicht gehen, aber stehen nach dem Unfall. Und er war völlig ansprechbar, konnte seine Hände benutzen. Ich habe sogar gearbeitet und bin mittags zu ihm gefahren, so gut konnte er sich notdürftig über den Tag versorgen. Wenn ich dann zu Hause war, war alles gut. Einmal in der Woche half uns ein Pfleger.«

»Sie haben Ihren Vater gepflegt? All die Jahre?«

Sie sagt nichts.

»Seit wann ist er hier im Heim?«

»Seit seinem zweiten Schlaganfall, da ging es nicht mehr.« In ihrer Stimme schwingt Kapitulation mit.

»Wann war das?«

»Kurz nach Weihnachten 2004.«

»Und seitdem sind Sie täglich hier?«

»Fast. Ich arbeite, habe aber zum Teil einen Heimarbeitsplatz, kann also viel zu Hause am Computer erledigen. Da komme ich oft her und verbringe Zeit mit ihm.«

»Und lesen ihm Märchen vor.«

»Ja.« Für einen kleinen Moment ist in ihrem Gesicht eine verlegene Fröhlichkeit. »Hat er mir früher auch vorgelesen, und ich habe manchmal das Gefühl, dass er darauf noch reagiert.«

An einem Tisch am Fenster streiten sich zwei Greise, nach wenigen Sekunden verlässt sie die Kraft. Sie sitzt da wie Leute auf einer Käthe-Kollwitz-Zeichnung. Und jetzt?

»Wenn Sie es in der Zeitung gelesen haben, wissen Sie ja, dass wir in dem Keller dieses Hauses die abgesägten Hände eines Mannes gefunden haben, Frau Weber. Wir müssen aber davon ausgehen, dass dieser Mann getötet wurde, vorher, zumindest wollen wir das für ihn hoffen. Da das Ganze aufgrund unserer Untersuchungen in der Zeit stattgefunden haben könnte, als Sie dort gewohnt haben, möchte ich Ihnen eine Frage stellen: Haben Sie irgendeine Idee, wie diese Hände in den Keller gekommen sein könnten?«

Sie schüttelt nach einigen Sekunden den Kopf, stumm, die Unruhe in ihren Augen bleibt.

»Haben Ihre Eltern sich irgendwann einmal besonders verhalten im Zusammenhang mit diesen Räumen, sie verboten, was gesagt, das Ihnen in Erinnerung ist?«

»Ich kann mich nicht erinnern. Es standen da ein paar Vorräte drin und Sachen, die man nicht oft brauchte, nichts Besonderes.«

Nichts Besonderes, na gut.

»Hier ist meine Karte, Frau Weber, falls Ihnen noch was einfällt. Möglicherweise melde ich mich auch noch einmal bei Ihnen.«

Sie nimmt die Karte, verabschiedet sich wie ein artiges kleines Mädchen, geht wieder zu ihm.

Ihre kleinen, glatten Hände nehmen den Zettel aus dem Buch, sie findet die Stelle schnell.

»Aber es war seiner Sache nicht gewiss. Der Bär lief eilig fort und war bald hinter den Bäumen verschwunden.«

15 Uhr 07

Wenn ich aufwache, fängt es an, sofort, nicht immer, aber an manchen Tagen. Ich bleibe liegen und weiß nicht, ob es aufhören soll, es ist kein Schmerz, aber es zieht etwas in mir fort, durch die Wolken, durch die Himmel, und ich muss hinterher, und es ist schön und schlimm und bedrohlich und fremd und schön und anziehend und fremd und bedrohlich und sehnsüchtig und hell und schön und unbekannt und süß und ich weiß es nicht.

Er ruft spielt süßer den Tod der Tod ist ein Meister aus Deutschland
er ruft streicht dunkler die Geigen dann steigt ihr als Rauch in die Luft
dann habt ihr ein Grab in den Wolken da liegt man nicht eng

Haben wir heute in Deutsch bei dem bescheuerten Gerkensmeier besprochen. Kaum zu glauben, dass der Menschen kennt, die solche Gedanken haben. Wenn ich mal tot bin, soll das einer an meinem Grab lesen. Alle hören das, weinen wie blöd, das wär toll. Ist es eigentlich verrückt, wenn man an seine eigene Beerdigung denkt? Nach der Schule noch bei Jenny (HDGDL, Jenny) und haben geredet. Jenny sagt, sie würde auch gern solche Sachen schreiben. Haben noch ein bisschen was geraucht, weil Jennys Eltern nicht da sind. Jenny hatte noch was. In letzter Zeit macht ihr Vater völlig den Affen, vielleicht haut sie für ein paar Tage ab.

»Na, was meinst du?« An Veras Oberlippe klebt ein kleiner Rest Cappuccinoschaum.

»Eigentlich lese ich nicht so gern in fremden Tagebüchern. Komisches Gefühl.«

»Für dich auch? Ich dachte, ihr schnüffelt sonst auch immer überall rum.« Mit völlig argloser Miene. Gibt es da nicht immer diese Umfragen, wonach Polizisten gut angesehen sind?

»So, wir schnüffeln immer rum, ja? Zwischendurch verprügeln wir manchmal auch ein paar Demonstranten.«

»'tschuldigung«, sie merkt es, ihre Wangen beginnen zu glimmen, Entschuldigungslächeln, »so war es nicht gemeint. Ich meinte nur, du als Polizist musst doch auch Wohnungen durchsuchen und so, und da sieht man doch bestimmt 'ne Menge. Mich wundert, dass dir das noch was ausmacht.«

Tja, 'ne Menge. Am schlimmsten ist es eigentlich immer in den Schlafzimmern, da zieren die sich auch am meisten. Als wollte man ihnen in die Hose sehen.

»Na, und dann habe ich letztens das hier in ihrem Zimmer gefunden.«

Sie holt einen Löffel aus ihrer Tasche, an der Unterseite der Laffe schwarze Spuren, innen ein weißer Rand.

»Schon etwas heftiger. Sieht ganz so aus, als wäre damit Stoff aufgekocht worden. Muss das von ihr sein?«

»Nein, muss nicht, ich glaube es auch nicht. Aber ich bin mir nicht sicher. Ich habe es gefunden, nachdem ein paar

Nächte Leute bei ihr geschlafen haben, das passiert schon mal.« Die Angst macht ihre Stimme dünn und zittrig.

»Was soll ich bei der Sache machen, Vera?«

»Na, ich dachte, du könntest mal mit ihr reden, so als Fachmann, dir glaubt sie vielleicht mehr und, tja, hat vielleicht auch mehr Respekt vor dir. Darum bin ich auch auf dich gekommen. Wenn ich mit ihr anfange, über Drogen zu reden, winkt sie sofort ab, meistens gibt es dann Streit.«

»Ich soll mit 'ner Fünfzehnjährigen reden? Die auch noch in der linken Punkszene ist. Wenn ich der erzähle, dass ich bei den Bullen bin, hört die mir keine zehn Sekunden zu.«

»Aber mich akzepiert sie da überhaupt nicht. Sie hat mich mal gefragt, ob ich wenigstens als Jugendliche was geraucht hätte, da hab ich nein gesagt, ich habe auch nie was geraucht. Gelacht hat sie da, ich könnte überhaupt nicht mitreden.«

Wunderbar. Eine fünfzehnjährige, linke, pubertäre, schwarz geschminkte Göre, für die Anarchismus zurzeit die einzige Lebensform ist. Das wird bestimmt ein interessantes Gespräch.

»War auch nur so eine Idee, als ich deine Mutter getroffen habe. Schön blöd, wir sehen uns Jahre nicht, und dann komme ich mit so was. Du musst das nicht tun, Konni, dafür hätte ich auch Verständnis.«

»Wann ist sie denn immer zu Hause?«

»Kann ich dir nicht sagen, das ist ganz unterschiedlich.«

»Okay. Ich rufe dich mal an, wenn ich Zeit habe. Wenn sie dann zu Hause ist, komme ich. Aber ich mache es mal auf meine Art, ja? Denn ich glaube, ich kriege nur eine Chance. Vielleicht geht es auch schief.«

Sie kommt näher, drückt den Unterarm. War immer schön

bei Vera, hinterm Garten gleich der Wald, das Klettern war das Beste. Bei Wind in den dünnen Birken ganz nach oben, wie auf 'nem Viermaster bei Sturm. Und diese riesige, selbst gebaute Schaukel. Warum scheint eigentlich immer die Sonne, wenn man an seine Kindheit denkt?

»Vorher kann ich ja mal vorbeikommen, und wir beide rauchen was, damit du mitreden kannst.«

Das Lachen gibt ihrem Gesicht für ein paar Sekunden die Unbefangenheit zurück. Sieht aus wie früher. Schön.

Die Kellnerin sieht den Wink, legt ihre Kippe weg, kommt.

15 Uhr 45

Beim Klingeln spielt die Töle hinter der Tür verrückt. Hohes, piepsendes Gekläffe, wahrscheinlich nicht größer als zwei Handbreit, das Vieh. Im Erker weht die Gardine aus einem offenen Fenster, im Erdgeschoss steht eins auf kipp. Sieht doch so aus, als wenn jemand zu Hause wäre. Der Plattenweg führt links am Haus vorbei, hinten ein kleiner Garten, irgendein Kohlgestrünk mit labbrigen braunen Blättern fault vor sich hin. In einem der beiden Bäume hängt am Ende eines Astes noch ein einziges Blatt.

»Hallo! Jemand zu Hause?«

Ein dumpfes Poltern im Schuppen, die Holztür öffnet sich, ein alter Kopf mit Cordhut erscheint.

»Herr Große?«

»Ja!« Mit mürrischem Misstrauen, er bleibt geschützt hinter dem Türflügel stehen.

»Herr Große, mein Name ist Kirchenberg, ich bin von der

Kripo, und ich hätte mich gern mal kurz mit Ihnen unterhalten.«

»Hä?«

Altdeutsches Fragewort mit zwei Buchstaben, mit unbewegten Lippen. Er hält den Kopf schief.

»Herr Große, Sie haben von 73 bis 77 eine Wohnung im Haus Am Gaswerk 22 bewohnt. Erinnern Sie sich daran?«

Er öffnet den Mund, hebt den Kopf, nickt einmal.

»Es geht um das Haus Am Gaswerk 17, können Sie dazu was sagen?«

Er macht seine Augen klein, braucht ein paar Sekunden. Muss etwas tiefer in die Kiste greifen.

»War das Haus schräg gegenüber Ihrem, neben dem späteren Parkeingang.«

»Ja, sicher.«

Ein echter Dampfplauderer. Aber 'ne Steigerung um hundert Prozent. Vielleicht wird's ja noch ein Gespräch.

»Können Sie was zu dem Haus sagen?«

»Was denn?«

Was stand letztens in der Zeitung, mit wie vielen Worten kommen Männer am Tag aus? Er hier wahrscheinlich mit zwanzig.

»Na, können Sie sich vielleicht daran erinnern, wer da gewohnt hat? Ist Ihnen vielleicht mal was aufgefallen, was Außergewöhnliches?«

»Nä. Was denn Außergewöhnliches?«

»Vielleicht hatten Sie mal Kontakt mit den Leuten, die da gewohnt haben, und es gab mal eine Situation, an die Sie sich erinnern. Oder Sie haben mal was beobachtet.«

»Nä.«

»Wer da gewohnt hat, wissen Sie das noch?«

»Nä.«

Mit welchem Werbeslogan haben die damals für diesen Job geworben? Polizei – Mensch im Mittelpunkt, so hieß der. Ob damit auch so welche wie er hier gemeint waren?

»Herr Große, wir haben nämlich im Keller dieses Hauses vor einigen Wochen menschliche Knochenreste gefunden, und jetzt ermitteln wir natürlich, was da passiert sein könnte. Vielleicht haben Sie davon in der Zeitung gelesen.«

»Ich lese keine Zeitung. Und ich brauche auch keine Versicherung.«

»Bitte?« Ach, so! »Ich bin von der Kriminalpolizei, Herr Große, hier ist mein Ausweis.«

Ein intensiver Blick auf die Karte, er kommt aus der Tür, beginnt zu lächeln.

»Ich höre nicht mehr so gut und dachte, Sie wären von der Versicherung, und den Brüdern traue ich keinen Meter. Entschuldigung. Also, zu dem Haus, da kann ich nichts sagen. Zu der Zeit habe ich als Fernfahrer gearbeitet, bei Kuntz und Söhne, und war auch wenig zu Hause. Ich weiß just noch, dass da ein Haus stand, hab ich noch gedacht, als ich das in der Zeitung gelesen habe.«

»Ich denke, Sie lesen keine Zeitung?«

»Doch, schon, aber bei diesen Versicherungsgangstern sagt man am besten gar nichts.«

Er nimmt den Hut ab, hält ihn zwischen Daumen und Zeigefinger, kratzt sich den Haarkranz mit den restlichen Fingern.

»Schon richtig, Herr Große, immer schön vorsichtig sein. Sie können also gar nichts zu dem Haus sagen?«

»Beim besten Willen nicht.«

»Gut, vielen Dank. Hier ist meine Karte, falls Ihnen doch noch was einfällt.«

Er nimmt sie, legt zum Gruß zwei Finger an die Stirn.

Aus dem Briefkasten am Eingang ragt ein brauner Umschlag, hinter der Tür macht Fifi wieder den Tasmanischen Teufel.

16 Uhr 52

Die E-Mails.

Fahndungsanfrage nach Brandsache vom KK 11 Mülheim an der Ruhr. Später.

Behinderungen wegen Bauarbeiten an der Hoftür des Hauptgebäudes. Immer noch?

Wirtschaftskriminalität, abschließender Bericht Verfahren…

Uninteressant.

Nichts über unvollständige Leichen.

Dafür dass es über dreißig Jahre her ist, konnten sich einige noch gut erinnern, jedenfalls hörte sich das so an. Aber was sagte der alte Heinrich immer: Erinnerung ist ein Drehbuchautor, kein Chronist. Oder der Vernehmungsfritze damals auf dem Seminar in Düsseldorf hatte auch so einen Spruch: Erinnerung mischt Phantasie und Wahrheit wie Milch und Wasser, und niemand kriegt das wieder auseinander. Wir malen uns unsere Vergangenheit, bis es passt, könnte schon sein. Was die Ergebnisse angeht, kann man da abends an der Theke reichlich Studien betreiben, wenn dann noch die

Strunzerei dazukommt: war jeder glatzköpfige Fettsack ein dauerpotenter Weiberheld in seiner Jugend, dem die Mädels in der Disco heimlich Telefonnummern aufs Hemd schrieben, zur Not mit Lippenstift. Und im Bett natürlich umwerfend, versteht sich, jede Partnerin bis zur Bewusstlosigkeit, hat der Kreislauf den zehnten Orgasmus eben nicht mehr mitgemacht. Ach ja und Fußball, das konnten auch alle. Aber kurz vor der Bundesliga von einer üblen Verletzung niedergestreckt, leider, leider, hat das Scheißknie die ganze Karriere versaut, ansonsten, Profibereich bestimmt… Mann, Mann. Jeder hält seinen geschwollenen Purpurarsch eben so gut in die Gegend, wie es geht. Es lebe der Affenfelsen.

16 Uhr 56. Ernst hat vor ’ner Viertelstunde angerufen, könnte bald hier sein. Vielleicht ist schon die Nachmittagspost da.

Der Flur ist leer, Petra hat Stöpsel im Ohr.

»Keine Teddys heute?«

Ein kurzes, abwesendes Lächeln, will nicht gestört werden.

Das Fach ist voll. Zwei Vorgänge von der Staatsanwaltschaft, das neue Heft vom Kriminalisten, ein dickerer Umschlag. Keine Ahnung, was das ist.

Das Telefon klingelt, der Durchzug saugt die Tür ins Schloss.

»Kirchenberg.«

»Hi, hier ist Ayse.« Ganz sanft. »Ich wollte dir nur sagen, dass ich bei Onkel Sener bin. Martha ist krank, ich helfe ihm heute Abend, jedenfalls solange viel los ist.«

»Schade, aber nicht zu ändern.«

Ernst kommt rein, zieht sich die Jacke auf.

»Du kannst ja nachher direkt zu ihm kommen.«

»Gut, sehen wir uns da. Ich weiß noch nicht genau, wann heute Feierabend ist.«

Er zieht die Jacke aus, geht zur Heizung, legt die Hände vorsichtig darauf.

»Und, wie war's?«

»Bis auf zwei habe ich alle angetroffen, aber rausgekommen ist eigentlich nichts dabei. Einige haben damals auch nur kurz in der Gegend gelebt. Drei konnten sich noch an das Haus erinnern, einer von denen auch an Familie Fritsche, weil er mit einem der Söhne mal Ärger hatte wegen eines Autos. Müssen nicht so angenehme Zeitgenossen gewesen sein, Arschlöcher, um es mal mit seinen Worten zu sagen.« Er nimmt die Hände von der Heizung, reibt sie, setzt sich.

»Reicht nicht ganz, um ihnen einen Mord anzuhängen.«

Er lacht mitleidig mit.

»Außerdem scheint er recht zu haben. Ich habe mal die Aktenlage gepeilt, und es stimmt, was mir die Schwester gesagt hat. Willie Fritsche ist 2004 gestorben, und Helmut scheint in Berlin zu wohnen, dort hat er jedenfalls 'ne Akte wegen aller möglichen Kfz-Delikte, Diebstahl, Hehlerei und so weiter. Hat auch reichlich gesessen.«

»Eigentlich sind Diebe keine Mörder, aber wissen kann man's nicht. Wenn man schon so tief im Milieu steckt…«

»Wäre aber selten dämlich. Wenn ich in meinem Keller Leichenteile vergrabe, lass ich die doch nicht da liegen, wenn ich ausziehe.«

»Vielleicht doch, wenn's lange her war oder was dazwischengekommen ist.«

Der Bewerber prüft auf dem Flur wieder die Festigkeit des PVC, klopft, erscheint mit Aktendeckel in der Hand.

»Du bist auch schon wieder da?«

»Ja, sogar schon etwas länger, war in der Aktenhaltung. Hier«, er wedelt mit einer Akte, Gesichtsausdruck wie nach 'nem Olympiasieg, »das ist die Akte von Ronald Küpper. Aber vom Anfang an: Einer der Exnachbarn, die ich befragt habe, ein Schmale, hat dort von 71 bis 79 gewohnt und kannte die Fritsche-Brüder von der Schule, darum gab es auch flüchtigen Kontakt. Ganz koscher ist der damals wahrscheinlich selbst nicht gewesen, jedenfalls berichtet der von einem Ronni, der dort mal eine Zeit gewohnt haben soll.«

»Wie, gewohnt? Als Untermieter oder was?« Ernst mit leiser Herablassung. Der löst bei allen so was aus.

»Weiß ich nicht, schon möglich. Jedenfalls hat der sich dort eine Zeit aufgehalten und soll eine ganz dicke Nummer gewesen sein. Schmale sagte, er könne sich erinnern, der habe hinterher vermutlich wegen Totschlags gesessen, habe er gehört.«

»Und Ronni ist Ronald Küpper?«

Er macht eine Pause, hebt sein Kinn ein wenig an. »Ich bin unten zur Wache gegangen und habe mal gefragt, ob es einen Kollegen gibt, der damals schon hier Dienst gemacht hat. Gab es nicht, aber Egon nannte mir zwei Kollegen, die damals hier in der Tour waren.«

»Klar, wenn einer das weiß, dann Egon. Der ist doch bestimmt selber schon fünfundzwanzig Jahre hier.«

Ernst zuckt mit den Schultern. Stimmt, Ernst kam später.

»Danke für die Bestätigung. Einer dieser Wachtmeister

ist Willi Töpfer, und der ist jetzt Bezirksbeamter hinterm Bahnhofsviertel.«

»Und den hast du befragt.«

»Auch wenn ich nicht so ein Oberermittler bin wie ihr, bin ich genau darauf gekommen. Und Willi Töpfer hat mal Ronni und Totschlag und Am Gaswerk 17 zusammengezählt und sagte, es könne sich um Ronald Küpper handeln. Den hat er damals bei verschiedenen Gelegenheiten festgenommen.«

Wie der guckt. Ist das jetzt Hochnäsigkeit oder bildet man sich das nur ein? Nachher tun wir ihm noch alle unrecht.

»Und? Kommt das hin mit dem Totschlag?«

»Fast. Körperverletzung mit Todesfolge und etliche KV.« Er klatscht die graue Akte auf den Schreibtisch. »Und reichlich anderes Zeug, unter anderem Diebstahl und Hehlerei.«

»Dann hast du doch bestimmt auch nachgeguckt, ob der hier noch wohnt, oder?«

»Also, gemeldet ist er hier nicht. Aber in seiner Akte hat er eine Hafteintragung, nach der seine Haft vor vier Monaten endete.«

Mal blättern, die Akte ist zwei Finger dick, als letztes Blatt die Hafteintragung.

»Ronald Küpper, 52 geboren, sagt dir das was, Ernst?«

»Nä«, er drückt seinen Zigarillo aus, der Tabakstummel gibt mit leisem Knistern nach, bläst nebenbei den letzten Lungenzug ins Zimmer.

Wofür hat man denn eine Fahndung? Die Nummer? Auf gut Glück versuchen.

»Blase.«

Na, also, so ein paar Zellen sind doch noch in Ordnung.

»Hier ist Konni, hallo Werner, Folgendes: Wir haben im Zusammenhang mit einem Tötungsdelikt möglicherweise Fragen an einen Ronald Küpper, 07.12.52, der hat 'ne kiloschwere Akte, die hab ich hier vorliegen, und muss bis vor dreieinhalb Monaten in Haft gewesen sein. Bei der Geschichte, die der hat, hat er wahrscheinlich auch bis zum Ende abgesessen. Habt ihr ihn in der Zeit vielleicht bei euren Haftentlassungsmeldungen dabei?«

Ein schwerer Seufzer am anderen Ende.

»Kann ich dir jetzt aus dem Stegreif auch nicht sagen, Konni. Bist du die nächsten zehn Minuten noch erreichbar?«

»Bin ich, dann bis gleich.«

Die beiden blicken mit Erwartung.

»Meldet sich gleich wieder.«

Irgendwo draußen auf dem Flur kollektives Lachen in großer Runde.

»Ist eigentlich noch irgendwas an Sachspuren in dem Fall zu erwarten?« Ernst hat die Hände wieder auf der Heizung.

»In die angrenzenden Bundesländer habe ich die Anfrage erst gestern gesteuert, da gibt es bisher eine Rückmeldung aus Rheinland-Pfalz, dabei handelt es sich aber um eine Frauenleiche. Und unsere Hände sind eben sehr wahrscheinlich von einem Mann. Ich hätte da auch mehr erwartet. Und ich warte noch auf ein bestimmtes Gutachten. Isotopengutachten, hab ich auch das erste Mal in Auftrag gegeben.«

Telefon. Im Display Werner Blase.

»Ich höre, Werner, und ich stell dich mal auf Lautsprecher.«

»Du hast recht, Konni. Ronald Küpper ist Ende Oktober aus dem Knast nach hier entlassen worden. Kenne ich natürlich, den Bürger, hab ich selber vor ein paar Jahren mal wegen 'ner Körperverletzung festgenommen, war mir eben nur nicht so präsent. Eine echte Ratte, wenn ich mich richtig erinnere. Die Entlassungsadresse, die er angegeben hat, das Bullenkloster in der Bahnhofstraße, da wohnt er mit Sicherheit nicht, da waren wir nämlich vor vierzehn Tagen drin bei einem Einsatz gegen Illegale. Ich habe mal einen meiner Informanten angerufen, und der ist sich relativ sicher, dass er zurzeit Am Hang 32 wohnt, bei Jacobson. Kalla Jacobson ist ein alter Komplize von ihm, mit dem hat er früher auch ein paar Sachen gemacht. Der müsste auch bei dir in der Akte auftauchen. Hilft dir das weiter?«

»Das ist mehr, als ich zu hoffen wagte. Danke.«

»Was ist denn mit dem?«

»Ach, nichts Konkretes. Wir haben einen Knochenfund in einem alten Haus, und er könnte da mal gewohnt haben zur relevanten Zeit.«

»Der ist zwar nicht mehr der Jüngste, aber der ist für alles gut. Bis die Tage, Konni.«

Er legt auf, wieder erwartungsvolle Blicke, draußen auf dem Flur wird immer noch gelacht.

»Ist das weit von hier, Am Hang?«

Zwanzig nach fünf.

»Eigentlich habe ich heute nicht mehr vor, da hinzufahren.«

»Wenn ihr mich nicht mehr ganz dringend braucht, würde ich gerne Feierabend machen.« Ernst nimmt mit Schwung seine Jacke vom Stuhl.

»Kein Problem, Ernst, danke.«

Er grüßt, geht.

Fast halb. Bei Sener ist jetzt Rushhour, mindestens bis acht. Vorher wird Ayse da bestimmt nicht rauskommen. Wenn wir ihn zu Hause antreffen, hätten wir den Punkt wenigstens abgehakt. Aber einfach so auf seinen Vorschlag eingehen. Können wir uns das leisten, ohne dass er überheblich wird?

»Wir schauen ihn uns mal an. Aber vorher kurz bei Frau Pahmeier vorbei. Mal sehen, was die zu Küpper zu sagen hat.«

In seinem Gesicht Bestätigung. Oder war das ein Siegerlächeln? Ach was.

17 Uhr 43

Das Verbrannte ist weg, die restlichen Komponenten sind noch da. Aber etwas abgeschwächt, vielleicht hat ja mal einer ein Fenster aufgemacht. Ab der zweiten Etage ist Demi-Jennifer zu hören, aber kein Vergleich zu heute Morgen. Scheint langsam Konditionsschwierigkeiten zu kriegen, die Kleine, kein Wunder.

Pahmeier, sie öffnet nach einem Klingeln.

»Schon wieder?« Dasselbe T-Shirt, derselbe Jogginganzug, das Handtuch um den Kopf ist neu. Zeit für Fußnagelpflege war auch noch nicht.

»Ja, wir müssen noch einmal stören, Frau Pahmeier. Nur ein, zwei Fragen. Sollen wir das hier draußen machen …?«

Sie atmet einmal tief durch, tritt einen Schritt zur Seite, bleibt im Wohnungsflur stehen.

»Frau Pahmeier, sagt Ihnen der Name Ronald Küpper etwas?«

Sie zieht sich wieder die Jacke über den Busen.

»Nein. Wer soll das sein?«

»Wir hatten uns heute Morgen ja über die Wohnung Am Gaswerk 17 unterhalten. Wir haben gehört, Ronald Küpper könnte dort eine Zeitlang bei Ihnen gewohnt haben.«

Sie zieht die Stirn kraus, beginnt zu nicken.

»Ach ja. Ronni, den meinen Sie wahrscheinlich. Der war einer von den Leuten, die meine Brüder manchmal anschleppten. Der war mal 'ne Zeitlang da, richtig.«

»Was heißt das, war da. Hat der da geschlafen?«

»Ich glaube schon. Unten in der Kammer neben dem Bad.«

»Wie lange?«

»Wie lange?« Sie macht ein schnaufendes Geräusch, blickt von einem zum andern. »Sonst noch Fragen? Mann, das ist tausend Jahre her, hatte ich eh schon vergessen. Keinen Schimmer. Ich erinnere mich, dass er öfter mal da unten gepennt hat, hat auch mal was mitgegessen. Mehr weiß ich nicht.«

»Können Sie noch was über ihn sagen? Was war er für ein Typ? Ist Ihnen mal was Verdächtiges aufgefallen?«

»Das ist doch jetzt nicht euer Ernst, oder? Ich kann Ihnen nicht mal das Jahr sagen, wann das war. Mir war er nicht sympathisch, ist auch schon mal zur falschen Zeit ins Bad gekommen, richtig, das fällt mir jetzt wieder ein. Da gab es Ärger mit meinem Vater, damals.«

»Ist der zudringlich geworden, bei Ihnen?« Er kann das Erstaunen im Ton nicht verbergen.

»Ne, ne, genau weiß ich das nicht mehr, aber so weit ist es nicht gekommen.«

»Hatte er Zugang zum Keller?«

Tiefes, heiseres Stöhnen.

»Was soll ich eigentlich noch alles wissen? Was es Ostern 74 zu essen gab, oder was? Herrgott, ich weiß es nicht. Der Keller war ja nicht abgeschlossen, natürlich konnte er da rein. Aber jetzt fragen Sie bloß nicht, ob ich das gesehen habe. Vielleicht auch noch den Tag?«

Der tägliche Umgang mit Menschen ist wirklich was Wunderbares in diesem Beruf.

»Das war es schon, Frau Pahmeier, einen schönen Tag noch.«

Sie murmelt einen Gruß, schließt die Tür.

»Was für ein Pack.« Er schüttelt den Kopf.

Demi-Jennifer ist nicht zu hören, schläft wohl. Hoffen wir es mal.

18 Uhr 24

Der Bewerber klingelt, drinnen ein Zweiergong. Rissiger Lack auf der Tür, blättert beim Drüberstreichen ab. Der Briefkastenschlitz fast in Kniehöhe.

Immer steht man vor Türen, immer wieder, und will da rein. Manchmal könnte man meinen, die Hälfte des Bullendaseins findet vor irgendwelchen Türen statt. Und dann? Klingeln, klopfen, lauschen, poltern, brüllen, alles dabei. Und warten natürlich. Klingeln, warten, klingeln. Klopfen, warten, klopfen… Na ja, und manchmal auch eintreten. Wie oft wohl welche dahinter stehen, ohne aufzumachen? Das müsste möglich sein, nur für 'ne Zehntelsekunde da durchzusehen, irgendwie aus einer Parallelwelt. Gibt es da nicht so 'ne Theorie mit Zeitkrümmung oder so? Ne, Zeitkrümmung war in die Zukunft. Röntgenblick wäre nötig. Was man da wohl zu sehen kriegte, wenn das so ginge? Misstrauische Gesichter? Angstaugen? Stinkefinger? Oder sie rollen sich ab über die blöden Bullen, die nicht reinkönnen. Nur für einen Moment müsste das möglich sein. Obwohl, ohne Spion ist man drinnen auch kaum besser dran. Aber vielleicht würden wir in dem Moment ja auch die blöden Gesichter machen, zum Beispiel wenn einer die Schrotflinte in Kopfhöhe hält, oder damals der Typ, der mal Elitekämpfer war. Hatte immer 'ne Handgranate so an der Tür angebracht, dass sich der Splint rauszog, wenn man reinkam. Schon ganz gut so ohne Röntgenblick. Trotzdem, ist 'ne eigenartige Situation, immer so unerwünscht vor fremden, verrammelten Türen.

Nach dem zweiten Klingeln wird die Tür auf Kettenlänge aufgezogen. Graue, kurze Haare, ihre Augen sind klein und misstrauisch. Müsste die Frau von Jacobson sein, so vom Alter her.

»Guten Tag, Kirchenberg, Kripo. Frau Jacobson?«

Sie sieht auf den Ausweis, »Ja«, nickt.

»Frau Jacobson, wir hätten eine Frage, wollen wir das so an der Tür erledigen, oder können wir reinkommen?«

Sie braucht einen Augenblick.

»So ist es mir lieber.«

»Na gut. Frau Jacobson, ist Ihr Mann da, Karl-Heinz Jacobson?«

»Nein.«

»Kennen Sie einen Ronald Küpper?«

Sie verändert ihre Position, versucht einen Blick auf den Bewerber im toten Winkel.

»Warum?«

»Wir würden ihn gern sprechen, und wir haben gehört, dass wir ihn hier antreffen könnten.«

»Von wem haben Sie das denn, dass der hier ist?«

»Erzählt man sich so.«

Sie sucht wieder den Bewerber, es klappt nicht. Das macht dich unsicher, Mädchen, was?

»Hier ist er sowieso nicht. Wenn, dann hinten.«

»Wie hinten?«

»Über den Hof, dann sehen Sie die Tür schon. Ich weiß aber nicht, ob er da ist.«

Sie schließt die Tür. In einem Kübel verrotten irgendwelche labbrigen Blumen, die Erde um die braunen Stängel glänzt fett und glatt.

»Warte mal. Wenn er da sein sollte, fragst du ihn, ob du mal pinkeln darfst, einfach, um mal einen ungestörten Blick ins Bad werfen zu können, vielleicht fällt dir ja was auf.«

Er nickt.

Die Einfahrt zieht sich nach hinten wie eine kleine Schlucht zwischen den Häusern, das Verbundsteinpflaster alt und schief. Hinter der Mülltonnenreihe versteckt sich die Tür zur Wohnung, kleiner Baldachin aus gelbem Wellkunststoff, in den Rinnen Moos.

'ne Schelle suchen wir hier wohl vergeblich. Der Bewerber klopft heftig.

»Herr Küpper, hallo?«

Laut, fordernd, schon leicht ungeduldig. Drinnen rührt

sich nichts. Hoch neben der Tür nur ein kleines Fenster mit Milchglas, mal hintenrum gehen, vielleicht gibt es da was zu sehen. Er pocht noch mal, noch etwas stärker.

»Herr Küpper, öffnen Sie mal, wir müssten mit Ihnen reden!«

Es tut sich was, ein Scheuern, Klimpern, die Tür öffnet sich. Gute Einsachtzig, breite Schultern, grauer Igelschnitt. Mann, Mann, ganz schöner Brocken, hätten uns mal die Beschreibung in der Akte ansehen sollen. Die Brustdefinition ist deutlich zu erkennen, trotz Schlabber-T-Shirt, Tattoos satt auf den Unterarmen, da, noch eins an der Wade. Hat sich ziemlich aufgepumpt, der Bursche. Ob das mit den Krafträumen in den Knästen die richtige Beschäftigungstherapie ist?

»Wat is denn los?« Seine Augen sind noch nicht ganz wach, an der Unterhose vorn ein gelber Fleck.

Ja, ja, wenn man von krummen Sachen lebt, kann man sich um diese Tageszeit schon mal ein Nickerchen gönnen.

»Herr Küpper, Kirchenberg, Kripo. Das ist mein Kollege Seeger. Wir haben Sie eigentlich in der Bahnhofstraße gesucht, dahin haben Sie sich bei Ihrer Entlassung abgemeldet. Hier sind Sie auch nicht gemeldet…«

Er streicht sich mit der Rechten die Tranigkeit aus dem Gesicht, zieht die Stirn hoch.

»Ist ja nur vorübergehend, bin dabei, mir was zu suchen.«

»Herr Küpper, wir haben ein paar Fragen an Sie, können wir das drinnen machen?«

Ein kleiner Alarm durchfährt ihn, er blickt von einem zum andern, braucht ein paar Sekunden. Hinter seiner Stirn ist wahrscheinlich mächtig was los. Hast du was zu verbergen, Freund? Oder ist das nach insgesamt vierzehn Jahren Knast die normale Bullenallergie? Er entscheidet sich fürs Nachgeben, geht vor. Die Boxershorts schlabbern um seine Oberschenkel, die Beine sind rasiert, wie kleine Wellen bewegen sich die Muskeln unter der Haut. Solarium, keine Frage. Im Wohnzimmer erlesene Sperrmüllqualität, aber die Unordnung könnte schlimmer sein. Er setzt sich aufs Sofa, stellt ein Bein hoch, seine Eier sind zu sehen. Soll wohl lässig wirken, tut es aber nicht. Er legt die Hände hinter den Kopf, der Ärmel vom Shirt rutscht auf die Schulter, legt den Bizeps frei, wie eine Pampelmuse, schon beachtlich. Das ist keine gute Idee, dass die im Knast Eisen biegen dürfen. Seine Verpenntheit ist mit einem Schlag weg, trotz der Pose, der findet es gar nicht prickelnd, dass wir hier drin sind. Am Tisch stehen zwei Stühle.

»Worum geht es also?« Sein Verstand kriegt die Ungeduld langsam in den Griff.

»Herr Küpper, wir ermitteln in einem Fall, in dem das Haus Am Gaswerk 17 eine Rolle spielt.«

Zwei Sekunden direkter Blick.

»Kenne ich nicht.«

Der Bewerber bleibt stehen, sieht wie beiläufig in den Nebenraum, zieht eine Schublade vom Schrank auf, ein kleines Stück.

»Ey, was soll denn der Scheiß? Wieso speckert ihr hier rum?«

»Nun mal nicht so aufgeregt, Herr Küpper. Ist schon okay.«

»Gar nichts ist okay. Entweder ihr sagt mir, was los ist und warum ihr hier seid, und dann könnt ihr hier auch rumglotzen, aber so nicht.«

»Sie sind hier doch gar nicht gemeldet«, der Bewerber mit leiser Überheblichkeit, »also ist das doch gar nicht so richtig Ihre Wohnung, oder?«

»Har har.«

Er kann sich nicht entscheiden, ob er hier den dicken Max machen soll oder nicht. Gelassen ist echt was anderes. Irgendwas ist mit dem. Fällt ihm doch was zu dem Haus ein?

»Kann ich mal die Toilette benutzen?« Der Bewerber zeigt mit dem Daumen über die Schulter Richtung Flur.

Küpper sieht ihn an wie ein Stück Beute.

»Der Lokus ist die gelbe Tür.«

Er geht, schließt die Tür hinter sich, durchs Milchglas sieht man seine Bewegungen. Checkt wahrscheinlich kurz die Klamotten an der Garderobe. Gebrauchen kann man den, aber dieses Herablassende …

Küppers Nasenflügel bewegen sich leicht. Zorn? Er nimmt den Fuß vom Stuhl, sitzt auf der Vorderkante vom Sofa.

»Aber zurück zum Thema, Herr Küpper. Nach unseren Ermittlungen haben Sie vor etwa dreißig Jahren im Haus Am Gaswerk 17 gewohnt.«

»Vor dreißig Jahren? Was soll der Scheiß denn?«

»Beantworten Sie einfach meine Frage. Es sei denn, Sie belasten sich selbst. Sich selbst oder … aber das kennen Sie ja.«

»Ich hab da nicht gewohnt.« Zwischendurch immer ein flüchtiger Blick zur Wohnungstür.

»Dann eben zur Untermiete oder nur mal gepennt oder

was weiß ich. Jedenfalls haben Sie sich mal ’ne Zeit in dem Haus aufgehalten.«

Mit der Rechten fasst er über die linke Schulter, kratzt sich.

»Aber wenn Sie unsere Anwesenheit so nervös macht, sollten wir uns hier wirklich mal umsehen.«

Seine Augen schließen sich im Bahnschrankentempo, leises Nicken. Der spielt hier doch die ganze Zeit das Stück, ihr Bullen geht mir auf den Senkel. Aber warum?

»Kann ich mir mal grad was anziehen, wird langsam kalt so?«

Er steht auf.

»Kleinen Augenblick.«

Kurzer Blick ins Schlafzimmer. Unter der Decke funzelt eine nackte Glühbirne vor sich hin, das Rollo ist noch unten. Auf dem Bett eine karierte Decke ohne Bezug. An der Wand ein Schrank, sonst alles klar.

Er geht rein, lehnt die Tür hinter sich an.

Mal schauen.

In der rechten Schranktür ein paar Flaschen hartes Zeug, Gläser. Die rechte Schublade klemmt, drinnen Papiere, ein paar Briefe, sehen nach Geschäftspost aus. Alle ungeöffnet. So ist das richtig, gar nicht erst aufmachen, erspart man sich ’ne Menge Ärger. So ruhig da drin, könnte auch langsam fertig sein. Von nebenan ein leichtes Surren, das war … das war das Rollo, Scheiße.

Tür auf, schnell. Er sitzt im offenen Fenster, das rechte Bein draußen.

»Hey, was soll der Scheiß, bleib hier, Mann!«

Vier schnelle Schritte. Er zieht das rechte Bein wieder in

den Raum, macht einen Seitschritt, die Linke kommt ohne Ansatz. Die Wucht reißt den Kopf nach hinten, von der Nase schießt ein Schmerz in den Schädel, als säße ein langer Nagel in ihm.

Der Bewerber kommt reingepoltert, durch die Tränen sind nur farbige Schlieren zu erkennen.

»Was ist passiert? Wo ist er?«

»Wahrscheinlich durchs Fenster.«

Zwei schnelle Sätze, er lehnt sich raus.

»Welche Richtung?«

»Keine Ahnung, war für ’nen Moment leicht abgelenkt.«

»Scheiße.« Er dreht sich um. »Kannst du telefonieren? Okay. Ich seh draußen nach.«

Er springt aus dem Fenster, Stille.

Auf der Oberlippe ein warmes Gefühl, fühlt sich schmierig an, es tropft rot in die Hand. Das Handy, 110. Es tropft weiter, das erste Tempo ist durch. Linkshänder, verflucht. Wer rechnet denn damit?

»Notruf der Polizei, was kann ich für Sie tun?«

19 Uhr 36

Einer der beiden Knochen spreizt sich unten auf, verbreitert sich wie ein Fächer. Ist das die Elle oder die Speiche? Den Ellbogen bildet der andere, wird das wohl die Speiche sein. Da sind sie abgeschnitten worden, da, über den Handwurzelknochen. Handwurzelknochen sind eigenartige Gebilde, wozu sind die eigentlich da? Ist da so was wie ein Gelenk? In alle Richtungen? Wäre da ’ne Kugel nicht besser? Aber da sind sie abgesägt worden, ungefähr da. Ob er das bewusst gemacht hat, weil die Knochen da dünner werden? Und womit macht man das überhaupt? Metallsäge?

Sie öffnet die Tür vorsichtig, ihre Gesundheitsschuhe machen kaum Geräusche. Entwarnendes Nicken, sie stellt sich Seite an Seite, blickt auf das Poster. In ihren blonden Gelhaaren sitzt ein dunkler Fussel.

»Hier drauf kann man es gar nicht so gut sehen. Das kleine Ding da«, sie zeigt mit dem Stift auf den Schädel, »ist das Nasenbein, das bei Ihnen nicht gebrochen ist«, kleine Pause, »war nur der Knorpel. Noch mal Glück gehabt, das Jochbein hat wohl einiges abgefangen.« Gönnerhaftes Lächeln. Sie steckt die Röntgenaufnahmen vor einen Leuchtkasten, knipst ihn an. »Sehen Sie, alles heil.«

Nur graue Schatten.

»Aha.« Klingt ja wie eine Kindertröte.

Sie merkt es, muss lächeln. Ihre hellen Augen leuchten, die Stimme hat eine erotische Heiserkeit.

»Sie müssen es mir halt einfach glauben, auch wenn es sich noch nicht so anfühlt. Sie sagten, dass Sie Polizist sind. Was ist eigentlich genau passiert?«

»Also, zuerst kamen vier Kerle um die Ecke, als ich die geschafft hatte, rief einer von denen um Hilfe, da kamen noch einmal fünf. Mit denen war ich auch fast fertig, da umstellten mich sechs ihrer Brüder. Als ich einen Moment nicht aufgepasst habe, gab es den Schwinger von hinten.«

»Uih.« Mit ironischer Bewunderung.

»Es war einer. Er wollte abhauen, ich wollte ihn festhalten, da hat er mir erst einen auf die Glocke gegeben und ist dann abgehauen. Also ein richtig erfolgreicher Einsatz.«

Ein Pfleger steckt den Lockenkopf durch die Tür.

»Draußen ist ein Herr Seeger von der Polizei, der will zu Ihnen.«

»Kann reinkommen.« Sie zieht einen Block aus der Tasche, schreibt was auf. »Wir sind eh fertig. Lassen Sie die Tamponade noch eine Zeit drin. Vielleicht kriegen Sie noch Kopfschmerzen, dann nehmen Sie das hier.« Sie reißt das Rezept ab, reicht es mit Zeige- und Mittelfinger.

»Vielen Dank, Frau Dr. Hinz. Ich denke, ich komme ohne aus. Darf ich mal?«

Sie rollt die Augen nach oben, macht einen steifen Nacken, betrachtet überrascht den hingehaltenen dunklen Faden.

»Oh, danke.« Die kleine Distanzverletzung wird zerlächelt.

Der Bewerber kommt rein, sie verabschiedet sich mit einem freundlichen Winken.

»Na? Können wir schon wieder frei durchatmen?« Amüsierte Häme. Er betrachtet die Nase mit offenem Mund von allen Seiten.

»Nichts gebrochen, nur ein bisschen dick. Habt ihr noch was erreicht?«

»Wenn du damit meinst, ob wir ihn erwischt haben, dann nein. Wir haben noch mit zwei Streifenwagen und einem von der K-Wache alles abgesucht – nichts. Vielleicht war er gar nicht weit weg, vielleicht saß er in irgendeinem Keller, gut möglich.« Er macht eine Pause. »Aber wir haben bei der Durchsuchung seiner Bude drei Pistolen gefunden.«

»Was? Drei Pistolen? Wo denn?«

»In einem Kasten unterm Bett.«

Verdammt. War er deswegen so nervös oder weil wir nach dem Haus gefragt haben?

»Bringen auf dem schwarzen Markt nicht mehr so viel wie vor ein paar Jahren, aber für'n paar Currywürste reicht es.«

»Ist 'ne gute Idee, Currywurst. Ich habe seit heute Morgen nix gegessen.« Er geht Richtung Tür. »Können wir? Den Rest erzähl ich im Auto.«

Draußen hält ein Notarztwagen mit Blaulicht, drei Weißkittel schieben im Laufschritt eine Trage Richtung Ausgang.

20 Uhr 47

Über den Dächern im Osten steht der Mond, blass, fast weiß, umschlossen von einem Dunstring. Wenn der Mond einen Hof hat, ändert sich das Wetter, hat Vater immer gesagt. Wenn der Mond einen Hof hat, müsste er doch auch einen Hinterhof haben. Aber wo sollte der sein? Auf der anderen Seite, auf der dunklen. Auf der anderen Seite des Mondes. Pam, pam, pam, pam. Vielleicht kennt der Alte von David Gilmour diese Bauernregel ja auch und hat sie seinem Sohn erzählt. Oder der von Roger Waters?

Vor Seners Tür verabschieden sich drei junge Kerle, alle mit Kapuzenshirt und Blousonjacke. Fast alle Tische sind besetzt, meistens Pärchen, vorne eine größere Gruppe. Durch die Scheiben dringt das Palaver gedämpft bis nach draußen.

Drinnen ist es warm und verraucht, Sener hinter der Theke, zapft. In seiner üblichen Freundlichkeit zur Begrüßung ein kleiner, betrübter Schatten. Schlechten Tag gehabt, Sener?

»'n Abend Konstantin. Na, Feierabend?« Zweiter Blick, er kommt näher ran, macht kleine Augen. »Was ist mit deinem Gesicht?« Noch näher. »Die Nase?«

»Du weißt doch, Sener: Die Natur kennt keinen rechten Winkel.«

Er lacht mit etwas Mühe. Ayse kommt aus der Küche, balanciert zwei Teller. Überraschte Freude, der Schreck beendet ihr Lächeln.

»Was ist denn mit dir passiert?« Sie kommt um den Tresen, bleibt mit den Tellern stehen.

»Ich wollte jemanden festnehmen, der stärker war als ich. Hab einen Moment nicht aufgepasst.«

Ihre Lippen bewegen sich wortlos, leichtes Kopfschütteln. Sie kommt näher, pustet einen flüchtigen Kuss auf die Nase.

»Ah, aua. Verdammt, diese Schmerzen.«

Entsetzter Blick, sie zuckt zurück.

»Kleiner Scherz. Tut nicht mehr weh.«

»Blödmann.« Sanfter Stoß mit dem Knie, sie bringt die Teller zum Tisch vor dem Fenster. Auf dem Rückweg noch ein Rempler im Vorbeigehen, sie verschwindet wieder in der Küche.

»Ist noch einiges los, siehst du ja, aber ich glaube, höchstens noch 'ne Stunde, dann hat sie Feierabend.«

»Schon okay. Passt doch, dass sie grad da ist, jetzt, wo Martha krank wird. Machst du mir ein Bier?«

Er zapft ein Bier zu Ende, stellt es hin.

»Und? Läuft es ganz gut bei euch beiden?« Die Beiläufigkeit ist durchsichtig wie eine Gardine.

»Wie meinst du das?«

»Puh«, er pustet hörbar aus, »nur so, interessiert mich halt.«

»Interessiert dich halt, ja? Komm, Sener, was ist?«

Er zapft weiter, hält dem Blick nur einen Moment stand.

»Ach«, er stellt sich direkt gegenüber, stützt sich ab, »Ayse war heute irgendwie eigenartig.« Er sieht sich um Richtung Küche. »Sie hat unheimlich viel gefragt nach früher, nach der Kindheit, dem Vater, alles so was. Vor allem nach meinem Bruder.«

»Und das findest du eigenartig?« Die Kohlensäure vom Bier steigt kühl in die Nase.

Er schiebt die Unterlippe nach oben, macht einen schmalen Mund.

»Ja, sie war dabei so, so…«, er sucht, »so bedrückt.« Er zapft wieder. »Ich meine, war auch nicht leicht, damals.«

»Wieso?«

»Als mein Bruder in den diplomatischen Dienst ging, war sie grade geboren. Am Anfang ging das noch, aber dann später… Jedes Jahr woanders, immer andere Länder und immer andere Schulen, andere Menschen. Denn die Familie musste natürlich immer mit. Irgendwann hat sie genug gehabt und hat gesagt, ich mach das nicht mehr mit, ist ins Internat gegangen.«

»Sie hat damit Schluss gemacht? Hat sie mir nie erzählt.«

»Ja, Ayse war es einfach leid. Sie hat eben von einer arabischen Freundin erzählt, die sie so mit zwölf kennengelernt hat. Sie sagt, das hätte wehgetan damals, die Trennung, müsste sie noch heute dran denken. Sie hätten sich noch Jahre Briefe geschrieben. Tja«, er macht eine Pause. »Ihr Bruder war anders, hat das alles leichter genommen. Aber Ayse…«

Er hält inne, blickt geradeaus ins Leere. »Aber mein Bruder wollte eben Karriere machen, Hassan war immer der Kluge in unserer Familie, schon als wir Kinder waren. Und er wollte immer was werden.« Kleine Pause. »Na ja, hat er ja auch geschafft.« Er steht hinter der Theke, in dem Trubel, dem Gerede, mitten in seinen Erinnerungen. Kurzes Kopfschütteln. »Ach was, ist lange her. War jedenfalls keine leichte Zeit für Ayse. Aber so wie heute hat sie noch nie darüber gesprochen.«

Am Fenster bestellt noch einer zwei Bier.

»Mir auch noch eins.«

MITTWOCH

03 Uhr 21

Was ist das … Was ist da los … Klingt das nicht ein bisschen eigenartig … Ist das normales Atmen, oder ist sie erkältet … Traum, macht sie das im Traum … Oder weint sie … Kann das denn sein … Wieso sollte sie weinen … Aber hat Sener nicht so was gesagt … Hat der nicht vorhin davon gesprochen, dass sie heute so eigenartig drauf war, so seltsame Fragen gestellt hat und bedrückt war … Aber warum … Irgendwelche Erinnerungen, ist heute vielleicht ein besonderer Tag, vielleicht der Geburtstag von dieser Freundin … Hinterher hat man davon gar nichts mehr gemerkt auf dem Nachhauseweg, da war sie doch eigentlich ganz normal, oder … Hat sie denn irgendwann mal was gesagt, ob heute ein besonderes Datum ist … Oder ist was passiert die letzten Tage … Sollte das wirklich was mit dieser kleinen, tja, Disharmonie zu tun haben gestern Abend, diesem völlig unbedeutenden Streit … War es das überhaupt, ein Streit … Aber kann das nicht auch normales Atmen sein … Hört sich das denn wirklich nach Weinen an … Kann da nicht auch 'ne Erkältung im Anmarsch sein bei dem komischen Wetter, oder weinen manche nicht auch im Schlaf, ohne wach zu werden … Tja, und was soll man da jetzt machen … Ansprechen … Ansprechen und drüber reden … Aber worüber, worüber denn … Was ist, wenn es der völlig falsche Zeitpunkt ist, drüber zu reden… Wenn sie es jetzt gar nicht will… Wenn sie überhaupt nicht darüber reden will… Macht man da nicht noch mehr kaputt, als man klären kann… Und was denn überhaupt klären… Worüber sollte sie reden wollen… Ist sie unzufrieden… Will sie es nicht mehr, so wie es jetzt ist, immer nur mal am Wochenende und zwischendurch ein paar Tage… Will sie es vielleicht beenden und traut sich nicht, weiß nicht, wie sie es sagen soll… Aber hat es dafür in den letzten Tagen irgendeinen Hinweis gegeben, auch nur einen… Was sollte das gewesen sein… Wäre es nicht besser, wenn man selber auch 'ne ungefähre Ahnung davon hätte, worum es gehen könnte, wenn man so ein Gespräch anfängt, erst recht mitten in der Nacht… Und würde sie nicht selber anfangen, wenn es ihr so wichtig wäre, wenn sie es so unbedingt wollte… Steht man da nicht auf, macht das Licht an und sagt: Hey, ich muss mal mit dir reden… Und würde das wirklich helfen, dass man sich die Nächte um die Ohren schlägt, saumüde irgendwas bekakelt und am andern Tag völlig fertig in den Seilen hängt… Kann es nicht auch sinnvoll sein, die Dinge einfach mal so auf sich beruhen zu lassen, einfach mal sehen, was passiert… Ist ihr Atmen jetzt wieder leiser geworden… Ist doch fast wieder normal, oder…

07 Uhr 53

»Happy Birthday to you, Happy Birthday to you, Happy Birthday, lieber Helmut, Happy Birthday to you.«

Er lacht ein wenig verlegen.

»Hörte sich an wie der Chor der Verzweifelten.«

Gespielte Empörung in der Runde, Ulla geht auf ihn zu, gratuliert als Erste, feste Umarmung. Die anderen folgen mit den üblichen Wünschen.

»Alles Gute, Helmut, auf ins letzte Jahr.«

»Danke, Konni«, mit leiser Wehmut, »das schaffen wir auch noch. Was macht die Nase?«

»Riecht schon wieder.«

»Ist manchmal gar nicht so schlecht, wenn man nicht alles riecht. Und an euch alle: Ich fänd's schön, wenn ihr es einrichten könntet, um zwei auf ein Stück Kuchen im Kaffeeraum zu sein.«

Breite Zustimmung, Altenkamp winkt ab, sie gehen. Der Bewerber drängelt sich beim Rausgehen Seite an Seite.

»Ich wollte grad noch ein paar Anrufe erledigen, bin dann in einer Viertelstunde bei dir. Ist das okay, oder liegt vorher was an in der Knochensache?«

»Keine Eile, ich hab auch erst noch 'ne halbe Stunde zu tun.«

Er geht mit der Meute den Flur lang. Tür zu, ist besser jetzt.

Die Sonne glimmt wie eine schwächliche Taschenlampe hinter den Wolken, zwei Krähen fliegen gemächlich über die Dächer, landen auf einem First.

07 Uhr 59. Ayse steht bestimmt bald auf. Vielleicht sitzt sie ja schon am Rechner, wenn nicht, bestimmt gleich. Ist schließlich ihre erste große Präsentation. Und Montag ist Termin.

E-Mail, Eingang. Keine neuen Nachrichten.

E-Mail, neu.

Sehr geehrte Frau Demir,
da aufgrund differierender Terminschwerpunkte heute Morgen eine verbale Verabschiedung durch eine kurze, einseitig erlebte Maßnahme punktuellen Körperkontaktes ersetzt werden musste, soll auf diesem Wege mitgeteilt werden, dass gerade im Augenblick eine mentale Visualisierung der Adressatin durch den Absender bei Letzterem zu einer erheblichen Serotoninausschüttung führt.
Mit freundlichen Grüßen
Kirchenberg, KHK

Humor ist doch eigentlich nie falsch, oder? Wär schön, wenn sie drüber lachen könnte.

Die Tür geht auf, Ulla schiebt ihren roten Handfeger durch den Spalt.

»Kann ich bei dir schnell eine rauchen?«

»Nur, wenn ich auch eine kriege.«

»Konni, wieso fragst du? Du rauchst seit elf Jahren von meinen Zigaretten, warum sollen wir damit jetzt aufhören?« Sie schließt die Tür, lächelt versöhnlich. »Scheiß Rauchfrei-Erlass. Habe keinen Bock, mich irgendwo auf 'nem zugigen Flur vorm Fenster mit zwölf anderen um einen Aschenbecher zu stellen.« Sie streckt ihre Beine aus. »Nur zehn Minuten, dann muss ich wieder rüber.«

»Mach mal keine Hektik, da läuft dir nichts weg.«

»Mh, ne.« Sie schüttelt den Kopf. »Wir haben einen guten Hinweis von einem Gynäkologen. Mit etwas Glück kommen wir heute ein Stück weiter.«

Tiefes Inhalieren, sie bläst nach oben, der Qualm dehnt sich aus wie ein Atompilz. Das macht sie oft, dieses Nachoben-Pusten, kennt man. Überhaupt kennen wir uns wirklich lange.

»Kann ich dir mal 'ne Frage stellen Ulla?«

Kurzes Nicken. »Hältst du mich eigentlich für sensibel, oder glaubst du, dass ich zu kühl bin?«

Sie richtet sich auf, schiebt den Kopf ein Stück nach vorn.

»Na, du kennst mich doch schon sehr lange. Glaubst du, dass ich manche Dinge nicht merke, also zu unsensibel bin?«

»Ich hab tatsächlich richtig gehört. Konni, was ist los? Probleme mit deiner schönen Türkin? Oder hat der Schlag von gestern da oben was durcheinandergebracht?«

»Ach Quatsch. Will eben nur mal wissen, wie du das siehst.«

Sie zieht an der Zigarette, ihr langer Blick ist amüsiert und prüfend. »Ich lach mich tot. Wenn Männer über Gefühle reden, stimmt meistens irgendwas nicht. Also, du bist schon einer von der feinfühligeren Sorte, mein Lieber«, zur Unterstreichung ein ernsthaftes, kleines Lächeln, »aber es gibt so Situationen, da habt ihr Kerle einfach keine Sensoren. Ist wahrscheinlich hirnphysiologisch zu erklären. Du bist da auch keine Ausnahme.«

»Aha. Klingt ja sehr ermutigend. Wie kommst du darauf?«

»Na, du sagst es doch selbst, ich kenne dich halt schon sehr lange. Mit dir habe ich doch in irgendwelchen MKs fast mehr Nächte verbracht als mit meinem Mann.«

»Ja, in vermieften Büros oder im Auto vor irgendwelchen dösigen Objekten. Aber kannst du mir eine Situation sagen, wo das so war, dass ich nichts gemerkt habe?«

Sie lässt sich Zeit, macht einen tieferen Atemzug.

»Weißt du, mein Lieber, eigentlich wollte ich es dir nie erzählen, aber weil es wirklich lange vorbei ist und ich glaube, dass wir heute eine schöne kollegiale Freundschaft haben, und wenn du mich dann schon fragst, ist es mittlerweile auch egal.« Zwei Atemzüge Anlauf. »Als ich hier vor elf Jahren als kleine Kommissarin ankam und diesen smarten, schicken Hauptkommissar sah, nur ein paar Jahre älter, aber schon ein so erfahrener Todesermittler, da war ich mal für drei bis acht Wochen in dich verliebt. Ich war damals zwar schon verheiratet, aber so was passiert einem ja nicht auf Bestellung.« Sie sieht kurz aus dem Fenster. »Und ich hätte echt nicht gewusst, was ich gemacht hätte, wenn von dir auch nur irgendwas gekommen wäre damals.« Sie wendet wieder den Kopf. »Aber du hast es nicht gemerkt, oder?«

»Was? Ja, äh, mh, nä.«

»Siehst du. Dabei habe ich immer gedacht, der muss das merken, so wie ich immer rumgestammelt habe, wenn du mich angesprochen hast. Ich habe sogar fast sieben Kilo für dich abgenommen in der Zeit.« In ihrem warmen Lachen ein kleiner Tupfer wehmütige Verlegenheit, immer noch. »Hast du auch nicht gemerkt, was?«

»Sorry, aber …«

»Na, schönen Dank. Aber siehst du, das meine ich. An manchen Tagen könnte ich wahrscheinlich mit Gasmaske rumlaufen, und du würdest denken, ich war beim Frisör.«

Sie blickt auf die Uhr, steht auf, nimmt noch einen Zug. »War'n Scherz, das Letzte, so schlimm isses nicht. Ich muss jetzt auch los.« Sie drückt die Kippe aus.

Der Bewerber kommt rein, sie laufen sich fast in die Arme,

kurze, eisige Begrüßung. In der Tür dreht sie sich noch einmal um.

»Ich hoffe, du bist nicht geschockt. Wenn es nicht so wäre, wie es ist, hätte ich dir das nicht gesagt.« Sie zwinkert mit beiden Augen.

Der Bewerber fuchtelt vorwurfsvoll den Rauch zur Seite.

»Habe ich irgendwie gestört?«

So einen Rest Sensibilität hat er sich ja erhalten.

»Ne, ne, wieso denn. Ich habe nur…«

Telefon.

»Kirchenberg, KK 11.«

»Herr Kirchenberg, Praxis Dr. Kuckert, ich verbinde mit dem Herrn Doktor.«

Für drei Sekunden »My Way« auf Kinderxylofon.

»Ja, Kuckert hier. So, ich habe mir nach unserem Gespräch von gestern mal die von Ihnen gefaxte Medikamentenliste angesehen. Im Wesentlichen sind das neben einigen frei erhältlichen Salben und Erkältungsmitteln in der Tat von mir verschriebene Präparate, wovon einige zur aktuellen Medikation von Frau Jensen gehörten, einige aber auch seit längerer Zeit nicht mehr.«

»Das liegt vielleicht daran, dass ich alles mitgenommen habe, was in der Schublade lag und auf dem Nachttisch stand. Es ist also nichts Außergewöhnliches dabei?«

»Was meinen Sie mit außergewöhnlich? Frau Jensen war eine Dauerschmerzpatientin, hatte ich Ihnen ja schon gesagt, und bekam dementsprechend sehr starke Mittel, das war schon außergewöhnlich, wenn Sie so wollen. Lediglich Insulol hat sie von mir nicht verschrieben bekommen.«

»Was ist das?«

»Ein Insulinpräparat.«

»War sie zuckerkrank?«

»Nein.«

»Könnte das von Herrn Jensen sein?«

»Erstens hätte ich gegenüber Herrn Jensen noch die ärztliche Schweigepflicht zu beachten, könnte das aber auch nicht abschließend beantworten, weil er einem Mann seines Alters entsprechend bei anderen Fachärzten behandelt wird.«

»Gut, Herr Dr. Kuckert, vielen Dank. Ich werde das so vermerken.«

Gruß, er legt auf.

Scheiße. Dazu werden wir den alten Jensen noch mal kurz befragen müssen. Zehn nach acht, am besten gleich und dann ab damit, kann er sie beerdigen.

Der Bewerber mit erwartungsvoller Miene.

»Kleinen Augenblick, noch ein kurzes Telefonat.«

Die Leichensache Berg liegt oben drauf, da kommt gleich der Bestatter, Jensen darunter. Die Nummer steht auf der Anzeige.

Wählen, Freizeichen, er nimmt nicht ab. Nicht zu Hause? Oder keinen Bock, mit jemandem zu sprechen. Noch dreimal, nichts, auflegen.

»Ich müsste den alten Jensen noch kurz zu einer Sache befragen, mit den Medikamenten gibt es da eine kleine Unklarheit, und ich will den Vorgang endlich vom Tisch haben. Was wolltest du?«

»Erstens: Was macht die Nase? Zweitens: Ich habe schon mit der Leitstelle gesprochen, und die haben Küpper heute Nacht nicht auf dem Schirm, er ist also nirgends aufgegriffen worden. Drittens: Die Fahndung habe ich kontaktiert, die hören sich mal an den entsprechenden Orten um. Viertens …«

»Kannst du den Scheiß nicht lassen?«

Er macht einen Seufzer.

»Dient nur der Klarheit. Die Waffensache bearbeiten die 41er weiter. Was liegt hier an?«

»Vorschlag. Ich fahr grad zum alten Jensen und erledige das. Du könntest in der Zeit mal schauen, ob die Angaben von Brigitte Pahmeier über ihre Familie stimmen, speziell bei den beiden Brüdern und vielleicht noch bei dem Alten, ist das okay?«

»Wenn du sagst, dass ich das machen soll, mache ich das. Ihr K-Leute habt echt Schwierigkeiten, eindeutige Anweisungen zu geben, hab ich schon öfter erlebt.«

»Ich will keine Anweisung geben, kleiner Unterschied.«

»Schon gut. Ich mach's trotzdem.« Er steht auf, nimmt die Akte.

»Ach, ja, der Nase geht es wieder gut.«

»Prima.« Er geht.

Anweisungen. Der hat wirklich ein paar kalte Lötstellen, unglaublich.

Die Akten, das Auto und los.

09 Uhr 45

Unterm Scheibenwischer hat sich ein dünner Stiel verfangen, zeichnet alle zehn Sekunden einen wässrigen Bogen in die glatte Makellosigkeit. Im Radio ist Robby auf der »Road to Mandalay«. Perlende, gepickte Folkgitarre, hört man heute kaum noch. Klingt nach ganz weit weg. Nach auf der Erde liegen, rauchen, schwerelose Tage wegleben. Und nach neuen, unbekannten Hormonwundern klingt das, nach Angst und Staunen und Mut. Klingt nach Jugend.

...I like to sleep beneath the trees, have the Universe at one with me...

Direkt vor Jensens Haus ist ein Parkplatz, in einigen Briefkästen noch Post. Auf das Klingeln tut sich nichts. Na ja, ist nicht mehr der Jüngste, geben wir ihm die Zeit. Na los, Alter, es regnet. Noch mal, etwas länger. Nichts tut sich. Was ist, Opa Jensen, um diese Zeit schon unterwegs, die neue Freiheit nutzen? Oder willst du keinen sehen? Bei Irma kann er nicht sein, die liegt noch kalt und trocken bei uns. Ob er ans Telefon geht? Wahrscheinlich nicht, wenn er schon nicht aufmacht.

Auf der anderen Straßenseite zieht die Lohmüller ihren Rolli hinter sich her, stiefelt ohne Seitenblick über die Straße, der Audi muss kurz anbremsen, der Fahrer schüttelt den Kopf.

»Tag, Frau Lohmüller, ich wollte zu Herrn Jensen, der macht aber nicht auf. Wissen Sie, wo der ist?«

»Das kann ich Ihnen sagen, der liegt im Städtischen.« Mit leiser Sensationsmodulation.

»Was, der liegt im Krankenhaus? Seit wann?«

»Sie waren kaum zwei Stunden weg, da ist er zusammengeklappt.«

»Und was hat er?«

»Was weiß ich? Ich bin noch mal rüber, da lag er ganz verquer im Sessel und war kaum noch ansprechbar. Na, da hab ich sofort noch einmal den Notarztwagen angerufen. Hab zwar erst überlegt, weil, so zweimal hintereinander... aber dann. Waren auch schnell da.« Sie legt die Hand auf das Brustbein.

»Den Weg kannten sie ja auch. Wissen Sie, wie es ihm geht?«

»Keine Ahnung, ich hab noch nicht wieder von ihm gehört. Man kommt ja zu nichts, weil...«

»Schon gut. Im Städtischen, sagten Sie? Dann schauen wir da mal nach, ist ja nicht so weit.«

In ihrem Gruß ein mitleidender Ton.

»Ach, Frau Lohmüller, hatte ich das schon gefragt? Gibt es noch irgendwelche Angehörigen von Herrn Jensen?«

»Ich meine, es gibt noch eine Nichte, aber das ist auch schon alles, was ich weiß. Nach dem Tod von Irmas Bruder habe ich hier auch niemanden gesehen all die Jahre.«

Na, dann hast du jetzt ja freie Fahrt da oben. Die hat die Wohnung wahrscheinlich schon einmal auf links gedreht, da verwette ich mein Linkes drauf.

»Schönen Dank. Wiedersehen.«

In den Regen haben sich ein paar Schneeflocken gemischt.

An der Rezeption eine rot gefärbte Löwenmähne mit Elton-John-Brille und herablassender Miene, die Parfumwolke quillt aus dem Glaskasten ins Foyer.

»Guten Tag, ich möchte zu Herrn Jensen. Der müsste gestern hier eingeliefert worden sein.«

»Gern.« Sie knipst ihre Freundlichkeit an, ihre Augen lächeln mit. Wirkt sogar echt, das Ganze. Kurzes Tastengeklapper.

»So. Herr Jensen liegt auf der Medizinischen vier. Kennen

Sie sich aus hier im Haus?« Mit jeder Bewegung schickt sie eine kleine, süßliche Duftprobe durch den Spalt. »Wenn Sie die Treppe nehmen, in der zweiten Etage gleich links.« Und noch ein Bonuslächeln.

»Danke.«

Die Tür öffnet sich automatisch, durch das Fenster am Ende des Flures spiegelt sich das Licht auf dem Boden, glänzt. An den Wänden die übliche Kunst, zwei leere Betten stehen am Rand, im Schwesternzimmer sichtet ein junger Weißkittel irgendwelche Papiere.

»Guten Morgen«

»Morgen.« Er liest noch einige Sekunden weiter, wendet den Kopf in Zeitlupe, hebt leicht das Kinn, bleibt stumm.

»Mein Name ist Kirchenberg, ich bin von der Kripo und würde gern wissen, wo Herr Jensen liegt.«

»Weshalb?«

»Ich müsste ihm ein paar Fragen stellen.«

»Ich glaube nicht, dass Sie Herrn Jensen Fragen stellen. Herr Jensen ist erst von der Intensivstation gekommen.«

»Es sind nur ein, zwei Fragen, es geht also schnell.«

»Ich wäre Ihnen verbunden, wenn ich mich nicht wiederholen müsste, ich habe zu tun.«

Schon mal morgens um zehn was aufs Maul gekriegt? Ist das ein Bruder von unserem Bewerber, oder was?

»Können Sie mir sagen, was ihm fehlt?«

»Da Sie offensichtlich kein Angehöriger sind, habe ich nicht die Absicht.«

Der ist bestimmt gestern geblitzt worden, oder seine Alte ist mit ’nem Bullen durchgebrannt, irgendwie so was.

»Wann ist er wieder befragungsfähig?«

Er liest wieder, wendet den Kopf mit geschlossenen Augen.

»Ich weiß es nicht. Kann ich Ihnen sonst noch helfen?«

»Ich will es nicht hoffen.«

An der Automatiktür pappt von innen ein »Alles-Gute«-Schild, lächerlich. Vorm Fenster im Treppenhaus prahlen drei Greise mit ihren Krankheiten. Heute Nachmittag mal anrufen, wenn Dr. Arsch keinen Dienst mehr hat, vielleicht sind die anderen ja netter, der Vorgang muss weg.

11 Uhr 06

Aus Helmuts Büro schwappt Glückwunsch-Gejohle und Weißt-du-noch-Lachen bis auf den Flur. Wird da gegen den hausinternen Alkoholerlass verstoßen? Um die Zeit wahrscheinlich noch nicht. Aber das stört jetzt, Tür zu. Der Bildschirm flammt nach einem Zupfer an der Maus auf, der Bewerber kommt rein. Kann man nicht mal fünf Minuten allein sein? Riecht der, dass man wieder da ist?

»Hat aber lange gedauert. Wolltest du nicht eher wieder hier sein?«

»Es dauert so lange, wie es dauert. Manchmal passieren eben unvorhergesehene Dinge, oder?«

Kurzer prüfender Blick.

»War nicht als Kontrolle gemeint.«

»Klang aber so. Was gibt es denn?«

Er stellt sich vor den Schreibtisch, blättert in seinen losen Seiten.

»So, ich habe zuerst mal die Angaben von Frau Pahmeier überprüft, und die scheinen alle zu stimmen, was die Todesfälle von Eltern und Bruder Willi angeht, der war allerdings ein bisschen schwierig, weil er nicht in Duisburg gestorben ist, wie die Alte sagt, sondern in Oberhausen. Der zweite Bruder, Helmut, ist seit zwei Jahren in Berlin nicht mehr gemeldet, hat da aber eine Akte, drei Finger dick, wie die Berliner Kollegin sagte. Könnte sein, dass er ohne festen Wohnsitz ist. Die Verurteilungen habe ich mir mal faxen lassen.« Er hält ein Blatt hoch.

»Was Einschlägiges für unsere Sache dabei?«

»Zweimal gefährliche Körperverletzung, auch schon länger her, sonst meist schwerer Diebstahl, Hehlerei, solche Sachen.«

»Trotzdem, er ist einer von denen, die in Frage kommen und noch greifbar sind. Irgendwer hat da schließlich in den Jahren jemandem die Hände abgeschnitten und vergraben.«

»Wegen des anderen Bruders warte ich noch auf eine Rückmeldung. Ich sage Bescheid, sobald ich was habe.« Er geht.

E-Mail, Eingang.

Keine Antwort von Ayse.

Termine fürs Sportabzeichen nächste Woche, geschenkt.

Kripo Gießen. AW: Leichenfund.

Hallo, Kollege Kirchenberg,

als Antwort auf deine E-Mail von gestern können wir dir nach Aktenlage folgenden Fall anbieten, an den sich einer unserer Kollegen sogar noch erinnern konnte.

Am 3. September 1977 wurde hier in der Nähe des Ortes

Salzböden, etwa 15 km nördlich von Gießen, auf einer Eisenbahnbrücke über die Lahn eine männliche Bahnleiche gefunden. Wie aus der Akte hervorgeht, war die Leiche erheblich beschädigt, und es sind auch nicht alle Leichenteile gefunden worden. U. a. konnte keine der beiden Hände gefunden werden, ein Teil des Schädels erst Tage später in der Lahn. Man ist damals zunächst von einem Suizid ausgegangen, die Obduktion hat aber ergeben, dass der Mann tot auf die Schienen gelegt worden ist und zumindest eine Hand nicht durch einen Zug, sondern durch eine Säge abgetrennt worden ist. Die Tat wurde nicht aufgeklärt.
Im Anhang drei gescannte Fotos aus der Lichtbildmappe. Die Qualität ist nicht mehr besonders, sie geben aber einen Eindruck wieder.
Für weitere Fragen stehe ich jederzeit zur Verfügung.
Adler, KHK

Donnerwetter, da passt aber so einiges.

Foto1.jpg. Übersichtsfoto vom Fundort. Schon etwas vergilbt. Übliche Bahnleiche, nur Brocken. Mein Gott, der Oberkörper ist ja völlig zerbröselt. Was ist das da hinten neben den Gleisen? Die Füße? Schwer zu sagen.

Foto2.jpg. Schultern mit Hals, am oberen Ende sitzt noch ein Drittel des Kopfes dran. Unterhalb der Nase durchgetrennt, der Oberkiefer ist weg, ausgefranste Ränder, fünf Zähne halten die Stellung. Für'n Zahnstatus hat das nicht mehr ganz gereicht. Am hinteren Hals blutverschmierte Reste von dunklen Haaren. Hat mit dem Kopf auf den Schienen gelegen, eindeutig, da wollt aber einer sichergehen. Und der Rest vom Schädel war erst mal weg?

Foto3.jpg. Nahaufnahme vom Obduktionstisch. Blutiger Unterarm, an der Oberfläche einige kleinere Schnitte. Die beiden Knochen ragen ein Stück aus dem blutigen Stumpf, die Schnittflächen glatt.

Nie im Leben sind die vom Zug abgetrennt worden, das sieht anders aus.

September 77, mittlerer Wahnsinn, das ist dreißig Jahre her. Ausdrucken.

Unter dem Namen steht die Nummer. Freizeichen.

»Adler, Kripo Gießen.«

»Kirchenberg, KK 11, guten Morgen nach Hessen, Kollege. Ich habe gerade deine Nachricht gelesen, vielen Dank dafür. Da musstet ihr aber ganz schön graben im Keller, oder?«

»Guten Morgen. Na ja, obendrauf lag sie nicht gerade. Wir hatten sogar Glück. Wenn wir dazukommen, schmeißen wir unsere Ungeklärten nach dreißig bis fünfunddreißig Jahren raus. Von daher…«

»Könnte sein, dass wir Glück hatten, klingt jedenfalls nicht uninteressant. Kannst du schon mehr dazu sagen, als in der Mail steht?«

»Sehr viel mehr nicht. Ich habe die Akte erst mal nur überflogen. Ist damals nicht geklärt worden, das Ding, hatte ich ja schon geschrieben, und wenn ich es richtig gelesen habe, ist der Tote bis zum Schluss auch nicht identifiziert worden.«

»Was ist mit dem Kollegen, der sich erinnert hat? War der damals an den Ermittlungen beteiligt?

»Ach, Hermann, unser Elefant. Der hat echt noch jede Leiche im Kopf, die er mal gesehen hat. Aber damals war er an den Ermittlungen nicht beteiligt, konnte sich nur an die MK erinnern!«

»Wo ist die Leiche verblieben?«

»Ich habe da noch nicht weiter ermittelt, wollte erst eure Rückmeldung abwarten, aber wenn alles normal gelaufen ist, werden sie den irgendwo hier begraben haben. Das müsste auch noch rauszufinden sein. Ob das Grab allerdings noch existiert?«

»Wenn ich um diesen Gefallen noch bitten darf, dass ihr da mal nachhakt. Ich kläre hier mit der Gerichtsmedizinerin ab, ob eine Zuordnung der Knochen noch möglich ist, und melde mich wieder.«

Welche Nummer hat denn der Bewerber? Bei wem sitzt der überhaupt? Keine Ahnung.

Petra sortiert Blätter auf ihrem Schreibtisch.

»Gummipetra, kannst du mir sagen, wo ihr den Seeger untergebracht habt?«

»Gummipetra? Wie klingt das denn? Im Büro von Stroter.«

Die Tür ist geschlossen, Klopfen, er sitzt am Schreibtisch.

»So, es tut sich vielleicht was in unserer Sache. Sieh dir die Fotos an, besonders das letzte!«

Er nimmt die Blätter, sucht, schiebt die Unterlippe nach vorn.

»Was müsste mir auffallen? Die kleinen Schnitte im Fleisch oder die Knochen?«

»Die Knochen. Sieh dir mal die Brüche auf den anderen Fotos an. Wenn der Zug die mit den Rädern abgetrennt oder sonst wie abgerissen hat, sind sie gesplittert. Diese sind aber glatt, also wahrscheinlich gesägt worden. Einen Hinweis auf Hessen haben wir bisher noch nicht, oder ist bei den Verurteilungen von Helmut Fritsche was dabei?«

Er nimmt zwei Blätter vom Stapel, fährt mit dem Finger nach unten.

»84 wegen Hehlerei, Amtsgericht Münster.« Er sucht weiter. »74 wegen gefährlicher Körperverletzung, Amtsgericht Siegen. Der Rest hier in der Gegend.«

»Na ja, Siegen, ist doch zumindest einigermaßen die Richtung. Kannst du veranlassen, dass die uns die Siegener Sache aus der Kriminalakte faxen oder mailen?«

Kurzes Nicken.

Auf der Fensterbank vor der Scheibe liegen zwei tote Fliegen, die Wolken sehen aus, als hätte unten jemand dran gezupft. Männliche Leiche ohne Hände in Nordhessen, 1977, die Schnittstellen sind gesägt. Es hilft nichts, da müssen wir hin.

»Noch was vor heute?«

»Nichts Besonderes.«

»Ich kriege gleich die Rückmeldung des Kollegen in Gießen über den Verbleib der Leiche. Dann rufe ich die Gerichtsmedizinerin an. Wenn es möglich ist, die Knochen zuzuordnen, fahren wir da hin, nach Möglichkeit noch heute.«

Er zuckt mit den Schultern. Auch gut.

12 Uhr 12

Abgesägt. Einfach abgesägt, die Tatzen. Warum sägt man 'ner Leiche die Hände ab, bevor man sie auf die Schienen legt? Um die Identifizierung zu verhindern, warum sonst. Und das Gesicht lässt man von 'ner Lokomotive spalten. Gehört schon einiges dazu, sich so einen Arm zu greifen und wie ein Stück Brennholz abzusägen. Obwohl, bei den Obduktionen machen die das auch dreimal am Tag. Roland, der Leichenknecht. Wie viel Schädeldecken der wohl schon abgesägt hat bei all den Obduktionen in zwanzig Jahren? Gewöhnt man sich vielleicht genauso dran wie ans Wändestreichen. Früher mit der Handsäge hat er dabei immer ganz schön geschnauft. Ob das schwerer zu sägen ist als Holz? Ritzeratze in die Brücke eine Lücke. Tücke war auch noch dabei. Ritzeratze, Ritzeratze, mit viel Tücke eine Lücke in die Brücke. So ähnlich. Schneider meck, meck, meck. Zweiter Streich, oder welcher war das? Dritter könnte auch sein. Stimmt, zweiter war Witwe Bolte, die Hühner durch den Schornstein.

Mit Ayse heute Abend was essen gehen, so richtig schön? Drei Abende noch, dann ist sie schon wieder weg, verdammt. Hoffentlich dauert das da heute nicht so lange. Ayse, Ayse, Ayse. Sitzt bestimmt schon wieder am Rechner, mal anrufen nachher in 'ner freien Minute, wenn wir da sind. Neben dir kann man allein sein, Ts. Wie kommt die darauf? Ist doch Blödsinn. Und Ulla kann man damit doch gar nicht vergleichen. Hängt doch davon ab, wie man zu dem andern steht, ob man die Dinge bei ihm merkt. Ulla ist doch was völlig anderes gewesen. Ulla. Aber echt nicht gemerkt, das mit Ulla. Die bunte, feurige, lippenstiftrote Ulla. Immer zu enge Klamotten für ihr Gewicht, immer unglaubliche Frisuren, trotzdem, immer attraktiv. Die hat dieses Funkelnde, wenn die reinkommt, manche haben das. Strassmenschen. Und die war mal verliebt, nicht zu glauben. Echt nicht gerafft. Aber vielleicht liegt es ja auch an der Rolle, die sie hier hat, die ist hier eben Polizistin. Vielleicht verbindet man das nicht sofort mit Attraktivität, nicht mit Ich-verlieb-mich-in-dich-Attraktivität. Ist doch bei Schauspielerinnen auch so, dass die nur in manchen Rollen so richtig toll sind oder erotisch, also so richtig. Mary Stuart Masterson. Sonst eher unscheinbar, aber in »Grüne Tomaten« der Wahnsinn. Oder Helena Bonham Carter in »Zimmer mit Aussicht«, zum Hinknien. Sogar Meryl Streep in »Jenseits von Afrika«, ist ja sonst eher der neutrale Typ. Hat eindeutig was mit der Rolle zu tun. Obwohl, Helena Bonham Carter ist eigentlich immer erotisch. Die hat immer diese selbstvergessen-schwindsüchtige Erotik. Aber Ulla. Nicht gemerkt, wirklich nicht gemerkt.

Was ist, wenn Ayse recht hat, ein bisschen?

Im Rückspiegel ein dunkler Mercedes, eine Lichthupensalve, die Lampen sind kaum noch zu sehen. Wir fahren 170, Freund, bist du bescheuert? Er setzt den Blinker, überholt rechts, schafft es grad noch vor dem Lkw wieder auf die linke Spur.

»Was macht der denn, fahr hinterher!« Der Bewerber wird auf dem Beifahrersitz gerade.

»Ich dachte, du schläfst.«

»Fahr hinterher, aber sofort!«

»Warum?«

»Dem schreib ich eine, ich hab das Kennzeichen nicht komplett, los jetzt!«

»Redest du eigentlich mit deinen Leuten auch so?«

Er guckt von der Seite, macht die Augen klein.

»Was soll das? Lässt du den jetzt fahren?«

»Ich habe keinen Bock auf 'ne Verfolgung bei 200 wegen 'ner Ordnungswidrigkeit.«

Er schüttelt den Kopf, sinkt in den Sitz zurück.

»Unglaublich. Und meine Leute in der Tour, zu deiner Information, wissen 'ne deutliche Ansprache zu schätzen.«

»Bist du dir da wirklich sicher?«

»Menschen brauchen Führung, das ist so.«

»Gequirlte Pumakacke vom Führungskräfteseminar ist das.«

Er sieht wieder zur Seite.

»Meine Erfahrungen sagen da was anderes nach etlichen Jahren in Führungspositionen. Ich hab genug Nasen bei mir in der Truppe, denen man in den Arsch treten muss.«

»Klar, wenn man Leuten zwanzig Jahre lang alles vorschreibt und sie sich abmelden müssen, wenn sie pissen gehen, brauchen die irgendwann Führung.«

»Ich weiß, dass du diese sozialromantische Auffassung von Zusammenarbeit hast.«

»Ich komme damit gut klar, nach etlichen Jahren in Führungspositionen.«

»Ich bin mir sicher, dass man das Optimum nur dann aus Menschen rausholt, wenn man sie lenkt. *Alter frenis eget, alter calcaribus.* Das ist von Cicero und heißt: Der eine bedarf der Zügel, der andere der Sporen. Der Mann wusste, wo es langgeht.«

Mit Latein protzt es sich wirklich prima.

»Bist du sicher, dass du im richtigen Jahrhundert bist?«

»Weißt du, Kollege Kirchenberg, führen macht einsam und hat mit Verantwortung zu tun, darum fürchten sich viele davor. Mein Vater war Fliegeroffizier bei der Bundeswehr, und das zu einer Zeit, als man sich dafür von langhaarigen, Steine werfenden Friedensterroristen als Mörder beschimpfen lassen musste. Ich weiß also, wovon ich spreche. Mehr Gradlinigkeit könnten wir bei der Polizei gut gebrauchen.« Seine Hand ist ausgestreckt, zerteilt die Luft wie ein Beil.

»Ich glaub, deine zukünftigen Mitarbeiter werden noch viel Freude mit dir haben.«

»Du kannst dir deine Häme sparen. Es ist nicht die Aufgabe eines Vorgesetzten, seinen Mitarbeitern Freude zu bringen, aber sie werden gut sein, das versichere ich dir.«

Es ist wirklich seine Überzeugung. O Gott.

Nächste Ausfahrt Haiger, noch zwanzig Minuten.

Es wird neblig.

12 Uhr 55

Meldung: Auffinden einer männlichen Bahnleiche.

Nicht so interessant.
Einsatzbericht, auch nicht.

Todesermittlungsbericht, Kriminalwache, 03.09.77.

Am 03.09.77 gegen 06.37 Uhr wurde von der Leitstelle mitgeteilt, dass der Lokführer eines Regionalzuges auf ei-

ner Brücke über die Lahn eine auf den Schienen liegende Person überfahren habe. Es wurden zwei Fustkw dorthin entsandt.
Um 07.04 Uhr wurden die Angaben durch den 13/12 (Schmidt/Kabelitz) und den 13/20 (Schultz/Burchard) bestätigt. Der Lokführer hatte eine Notbremsung eingeleitet, und der Zug stand noch vor Ort.

Fundort:
Der Fundort wurde von KOK Brese und Unterzeichner aufgesucht. Er liegt auf der Eisenbahnbrücke über die Lahn östlich des Ortes Salzböden und nördlich von Odenhausen.
Man erreicht ihn zum einen von Odenhausen aus über die Hauptstraße, biegt von dieser nach links …

Ist denn irgendwo ’ne Skizze oder ’ne Karte? Da!

… in die Straße »Schloss Friedelhausen«, diese wird nach etwa 600 m nach rechts unter der Bahn durchgeleitet in den Ort Friedelhausen. Von dieser Stelle aus führt ein Weg parallel zum Schienenstrang weiter geradeaus, auf dem man nach etwa 350 m den südlichen Brückenkopf erreicht.

Das ist da. Und von der anderen Seite der Bahn kann man auch ranfahren.

Die Brücke führt zwei Schienenstränge der Bahnverbindung Marburg-Gießen über die Lahn. Beim Eintreffen steht der notgebremste Zug mit seinem Ende etwa 50 m hinter dem nördlichen Brückenkopf.

Beschreibung der Leiche
Betritt man die Brücke von ihrem südlichen Kopf aus, so befinden sich die ersten Teile der Leiche etwa 20 m von diesem Punkt nach Norden. Links des rechten, also Richtung Marburg führenden Schienenstranges, liegen zwei über den Gelenken abgetrennte, beschuhte Füße. Etwa 60 m weiter in nördlicher Richtung liegen jeweils links und rechts des rechten Gleises zwei große Teile des Torsos sowie verschiedene größere Gewebeteile. Der zwischen den Schienen liegende Teil der Leiche ist noch etwa 6 m in Fahrtrichtung mitgeschleift worden.
Der Torso ist einmal mittig diagonal durchtrennt, sodass die inneren Organe erkennbar und zum Teil herausgerissen sind. Der rechte Arm ist in der Fortführung dieser Linie ebenso kurz unterhalb des Schultergelenks durchtrennt. Der restliche Teil des Arms liegt ca. 5 m weiter zwischen den beiden Gleisen und ist bis zum Handgelenk unversehrt. An beiden Armen wurden die Hände abgetrennt, die allerdings bei einer ersten Nachschau nicht aufgefunden werden konnten.
Der untere Teil des Torsos wurde etwa Mitte der Schienbeine durchtrennt.
Das Bruststück des Torsos…

Auch nicht schlecht, Herr Kollege, Bruststück. Brust oder Keule? Hat er nicht gemerkt.

... ist oben etwa Mitte des Kopfes abgetrennt. Im vorderen Bereich sind noch der Unterkiefer, hinten ein Teil des Haaransatzes mit kurzen, dunklen Haaren zu erkennen. In der Öffnung ist ein Rest blutiger Masse zu sehen. Im Unterkiefer stehen lediglich im vorderen Bereich noch fünf Zähne. Der obere Teil des Schädels konnte im Bereich ebenfalls nicht aufgefunden werden.

Bekleidung
Soweit erkennbar ist die Leiche am Oberkörper mit einem dunkelblauen Sweatshirt und einem weißen Unterhemd bekleidet. Weiterhin trägt sie am Unterkörper von außen erkennbar eine dunkelblaue Jeans. An den Füßen so genannte Tennissocken und dunkelblaue Adidas-Turnschuhe.

Typische Bahnleiche. Aber wieso ist der Körper dreimal durchtrennt?

Adler kommt rein, in der Rechten eine Tasse, den Bewerber mit zwei Tassen im Schlepptau. Wirkte am Telefon ganz anders. Hat eigentlich 'ne Riesenwampen-Raucher-Rotwein-Stimme, sieht aber eher so aus, als ob er Marathon läuft.

»Na, wie ist deine Einschätzung?«

»Ich habe den Obduktionsbericht noch nicht gelesen, aber nach dem, was ich bisher weiß, müssten wir an die Leiche ran. Was sagt euer Friedhofsamt?«

»Ich kenne die Leiterin vom Ordnungsamt ganz gut«, er schlürft zwischendurch einen Schluck Kaffee, »die kann ich«, Blick auf die Uhr, »in fünf Minuten anrufen. Dann wissen wir mehr.«

»Okay, wenn das Grab noch existiert, dann brauchen wir

zügig einen Exhumierungsbeschluss. Wahrscheinlich ist unsere Staatsanwaltschaft in diesem Fall zuständig.«

Adler muss erst noch einen Mund voll Kaffee runterschlucken, verzieht das Gesicht. War wohl etwas heiß.

»Wahrscheinlich. Ich habe heute Morgen nach deinem Anruf mit unserem Kap-Dezernenten telefoniert, der meinte auch, es könnte jetzt euer Fall sein.«

»Warum ist das so?« Der Bewerber stellt den Kaffee ab, reißt ein Nuts auf.

»Es gilt bei der örtlichen Zuständigkeit das Tatortprinzip.« Adler trinkt, verzieht wieder das Gesicht. Der Kaffee ist heiß, Junge. Langsam müsste er's mal lernen. »Erstens ist das Ding nicht geklärt worden, zweitens haben wir das Opfer nicht identifiziert, und drittens hatten die damals zwar den Fundort, aber nicht den Tatort. Der Mann ist eindeutig tot auf die Schienen gelegt worden, wir wissen aber nicht, wo er getötet worden ist. Vielleicht ja sogar in eurem Haus da, kann man jetzt nicht mehr ausschließen. Da ihr jetzt also die frischeren Erkenntnisse habt, ist es sehr wahrscheinlich euer Fall.«

»Sobald wir wissen, ob es das Grab noch gibt, könntest du dann Staatsanwalt Nagel anrufen, der hat die Durchwahl 1717, und ihm das hier kurz schildern.«

Der Bewerber nickt.

»Ich habe ihn heute Morgen schon vorgewarnt, er hat sogar Zeit und würde dazukommen, kann er mit Frau Dr. Richter fahren, die rufe ich an. Wenn das Grab noch zu finden ist, würde ich die Leiche gern heute noch hochholen, dann brauchen wir kein zweites Mal herzukommen, wahrscheinlich.«

Er grunzt bestätigend, steckt sich den Rest vom Schokoriegel in den Mund.

»Die Telefonate führen wir am besten von mir aus, kannst du hier in Ruhe weiterlesen. Kommst du mit?« Adler gibt ihm einen Wink, er wirft das Papier in den Eimer, sie gehen.

Verfügung Staatsanwaltschaft Gießen.

Da, Leichenöffnungsprotokoll in der Todesermittlungssache zum Nachteil einer unbekannten Leiche.

Leichenöffnungsprotokoll klingt ja auch prima. War doch schon offen.

A. Äußere Besichtigung.

1. Erheblich beschädigte Leiche nicht mehr genau bestimmbarer Körperlänge (ca. 180–190 cm). Körpergewicht ebenfalls nicht mehr exakt bestimmbar, ca. 80–85 kg. Die Leiche weist drei kapitale Durchtrennungen mit stumpfer Gewalt auf. Erstens horizontal im Bereich des Schädels in Höhe der Kopfmitte. Zweitens der Torso in einer Linie etwa vom linken Becken zum rechten Schultergelenk führend. Durch die Öffnung der Bauchhöhle sind verschiedene innere Organe und Teile des Darms ausgetreten und liegen frei bei. Der rechte Arm ist in Verlängerung der diagonalen Linie ebenfalls abgetrennt und liegt der Leiche bei. Drittens sind beide Füße etwa 10 cm oberhalb der Gelenke abgetrennt und liegen ebenfalls bei. Das Schädeldach sowie beide Hände der Leiche fehlen.
2. Die Leiche ist bekleidet wie folgt:

Uninteressant.

3. In der Verlängerung des Halses im verbliebenen Teil des Kopfes finden sich an der Rückseite braunschwarze, etwa 3 cm lange Haare...

Wo steht denn was über die Arme?

12. Der linke Arm weist etwa 5 cm oberhalb des Handgelenks eine Durchtrennung auf. Im Haut- bzw. Muskelgewebe des Wundbereiches finden sich als Besonderheit mehrere lange Schnitte, die in die Tiefe spitz zulaufen.
Elle und Speiche sind oberhalb des Griffelfortsatzes bzw. der Gelenkrolle durchtrennt. Die Schnittflächen der Knochen sind gerade und weisen eine feine Riefenbildung auf. Die eröffnete Markhöhle...

Feine Riefenbildung. Haben die dazu was im Gutachten geschrieben?

Vorläufiges Gutachten
Todesursache: Ungeklärt
Die bei der Obduktion festgestellten Defekte und erheblichen Verletzungen sprechen in Verbindung mit der Auffindesituation für ein mehrfaches Überrollen durch mindestens zwei Züge. Das völlige Fehlen vitaler Zeichen wie Hämatome, die bei einem solchen Unfall regelmäßig entstehen, deutet darauf hin, dass die Person zum Zeitpunkt des Überrollens tot war.
Die Verletzungen am linken Unterarm lassen den Schluss zu, dass das Gewebe zunächst mit einer kurzen, spitzen,

einseitig geschliffenen Klinge durchtrennt worden ist. Die Schnittflächen an den Knochen weisen darauf hin, dass eine Durchtrennung mit einer kleinzahnigen Säge erfolgte. Hier kann die Untersuchung mit dem Auflicht-Mikroskop weiterführende Erkenntnisse bringen.
Das Lebensalter wird anhand des Zustandes des verbliebenen Gebisses auf 35 bis 45 Jahre geschätzt.

Kleinzahnige Säge. Metallsäge, was sonst? Laubsäge wird's wohl nicht gewesen sein. Und kurze, spitze Klinge? Rasierklinge? Oder Teppichmesser? Sieht ganz so aus, als suchten wir einen Handwerker. Haben die Kollegen mal irgendwo was zur Tat geschrieben?

Subjektiver Tatbefund, 07.09.77

Gibt es da irgendwo ein Fazit?

Wie bei der Obduktion eindeutig festgestellt, war das Opfer bereits tot, als es auf die Schienen gelegt wurde. Weiterhin ist davon auszugehen, dass dem Opfer vor der Ablage am Auffindeort die Hände abgetrennt worden sind. Aufgrund der erheblichen Verletzungen können keine Angaben über die definitive Todesursache gemacht werden. Nach einer Analyse der Auffindesituation scheint es aufgrund von Erfahrungswerten wahrscheinlich, dass das Opfer zunächst an der Stelle der aufgefundenen Füße bäuchlings auf die Schienen gelegt wurde, sodass der Kopf und beide Armstümpfe auf dem in Fahrtrichtung rechten Schienenstrang positioniert waren. Die Verletzungen am Kopf weisen darauf hin, dass dieser entweder mit dem Bereich unterhalb der Nase oder mit offenem Mund auf die Schiene gelegt wurde.

Da gab es doch diese Szene in dem Film mit Edward Norton, wo sich der Schwarze so auf den Bordstein legen musste, und er ihm dann ins Genick trat. Wie nannten die das? Bordsteinkick. Furchtbare Szene. Haben sie die nicht rausgenommen hinterher?

Durch die Wucht des ersten Überrollens hat es vermutlich eine Verschiebung des Leichnams gegeben, sodass der linke Armstumpf nicht mehr von den Rädern überrollt wurde. Weiterhin ist davon auszugehen, dass dieser erste Zug mit relativ hoher Geschwindigkeit fuhr, da der Torso etwa 65 m mitgeführt wurde, was vermutlich auf den durch Unterdruck unter dem Zug entstehenden Sog zurückzuführen ist.
Vermutlich blieb der Torso danach so auf dem rechten Schienenstrang liegen, dass er von der Regionalbahn noch einmal überrollt wurde. Die Aussage des Lokführers legt diese Vermutung nahe.
Der abgetrennte Teil des Schädels ist nicht auffindbar. Es besteht die Möglichkeit, dass er durch die Wucht des Abtrennens in die Lahn geschleudert wurde.

Die Tür geht auf, Adler kommt, in der Hand einen Zettel.

»So, die Leiterin des Ordnungsamtes erwartet uns um halb drei. Sie sagt, sehe gar nicht schlecht aus.« Er hält das Papier hoch. »Und? Hast du schon einen Überblick?«

»Sieht ganz so aus, als wollte da jemand einen Selbstmord

vortäuschen. Schneidet dem Opfer erst mit 'nem Teppichmesser oder 'ner Rasierklinge das Fleisch und die Sehnen durch, sägt ihm dann die Hände ab und legt ihn auf die Schienen, und zwar so, dass der Kopf nach dem Drüberrollen unkenntlich wird.«

»Wenn der das so wollte, hat er nicht gewusst, dass man das hinterher feststellen kann, ob einer schon tot war.«

»Muss man das wissen, so als Otto Normalmörder? Würdest du das wissen, wenn du nicht bei unserem Verein wärst?«

»Keine Ahnung. Vielleicht hat er das Opfer ja auch unmittelbar vorher getötet und gedacht, das reicht. Eines ist dann allerdings sicher. Arzt war er schon mal nicht.«

»Und Säge und Teppichmesser könnten zu 'nem Handwerker passen.«

Er grinst.

»Na, das grenzt den Kreis der Verdächtigen doch erheblich ein.«

Scherzkeks.

14 Uhr 25

Marion? Martina könnte auch sein. Hatte jedenfalls blonde Engelslocken, Sommersprossen und Brüste, so fest wie unreife Äpfel. Kam aus 'nem kleinen Kaff in Hessen. Ihre Klasse war auch die ganze Woche da. Richtig abgegangen ist es erst auf dem gemeinsamen Abschiedsabend, damals. Abgegangen, na ja. Eng tanzen, bisschen knutschen und mit der Hand unters T-Shirt, das reichte schon für 'nen stählernen Ständer zu der Zeit. Stählern? Diamanten. »Hotel California« spielten die damals immer. Und irgendwas von Abba. Die erste mehrtägige Klassenfahrt war das. Sauerland. Jugendherberge. Morgens Früchtetee, mittags Eintopf und abends Bratwurst mit Sauerkraut. Zu sechst im Schlafsaal. Bratwurst und Sauerkraut und dann auf der Bude eingeschmuggelten Sliwowitz obendrauf… Ganze Symphonien gefurzt hinterher. Das muss zu der Zeit gewesen sein, 77, könnte passen. Unsereins streichelt zum ersten Mal Leben in fremdes Fleisch hinein, er drückt es oder schneidet es oder würgt es. Aber wo? Eigentlich ist es ökonomischer, die Hände mitzunehmen. Absägen, in den Rucksack und tschüss. Man kann die sogar mit der Bahn transportieren, ohne dass es einer merkt. Gemeinsam mit ihm nach hier, irgendwo im Wald töten, Hände ab, und dann auf die Schienen. Oder es ist doch im Haus passiert. Hände ab, er wird in den Kofferraum gepackt und schön weit weg abgelegt, auch kein Problem. Und warum nach hier? Weil er sich hier auskennt? Zufällig? 'ne Zeit auf die Bahn, und dann einfach abgefahren, wo es einsam ist?

»Pass auf, blöde Kuh!«

Ein roter Fiesta schneidet den Fahrstreifen, der Bewerber muss heftig in die Eisen.

»Bleib dahinter, wir müssen sowieso gleich da rein.« Adler zeigt auf eine Einfahrt, weiß auch einen Parkplatz. Der Nebel ist dichter geworden.

Er drückt versiert den Türcode, im Treppenhaus stickige Behördendüsternis. Er klopft an eine Tür im ersten Stock, geht rein.

Sie steht auf, kommt um den Schreibtisch herum. Kurze

schwarze Haare mit etwas Grau, das Lächeln bestätigt die Lebendigkeit ihrer Augen.

»Tag, Frau Özdemir, das sind die Kollegen, die sich für die alte Leiche interessieren. Herr Kirchenberg und Herr …«, er sieht den Bewerber an.

»Seeger.«

Eine Türkin als Amtsleiterin, auch nicht so häufig.

»Ja, meine Herren«, leichter hessischer Dialekt, ihre Hand ist kühl. »Ist ja kein so gewöhnliches Anliegen, das Sie da haben, aber ich glaube, Sie haben Glück. Ich bin allerdings auch davon ausgegangen, dass wir da noch was finden, weil der Zeitraum von dreißig Jahren bei uns durchaus noch recherchierbar ist.« Sie geht an einen Nebentisch, darauf eine Karte. »Das ist der Friedhof, um den es geht. Es müsste die Reihe hier oben sein, dort ist er nach unseren Akten am 09.09.77 anonym begraben worden.« Sie tippt mit dem Finger auf die Karte. »Wann sind Ihre Leute da?«

»Sie meinen den Staatsanwalt und die Ärztin?« 14 Uhr 30. »Na, so eine Stunde werden die bestimmt noch brauchen.«

Sie sieht auf ihre Uhr, presst die Lippen aufeinander.

»Ganz schön spät. Meine Friedhofsgärtner tun zwar alles für mich, aber das geht doch reichlich in den Feierabend.« Sie sieht zur Seite. »Könnte man schon ein paar vorbereitende Arbeiten machen? Ausmessen und vielleicht schon die obere Schicht mit dem Bagger abtragen. Die Feinarbeiten und die eigentliche Hebung machen wir dann, wenn alle dabei sind.«

»Ich denke, das geht. Tue den Leuten auch einen Zwanziger in die Kaffeekasse.«

Sie geht zum Schreibtisch, nimmt den Hörer ab, wählt.

»Und der Bestatter wird auch da sein?«

»Der braucht keine zehn Minuten.« Adler winkt ab, beschwichtigend. »Ist um die Ecke.«

Sie legt wieder auf, kommt, lächelt.

»Gut, warten wir auf Ihre Leute. Kann ich Ihnen etwas anbieten, einen Kaffee zum Beispiel?«

Dieser Dialekt ist wirklich irritierend.

»Kaffee vielleicht hinterher. Zuerst bräuchte ich ein Restaurant oder eine Würstchenbude in der Nähe. Gibt es da was?« Der Bewerber mit Leidensmiene.

Gibt es.

16 Uhr 17

Die Tropfen des Sprühregens legen sich aufs Gesicht wie kleine Tiere. Frau Özdemir vorne führt die Prozession an, dahinter Staatsanwalt Nagel und Frau Dr. Richter, der Rest. Oh, schaurig ist es, durchs Moor zu gehen, wenn die Gräser ranken am Strauche. Klingt komisch. Ranken kam vor, Strauch auch, aber Gräser ist falsch. Zweige. Oh, schaurig ist es, durchs Moor zu gehen, wenn die Zweige … Irgendwie mit ranken und Strauche, das ist sicher. Und heißen tut es »Knabe im Moor«. Wenn die Ranken hängen am … Die roten Lichter auf den Gräbern verschwinden im Nebel, als trieben sie auf dem Wasser, eine Krähe nutzt das letzte Licht, landet auf einem nackten Ast, schreit einmal kurz. Was hat Mätzler immer gesagt? Wenn auf jedem Grab, in dem ein Ermordeter liegt, ein Licht brennen würde, wären unsere Friedhöfe hell erleuchtet. So ungefähr könnte das dann aussehen. Sind das die Lichter, oder bedeuten diese hier was anderes? Bei den Gräbern mit Licht sind die Seelen noch auf Wanderschaft, vielleicht. In Tibet erzählen die den Toten doch auch noch tagelang, wo sie langgehen müssen, rechts, links, rechts und dann am Fluss lang. Letzter Kiosk vorm Nirwana. Vielleicht sind es ja gar keine Tage, die man wandert, sondern Wochen. Oder Monate. Vielleicht verirren sich ja manche auch.

Auf dem asphaltierten Weg steht der Leichenwagen, aus dem Dunst tauchen die Scheinwerfer auf, der Bagger sieht aus wie eine riesige Gottesanbeterin. Die beiden Gärtner rauchen, reden mit einem Hünen im schwarzen Mantel und schwarzer Hose, wahrscheinlich der Bestatter. Sie werfen die Kippen auf den Erdhaufen, begrüßen ihre Chefin.

»Kleines Problem, Frau Özdemir.«

Er zeigt in die Grube, zwei Deckel ragen ein Stück aus der klebrigen Erde, der linke leicht eingedrückt.

»Wir haben nach Plan gegraben, haben sogar noch mal nachgemessen, aber das angegebene Maß liegt genau dazwischen.«

Sie klappt ihre Mappe auf, liest, lässt sich vom Gärtner noch einmal den Plan zeigen. Mit einem Schulterzucken dreht sie sich um, kommt.

»Es liegen nur zwei Jahre zwischen den beiden Beerdigungen, da können wir aus dem Zustand des Sarges auch nichts Genaues sagen. Das eine ist Ihre Bahnleiche, das andere laut Akte eine Tote aus der Lahn, die auch nicht identifiziert wurde. Kommen wir wohl nicht drum herum, in beide zu sehen.« Sie geht wieder zu den Gärtnern. »Mit welchem fangen wir an, Herr Krause?«

Der ältere der beiden Gärtner legt den Kopf schief, öffnet die Hände.

»Zählen wir es aus.« Er stellt sich davor. »Eene mene muh, und raus bist du. Mit dem rechten.« Über die Schulter. Hat er gar nicht spaßig gemeint, wie es aussieht.

Sie greifen sich die Spaten, rutschen halb in die Grube. Der jüngere findet keinen Halt, fällt auf die Seite, sein Fuß drückt durch den Deckel. In aller Ruhe zieht er ihn wieder raus, hilft dem alten beim Buddeln. Sie graben den Sarg rundherum frei, fassen mit zwei Hacken darunter, ziehen ihn hoch. Der Lehmboden hält ihre Stiefel fest, es schmatzt bei jedem Schritt. Sie stellen die Kiste mit Mühe auf den Rand des Grabes. Hat er eigentlich ganz gut überstanden, die dreißig Jahre, manche sind schon nach fünfzehn völlig eingefallen. Wahrscheinlich trockener Boden an der Stelle. Mit einem Kopfschütteln untersucht Krause die verrotteten Verschlüsse, bittet um das Stemmeisen. Vorsichtig schiebt er die Schneide in den Spalt, versucht mit viel Gefühl, den Deckel zu heben, noch einmal hinten, ein leichtes Knacken, dasselbe noch einmal vorn, dann gibt er nach.

Sie schieben den Deckel zur Seite, die Obduzentin kommt näher heran, versucht, mit ihren halbhohen Pumps nicht auf die lehmigen Brocken zu treten. Leichte Fehleinschätzung bei der Wahl des Schuhwerks, Frau Dr. Richter? Sie nimmt ihre Minitaschenlampe, leuchtet hinein.

Der Schädel ist zur Seite gefallen, die Halswirbel sind erkennbar, der Rest verschwindet unter weißem, löchrigem Tuch. Sieht wie ein Leichenhemd aus. Es riecht nach altem Holz und fauligem Laub. Am Schädel noch ein paar Haare, an den Knochen Reste von Gewebe. Sie leuchtet die Leiche von oben bis unten ab, nimmt einen kleinen Stock, schlägt das fleckige, weiße Tuch über den Füßen zurück.

»Das ist nicht unsere Leiche.« Sie tippt auf zwei Knochen. »Bei dieser saßen die Füße noch dran, als sie beerdigt wurde, sehen Sie. Die Unterschenkelknochen sind ganz, auch der Schädel ist noch intakt.« Sie wendet sich zu den beiden Arbeitern. »Sorry.«

»Ich hatte schon als Kind meistens Pech beim Abzählen.« Krause legt den Deckel wieder drauf. »Schlaf weiter.« Sie lassen den Sarg wieder an den alten Platz gleiten, wenden sich dem zweiten zu. Der meint das wirklich nicht scherzhaft.

»Was ist, wenn der nächste auch völlig in Ordnung ist?«

»Zwei Chancen hätten wir dann noch, aber das glaub ich nicht.« Die Amtsleiterin lacht, in ihren kurzen Haaren funkeln die Regentröpfchen. »So ungenau werden sie damals nicht gearbeitet haben.«

Die beiden Gärtner haben den zweiten Sarg freigelegt, stöhnen, ziehen ihn hoch und stellen ihn quer auf den Rand der Grube. Der Deckel gibt beim ersten Versuch nach, sie schieben ihn zur Seite. Sie tritt wieder heran, im runden Lichtkegel bedeckt ein schmutzig-weißes Tuch graubraunes Durcheinander. Der Geruch ist intensiver, sie nimmt wieder den Stock, schlägt das Tuch zurück.

»Das sieht schon eher nach 'ner Bahnleiche aus. Knochensalat.« Sie leuchtet die Kiste in allen Ecken aus.

»Kein Schädel. Und das Schienbein«, sie tippt auf einen Knochen, »ist auch nicht mehr ganz. Sagten Sie nicht, der Schädel sei gefunden worden?« Lauter nach hinten, zu Adler.

»Richtig.« Er hat seinen Schirm aufgespannt. »Aber wenn ich das richtig gelesen habe, drei Wochen später in der Lahn. Da war die Leiche schon unter der Erde, nehme ich an.«

Sie nickt, richtet sich auf, macht die Lampe aus.

»Da reicht ’ne Box, oder?« Der Bestatter kommt aus dem Hintergrund, wirft einen Blick auf die Reste.

»Wohin bringen wir sie?«

»In die Leichenhalle, ist hier ganz in der Nähe.« Adler zeigt mit dem Schirm ins diesige Dunkel.

»Wann können wir anfangen, was meinen Sie?«

Der Hüne zuckt mit den Schultern.

»In spätestens ’ner Dreiviertelstunde bin ich so weit, denke ich.« Er geht los Richtung Leichenwagen.

Aus dem Sprühregen ist wieder Nebel geworden.

17 Uhr 06

Die Neonröhre flackert zweimal, das kalte Licht passt zur Temperatur im Raum. Ganz langsam ausatmen, für zwei Sekunden gibt der Atem durchsichtig und weiß seine Unsichtbarkeit auf. Mit Schwung stellt der Bestatter die Knochenkiste auf die Ablage vom Obduktionstisch, öffnet sie. Frau Dr. Richter zieht sich die Gummihandschuhe an, greift hinein, holt zwei große Knochen wie Hanteln heraus, legt sie parallel auf den matten Stahl. Die Oberschenkel.

»Ist das die Ecke vom Puzzle?«

Sie lächelt, »könnte man so sagen«, legt die Beckenknochen darüber.

Weihnachten, die riesige Spanplatte auf dem Tisch, übersät mit Puzzleteilen, Vater mit Brille darüber, stundenlang.

»War früher mal Brauch bei uns in der Familie, zu Weihnachten gab's immer ein 1000er Puzzle zu lösen. Wie viel sind das da?«

Kurzer Blickkontakt, sie legt nebenbei ein paar Rippen an ihren Platz.

»Kann man nicht so eindeutig sagen. Die meisten Menschen haben 206 Knochen, aber einige wenige haben ein zusätzliches Rippenpaar. Na, und bei ihm hier«, sie winkt mit einem Schulterblatt, »ist es ja völlig durcheinander. Einiges fehlt, ein paar andere Knochen sind durchtrennt. Aber auch, wenn wir die Splitter alle mitzählen, ein 1000er Puzzle wird's nicht.«

Ayse würde jetzt wahrscheinlich wieder alles bestätigt sehen. Man steht dabei, wie dreißig Jahre alte, vermoderte Knochen in die Reihe gelegt werden, und denkt an Weihnachten in der Kinderzeit. Ist das Kälte? Merkt man mit den Jahren vielleicht gar nicht mehr, wie gleichgültig man gegenüber diesem ganzen Scheiß wird? Oder ist es gar nicht egal, und man tut innerlich nur so?

»Der Unterkiefer ist nahezu unbeschädigt. Zusammen mit den Bildern lässt das den Schluss zu, dass er wirklich mit offenem Mund auf die Schienen gelegt wurde. Wie hieß das noch mal in diesem Film, was sagten Sie?« Sie sieht hoch.

»Bordsteinkick.«

»Ach ja. Das hier sind wahrscheinlich Splitter vom Schädel.«

Sie legt ein paar gezackte Teile neben den Kiefer, sehen aus wie Muscheln.

»So, jetzt wird's ernst. Mal sehen, ob wir ihm nach dreißig Jahren seine Hände zurückgeben können.«

Sie dreht und wendet einen Knochen, sieht sich das eine Ende genau an.

»Das hier ist die rechte Elle.« Der Knochen kommt an seinen Platz. Sie geht wieder zur Kiste, wühlt ein wenig. »Und das hier die rechte Speiche. Man sieht, da ist der Zug wahrscheinlich noch drübergefahren.«

So vorsichtig, als wenn sie Mikado spielen würde, greift sie wieder hinein.

»Und das sind die linke Elle und die linke Speiche.«

Sind länger als die anderen, eindeutig Die glatte Kante ist deutlich zu sehen.

»Jetzt wollen wir nur hoffen, dass wir nicht einen der beiden rechten Gelenkköpfe zur Isotopenuntersuchung gegeben haben.«

Das wäre es noch.

Sie geht zu ihren Sachen, entriegelt eine kleine Plastikbox, kramt darin herum.

»Schauen Sie nicht so vorwurfsvoll. Ich weiß, dass ich die nicht hätte transportieren dürfen.«

Der Bestatter zuckt mit den Schultern.

»Da sind sie.«

Wie ein Juwelier hält sie die Knochenreste zwischen den Fingerspitzen, dreht sie, schaut, prüft von allen Seiten. Ganz allmählich beginnt sie zu nicken, verzieht den Mund.

»Da haben wir aber richtig Glück gehabt, die richtige Seite.« Erleichtertes Lächeln. »Durften Sie als Kind immer das letzte Stück legen, oder wer machte das?« Mit auffordernden Augen hält sie die beiden grauen Knubbel hin.

»Ne, ne, machen Sie das man. Ich hatte damals schon nicht so einen Bock auf Puzzle.«

Alle kommen näher an den Tisch, fast andächtig rückt sie die beiden Unterarmknochen ein wenig vom Rest ab, legt sie mit der Linken auseinander, mit der anderen Hand die beiden Stücke davor. Noch ein Blick mit amüsierter Spannung, sie schiebt Millimeter um Millimeter das kleinere Stück an den Knochen, dann das größere. Die beiden Schnittflächen legen sich glatt aneinander. Das passt doch, oder? Sie richtet sich auf, wartet auf eine Reaktion.

»Für mich sieht es so aus, als wenn es passt. Was sagt die Fachfrau?«

Sie beugt sich noch einmal darüber, zieht die Teile auseinander, schiebt sie wieder zusammen.

»Ich denke auch, dass es passt.«

»Zu wie viel Prozent?«

Noch ein Blick.

»Achtundneunzig.« Kleine Pause. »Aber nur, weil ich nie hundert sage. Außerdem«, sie tippt mit dem Zeigefinger auf die großen Oberschenkelknochen und die Zähne, »haben wir jetzt sehr wahrscheinlich DNA-Material.«

Die Knochen liegen auf dem Tisch wie ein Bausatz für den Biologieunterricht. Dreißig Jahre, unfassbar. Vor dreißig Jahren hat dir jemand die Hände abgeschnitten, und jetzt kriegst du sie wieder. Bleiben nur zwei Fragen. Wer hat das getan? Und wer bist du eigentlich?

19 Uhr 55

Das Garagentor schließt sich mit einem Quietschen, der Bewerber wartet an der Ecke.

»Soll ich noch mit hochkommen?«

»Nicht nötig. Ich bringe nur noch die Akte hoch, trage den Wagen aus und bin dann weg. Eh schon verdammt spät, aber den Stau konnte keiner auf der Rechnung haben.«

Er grüßt, geht.

Am Ende des Flurs in der Sechsten fällt aus dem Kaffeeraum ein Lichtstreifen in die Dunkelheit. Einer das Licht vergessen? Ist Helmut wahrscheinlich am Geburtstag früher gegangen, dem passiert das nicht.

Bei Petra riecht es nach ihrem Tee, im Eingangsfach reichlich Papierkram, ein paar Vorgänge, ein dicker Umschlag vom Institut aus München. Das Gutachten. Donnerwetter, ganz schön dick. Heute Abend nicht mehr. Noch das Licht aus und dann ab, Ayse wird schon warten. Die Tür zum Kaffeeraum klappt langsam auf, am Tisch Ulla, vor sich ein Wasser. Sie blickt hoch, schiefes Lächeln.

»Ullala, kein Zuhause?«

»Ach, ich brauchte einfach mal ein bisschen Ruhe.« Sie spielt mit ihrem Glas.

»Ist irgendwas passiert?«

»Nichts Außergewöhnliches. Wir haben ein Geständnis, die MK ist zu Ende, sonst nichts.«

Sie sagt es, ohne hochzusehen.

»Nicht so euphorisch, Ulla.« Hinsetzen. »Und?«

Sie sieht auf das Glas, lässt sich Zeit.

»Die Mutter war es. Sie hat schon fünf Kinder, und sie sagt, dieses hätte es nicht mehr gut gehabt.«

»Und da hat sie es getötet?«

»Ja. Gleich nach der Geburt hat sie ihm ein Kissen auf den Kopf gedrückt. Der erste Schrei war der letzte.«

Draußen bimmelt eine Straßenbahn jemanden von den Schienen.

»Ich habe mal von einer Südseeinsel gelesen, da gibt es eine Bucht, die ist übersät mit Kinderschädeln, weil die Mütter ab dem dritten Kind zum Gebären in die Bucht gingen. Die Kinder wurden ins Wasser geboren und atmeten erst gar nicht, deshalb hielten sie es nicht für Mord. Gemacht haben sie das Ganze, weil die Insel sonst nicht genug Nahrung abgeworfen hätte. So haben sie Jahrhunderte überlebt, erst die Missionare haben damit Schluss gemacht. Jetzt gibt es das Volk nicht mehr.«

Sie muss es einen Augenblick einwirken lassen.

»Meinst du, sie hatte dieselbe Angst? Dass sie nicht überleben könnte?«

»Wer weiß? Haben es die anderen fünf denn gut?«

»Wie man's nimmt. Fünf Kinder von drei Vätern. Wohnen tut von denen keiner mehr bei ihr. Auch der vom letzten nicht.«

»Tja, schon schwer vorstellbar. Sie vögelt sich erst quer durch die Gemeinde, und dann tut es ihr leid.«

»Das war es nicht, ich habe sie ja gerade vier Stunden vernommen. Ich glaube, die hatte einfach nicht gelernt, anders Nähe oder Geborgenheit oder irgendwas in der Art zu erleben. Ich glaube, sie hat die Vögelei mit diesen Arschlöchern wirklich dafür gehalten. Wenn du sie gesehen hättest.« Sie schüttelt versunken den Kopf. »Sie war wirklich traurig über den Tod des Kindes. Babyklappe kannte sie nicht und ist sicherlich auch nicht die Hellste im Kopf, sie hat wirklich geglaubt, dass es keine andere Lösung gibt. Und sie hat es für ihr Kind getan, einfach für ihr Kind. Auch wenn das völlig bescheuert klingt: Ich glaub ihr das.«

Sie trinkt einen Schluck Wasser.

»Kann ich dir noch was helfen, sonst würde ich gern düsen, war'n langer Tag. Oder kommst du mit?«

»Lass mich man noch einen Moment hier sitzen, ist so schön ruhig.« Ihr Lächeln ist schon wieder etwas freier. »Findest du nicht auch, dass es hier nachts immer besonders ruhig wirkt?«

»Ja, hab ich schon oft gedacht, das ist ja witzig. Du auch? Ich glaube aber, das ist eine Täuschung, weil hier sonst so viel Trubel ist. Nur gedacht habe ich das auch schon.«

»Es lebe die Täuschung.« Sie hebt das Glas.

»Mach's gut.«

Das Handy. Bestimmt Ayse.

»Kirchenberg.«

»Hallo Konni, hier ist Vera.«

Scheiße, bitte nicht.

»Vera, was gibt's?«

»Also ich weiß, dass es spät ist, Konni, und du musst dich überhaupt nicht verpflichtet fühlen, wenn du sagst, dass es jetzt nicht passt, habe ich vollstes Verständnis, ehrlich. Aber du hattest ja gesagt, ich soll anrufen, also ... na ja, wir hatten eben wieder so einen heftigen Streit, und sie ist jetzt in ihrem Zimmer und wäre eben da ...«

Große Scheiße, was jetzt? Irgendwas zusammenkrücken?

Noch in Gießen in einer wichtigen Ermittlung? Oder grad in einer Vernehmung. Ach, verdammt.

Halb neun. Kranichweg, liegt halb auf dem Weg.

»Okay, Vera, ich bin in zwanzig Minuten da.«

»Danke.«

Na wunderbar, ein harmonischer Ausklang des Tages. Die Akte mitnehmen, das könnte wirken.

21 Uhr 07

Klopfen. Nichts. Noch mal.

»Lass mich in Ruhe!« Durch die Tür kaum zu verstehen.

Aufmachen, schwaches Licht von einer Schreibtischlampe. Sie liegt auf dem Bett, schwarze Klamotten, grüne Haare, asymmetrische Frisur, starrt mit offenem Mund. An der Wand Che, natürlich. Immer noch die alten Geister. Hat's da nicht mal was Neues gegeben, die letzten dreißig Jahre?

»Wer sind Sie?« Sie richtet sich auf.

»Keine Angst, Bianca, ich will nur fünf Minuten mit dir reden. Ich bin Konstantin, Konstantin Kirchenberg, bin ein Cousin deiner Mutter. Und ich bin bei der Polizei.«

»Das glaube ich jetzt nicht.« Sie steht auf, schnaubt. »Wir streiten uns, und meine Mutter schleppt hier plötzlich 'nen Bullen an.«

»Ich komme eigentlich mehr als Verwandter. Deine Mutter und ich haben früher als Kinder öfter zusammen gespielt. Sie macht sich Sorgen, weil sie das hier bei dir gefunden hat.«

Sie sieht auf den Löffel.

»Und da hat sie mich einfach gefragt, ob ich mal mit dir reden…«

»Das ist mit doch scheißegal, was sie will. Ich will, dass du jetzt rausgehst. Ich brauche kein Bullengesülze, mir reicht meine Mutter vollkommen.«

»Fünf Minuten, Bianca, gib mir fünf Minuten, oder nur drei, geht das?«

Sie stammelt undeutlich, ausnutzen.

»Ich habe als Bulle eigentlich nichts mit Drogen zu tun, sondern mehr mit Getöteten und anderen Toten. Manchmal, so zehn-, fünfzehnmal im Jahr sind da auch solche Leute dabei.« Die Akte aufklappen, die Bilder. »Sieh dir die Fotos an, Bianca, sieh sie dir einmal an. Das war Patrick. Achtundzwanzig Jahre ist er alt geworden. Vierzehn Jahre davon hat er sich Heroin gespritzt, vierzehn Jahre. Ich weiß nicht, was er in der Zeit alles erlebt hat, aber das, was ich weiß, reicht schon. Er hat seine Eltern beklaut, andere Leute betrogen, er hat oft in seiner eigenen Kotze und Pisse gelegen und hat sich vielleicht auch von irgendwelchen ungewaschenen oder auch gewaschenen Kerlen in den Arsch vögeln lassen müssen, um dafür Kohle zu kriegen. Seine Eltern haben immer zu ihm gehalten, alles versucht, und weil sie richtig reich sind, konnten sie da auch richtig was abziehen. Umsonst, Bianca, alles umsonst. Vorgestern habe ich ihn so in seinem Zimmer gefunden. So, sieh es dir an!«

Ein Blick aus Widerwillen und gelangweilter Herablassung.

»Angefangen hat der nämlich irgendwann in deinem Alter und hat sich damals das alles bestimmt nicht träumen lassen.«

Sie verschränkt die Arme, zieht ein Gesicht. Hört aber zu, wenigstens.

»Ich habe keine Ahnung, ob ich dich erreiche, bin als Bulle sowieso ein rotes Tuch für dich, das ist mir schon klar, und man kann auch 'ne Menge gegen den Job haben, keine Frage. Aber in einer Hinsicht ist er wirklich brauchbar, weißt du. Ob politisches Geseiere, irgendwelche tollen Anarchismusideen oder diese wunderbare Flower-Power-Drogenromantik, als Bulle bist du meistens dabei, wenn diese Geschichten ganz konkret auf ihre spröde Realität runtergebrochen werden. Hier, sieh es dir an, das ist zumindest ein Teil der Realität.«

Sie wirft einen Blick, das Bemühen um einen gelangweilten Ausdruck fließt aus jeder Pore.

»Lächerliches moralisierendes Getue, was du hier abziehst.«

Ob es wirkt? Schwer zu sagen. Besser jetzt gehen.

»Ich bin nicht moralisch, Bianca, überhaupt nicht. Ich saufe häufig, hab vor langer Zeit auch mal Shit geraucht und 'ne Menge anderen Blödsinn gemacht. Du willst die Dinge in deinem Leben selbst entscheiden, ohne dass dir einer reinredet, alles okay, verstehe ich sehr gut. Du solltest nur wissen: Es gibt einige Entscheidungen, die kannst du nicht mehr zurücknehmen oder nur mit großer Mühe. Und das hier gehört dazu. Keine Ahnung, ob du den gebraucht hast oder einer deiner Freunde, aber mit diesem Löffel ist Stoff aufgekocht worden, und die Sache ist überhaupt nicht romantisch. Und mit Freiheit hat das auch nichts zu tun, gar nichts, eher mit dem Gegenteil, glaub's mir. Spritzen ist der Tod.«

Sie sagt nichts.

»Hier ist meine Karte, falls du mal irgendwie ... also für alle Fälle.«

Und raus.

O Mann, gut, dass das keiner gehört hat. Große Männer sprechen große Worte. Der Bewerber hätte seine helle Freude gehabt. Und der Rest der Mannschaft hätte sich wahrscheinlich bepisst. Was soll's. Keine Ahnung, ob das was bewirkt.

Vera sitzt im Wohnzimmer auf dem Sofa, der Lebensgefährte daneben. Wie hieß der noch mal? Reinhard? Reinhold?

»So, Cousinchen.«

Sie steht auf.

»Ich weiß nicht, ob es was genützt hat. Ich habe ihr die Fotos von meiner letzten Drogenleiche gezeigt, weil ich dachte, vielleicht lässt sie sich davon packen. Was sagt eigentlich ihr Vater dazu?«

»Jochen.« Sie winkt ab. »Der hat sich schon kaum gekümmert, als wir noch zusammen waren, und auf Roland hört sie überhaupt nicht.«

Roland. Er sitzt weiter da, zuckt stumm mit den Schultern, raucht. Auf den muss man auch nicht hören, so wie der aussieht.

»Vielleicht hilft es ja ein wenig, ich hab eh schon alles probiert. Nur manchmal könnte ich echt verzweifeln, wenn ich mir das ausmale, wie das weitergeht.«

»Wenn sie in so einer Clique drin ist, wo was genommen wird, ist es schon schwierig in dem Alter. Aber vielleicht ist der Löffel ja auch nicht von ihr, ich habe fast den Eindruck. Sie wirkt nicht wie ein Junkie. Behalt es mal weiter im Auge, du kannst mich auch jederzeit anrufen.«

Sie sieht zur Seite, verschränkt die Arme.

»Vielleicht ist es, wie du sagst. Aber danke, dass du so spät noch gekommen bist. Sehr lieb von dir. Möchtest du noch was trinken?«

»Ne, ich bin den ganzen Tag unterwegs und will nur noch nach Hause.«

Sie verabschiedet sich mit einem Kuss auf die Wange, an ihr Reste von Parfum. Reinhold grüßt stumm vom Sofa. Ob der überhaupt reden kann?

Draußen ist der letzte Nebel verschwunden, die Mondsichel scheint durch ein Wolkenloch, schon wieder weg.

22 Uhr 22

»Willst du nicht doch noch ein Bier?« Sener räumt die Teller vom Tisch, stellt sie auf der Theke ab, holt die restlichen.

»Lass man, Sener, morgen gern wieder. Aber wenn Ayse schon 'ne Stunde weg ist …«

»Sie hat schon um halb acht gesagt, dass du kämst.«

»Ja, hatte ich auch gedacht. Ist heute nicht alles nach Plan gelaufen. Mach's gut.«

Er gibt im Vorbeigehen noch einen Schulterklaps, lässt die Hand eine Sekunde liegen, setzt sich zu einem alten Türken an den Tisch, sie reden.

Der Wind treibt auf dem Bürgersteig eine Plastiktüte vor sich her, drückt die Kälte durch die Kleidung. Könnte auch langsam Frühling werden, ist doch schon bald März. Im Märzen der Bauer … Weiter hinten Frau mit Hund, Frau Gierth, winkt beim Näherkommen.

»Na, Frau Gierth, der hält Sie ja ganz schön auf Trab.«

»Das können Sie laut sagen. Ohne Buffy würde ich wohl um die Zeit nicht mehr vor die Tür gehen, jedenfalls nicht ohne besonderen Grund. Ist aber unser letzter Abendspaziergang, morgen kommt die Waltraud wieder.«

»Hoffentlich hat die dann überhaupt noch Zeit für den Hund, ich meine, vielleicht läuft ja richtig was mit dem – was war der noch? Regierungsrat?«

»Regierungsdirektor, pensionierter. Aber das macht die Waltraud nicht, da bin ich sicher.« Sie kommt näher ran mit spitzem Kinderlächeln. »Hab ich letztens in der Zeitung gelesen. Kennen Sie den Unterschied zwischen Mann und Hund?« Flüsternd mit vorgestrecktem Kopf.

»Nein.«

»Die Frage ist doch: Lass ich mir nur den Teppich versauen oder mein ganzes Leben.« Sie lacht ein unkontrolliertes, helles Lachen in den Wind. »Nichts für ungut, Herr Kirchenberg, Sie sind ja auch ein Mann, aber der ist gut, nicht wahr?«

»Ja, so ist das bei uns Männern, immer werden wir verkannt. Wollen Sie sich nicht auch einen anschaffen? Einen Hund meine ich.«

Sie bückt sich, tätschelt den Beagle, schüttelt den Kopf.

»Wissen Sie, Herr Kirchenberg, mein Mann ist jetzt zwölf Jahre tot, und er hat mir anfangs wirklich gefehlt. Wir hatten viele gute Zeiten zusammen.« Für zwei Sekunden blickt sie zur Seite, in sich hinein, auf eine Erinnerung, wehmütig, aber ohne Traurigkeit. »Aber, ich mag es gar nicht sagen, diese völlige Unabhängigkeit, die ich jetzt habe, die genieße ich sehr. Die will ich mir auch nicht durch so einen vierbeinigen Fußwärmer verderben lassen.« Sie zieht eine Grimasse, bittet um Verständnis.

»Verstehe ich gut, Frau Gierth, sehr gut. Für mich wäre das auch nichts.«

Dankbarer Kumpanenblick.

»Und was machen Ihre Fälle zurzeit? Ich habe lange nichts mehr von Ihnen in der Zeitung gelesen.«

Endlich sind wir wieder beim Thema. Machen wir ihr mal ’ne Freude.

»Erinnern Sie sich an den Knochenfund, der in der Zeitung stand? Sie hatten mich mal drauf angesprochen.«

»Ja«, mit staunender Begeisterung, »ist schon ’ne Weile her.«

»Genau. Heute haben wir den Rest der Leiche gefunden.«

»Was? Wo denn? Auch irgendwo vergraben?«

»Vergraben schon, aber ordnungsgemäß und ganz weit weg, in Hessen. Mehr kann ich dazu aber noch nicht sagen, und Sie wissen ja, Frau Gierth ...«

Mit hochgezogenen Brauen wiederholt sie die Geste, legt den Finger auf den Mund.

»Wie eine Gruft, das wissen Sie ja.«

Kurzer Gruß, sie geht weiter, zieht den Hund mit. Da wird sie wieder tagelang dran rumrätseln.

Auf den Fliesen im Hausflur dreckige Schuhabdrücke. Leise die Wohnungstür öffnen, vielleicht kann man sie ja erschrecken. Alles dunkel, nur das Licht in der Küche brennt. Schon im Bett? Ihre Sachen liegen auf dem Sessel im Wohnzimmer. Tatsächlich. Scheiße, zu spät. Noch was trinken? Ach ne. Licht aus, ausziehen, leise ins Schlafzimmer.

In der Wärme unter der Decke der Geruch von Duschgel

und von ihr, langsam tasten, ihr Rücken ist weich und glatt und warm, sie bewegt sich, wird wach, ihre Hand kommt gekrochen, streichelt den Bauch, kratzt sanft, bleibt.

»Ich war so müde, da bin ich schon ins Bett gegangen.«

»Schon gut, jetzt bin ich da.«

Zentimeter für Zentimeter kommt sie näher, erst der Arm, dann das Bein, dann alles, schiebt sich wie ein Faultier oben drauf, bleibt liegen, ihre Haare kitzeln im Gesicht, zur Seite streichen, ihre Lippen sind trocken und weich, ihre Zungenspitze für Sekunden, der Kuss mit einem Zögern.

»Ich hab schon geschlafen und keine Zähne geputzt.«

»Und wenn ich vom anderen Ende der Welt durch Wüsten und Wälder gehen, über Berge steigen und durch Flüsse waten müsste, zu Fuß, auf Händen oder gekrochen, und es wäre für nichts weiter als deinen Mundgeruch, ich würd es tun.«

Ihre Bauchmuskeln zucken, ihr Lächeln leuchtet durch die Dunkelheit, die Brustwarzen drücken, kitzeln auf der Haut, sie öffnet die Beine, lässt sie links und rechts hinuntergleiten, bewegt ihren Bauch hin und her, erster Schweiß zwischen den Körpern, bringt ihr Becken in Position, reibt ihre Schamhaare zur Seite, rutscht auf der feuchten Haut mit einem leisen, zittrigen Seufzer ganz sacht nach unten, in ihr das Glühen.

DONNERSTAG

08 Uhr 14

Von irgendwoher Tassengeklapper, der Kaffeeduft zieht durch den Flur. Hat aber eine leicht säuerliche Note, oder bildet man sich das nur ein. Wahrscheinlich schmuggelt einem das Gehirn jedes Mal diesen Pissegeruch dazwischen, sobald man ein Pflegeheim betritt. Im Frühstücksraum sitzen sie an Tischen und essen, krumm, grau, schweigend, einige in Rollstühlen. Das Musikgedudel wird allmählich lauter, kommt aus dem Büro, am Schreibtisch die Pflegerin vom letzten Mal. Der Name, der Name … Keine Ahnung.

»Guten Morgen.«

»Morgen, Herr Kirchenberg …«

Ja, ja.

»Was will die Kripo denn schon wieder bei uns?«

Freundlich, es klebt noch etwas Schlaf an ihrem Lächeln. Anstrengende Nacht gehabt?

»Ich müsste noch einmal zu Herrn Weber. Es geht um eine Speichelprobe. Den Beschluss habe ich hier, wer ist eigentlich sein Vormund?«

»Das ist seine Tochter, die ist auch da.« Sie steht auf. »Wenn sie ihm das Frühstück gibt, sitzen sie immer hinten im Wintergarten.« Zeigt den Flur entlang.

Die Bäume im Park werfen in der Morgensonne lange

Schatten, sie hat seinen Rollstuhl vors Fenster gefahren. Dasselbe abwesende Gesicht, derselbe Bademantel, dieselben Flecken auf den Hausschuhen. Könnten die auch mal putzen. Sie gibt ihm aus der Schnabeltasse zu trinken, in der anderen Hand ein Tuch, wischt ihm über den Mund.

»Guten Morgen, Frau Weber.«

Sie wendet den Kopf, in ihrem Gesicht keine Reaktion.

»Guten Morgen.«

»Sie könnten hier ja bald ein zweites Gehalt beantragen.«

»Wenn ich kann, komme ich morgens her. Jeden Morgen schaffe ich das nicht.«

War klar. Ist nicht der Typ für ein Auflockerungsscherzchen am Morgen.

»Das passt aber gut, dass ich Sie hier treffe, das erspart mir einen Weg. Können wir uns grad fünf Minuten unterhalten, oder wollen Sie ihn erst zu Ende…«, füttern? Klingt doch bescheuert, »…soll er erst zu Ende frühstücken?«

»Nein, fragen Sie nur.« Sie setzt sich gegenüber.

»Es geht um die Knochen, die wir in dem Haus am Gaswerk gefunden haben. Als wir das letzte Mal miteinander gesprochen haben, konnten wir nur sehr grob eingrenzen, wann die dort vergraben worden sind. Wir haben aber bei den Ermittlungen Glück gehabt und gestern den Rest der Leiche gefunden. Da wir nun Material haben, aus dem wir DNA ziehen können, müssten wir von Ihnen und Ihrem Vater eine Vergleichsprobe nehmen, um ein verwandtschaftliches Verhältnis auszuschließen.«

Sie runzelt die Stirn.

»Keine Angst, ist keine große Sache. Ich brauche nur etwas Speichel. Wir versuchen halt, jeden Ermittlungszipfel zu greifen, ist ohnehin schon schwer genug nach so langer Zeit.«

Sie blickt trotzdem misstrauisch auf das Wattestäbchen.

»Geht auch mit rechten Dingen zu, ich habe hier einen Beschluss, den ich Ihnen dalasse. Wollen Sie es selbst machen?«

»Wenn ich das kann.« Sie nickt unsicher.

»Einfach mit dem Kopf des Wattestäbchens zehn Sekunden über die Zunge, unter der Zunge und innen an den Wangen langstreichen.«

Sie nimmt es, stochert vorsichtig im Mund herum, als ob sie Zähne putzen würde.

»Das reicht schon.«

Sie gibt es zurück, in die Plastikhülle, beschriften, das war's.

»Wollen Sie es auch bei Ihrem Vater machen, haben ja jetzt schon Übung.«

»Ja.« Sie nimmt es mit ernster Miene. Echt kein Typ für Auflockerungsscherze. Ihre Hand fasst den Alten am Hinterkopf, »komm, Vati, einmal ganz kurz, ist gleich wieder vorbei«, dreht ihn zu sich, ganz vorsichtig, steckt ihm das Stäbchen in den Mund. Sie fasst sein Gesicht von unten, drückt sanft seitlich an den Wangen, bis er den Mund aufmacht. Wie bei 'nem Kind, das nicht essen will. Macht sie auch nicht das erste Mal.

»Danke.«

Eintüten, beschriften, fertig.

»Dann, Frau Weber, habe ich noch ein paar Fragen an Sie. Geht das jetzt?«

Wortloses Nicken.

»Gut. Vorweg, hatte ich ja beim letzten Mal schon gesagt, wenn Sie sich oder einen Angehörigen belasten, brauchen Sie nicht zu antworten. Nicht antworten, wohlgemerkt. Das heißt nicht, Sie dürfen lügen.«

Sie versteht.

»Die Leichenteile, eigentlich sind es nur noch Knochen gewesen, die wir gestern gefunden haben und zu denen die Hände aus dem Haus gehören, die stammen von einem Toten, der Anfang September 1977 in der Nähe von Gießen von jemandem auf die Schienen gelegt worden ist, damit er von einem Zug überrollt wird.«

Sie schneidet eine Grimasse.

»Der Ort liegt in Hessen nahe der Grenze zu Nordrhein-Westfalen. Können Sie das mit irgendwas in Verbindung bringen?«

»Wie meinen Sie das?«

»Haben ihre Eltern mal da gewohnt oder Freunde oder Bekannte von Ihnen? Gibt es oder gab es irgendwann verwandtschaftliche Beziehungen in dem Bereich, Besuche?«

Sie blickt einen Moment auf den Boden, schüttelt den Kopf. »Sagt mir gar nichts. Soweit ich mich erinnern kann, waren wir da nie. Und Verwandtschaft habe ich keine. Meine Großeltern habe ich gar nicht gekannt, die letzte Oma ist gestorben, als ich ein Jahr alt war. Meine Eltern sind beide Flüchtlinge. Mein Vater hatte zwei Brüder, von denen ist einer im Krieg gefallen und der jüngere auf der Flucht an Typhus gestorben, glaub ich, hat er mir mal erzählt. Meine Mutter hatte keine Geschwister.«

»Ihr Vater war Kaufmann, Handelsvertreter bis zu seinem Unfall.«

Sie sieht ihn an, nickt, wischt ihm kurz mit dem Tuch übers Kinn.

»Kann es sein, dass er in dem Bereich tätig war?«

»Natürlich kann das sein, aber wissen tu ich das nicht. Eigentlich meine ich, wäre er mehr im norddeutschen Raum gewesen, aber wo genau…« Sie zieht die Schultern hoch. »Ist doch auch schon so lange her, und da war ich ja auch noch sehr jung.«

»Erinnern Sie sich an ein Gespräch Ihrer Eltern, wo das eine Rolle spielte, gibt es vielleicht noch Bilder von früher, die eine Verbindung dazu haben?«

»Es tut mir leid, aber ich erinnere mich wirklich nicht mehr. Und Bilder habe ich auch keine aus der Zeit, die sind mal bei einem Wohnungsbrand vernichtet worden, hat meine Mutter erzählt. Ich habe auch keine Bilder von mir als Baby.«

Scheiße, das ist doch ein tot geborenes Kind. Dreißig Jahre. Kein Wunder, dass das keiner mehr auf dem Schirm hat. Da erinnert man sich höchstens noch an die Titten von Marion. Oder Martina.

»Gut, Frau Weber, danke. Meine Karte haben Sie ja. Wenn Ihnen doch noch etwas einfällt oder Sie zu Hause etwas finden, melden Sie sich bitte bei mir, ja? Ach, eine Frage habe ich doch noch. Sie sind laut Einwohnermeldeamt in Konstanz geboren. Haben Ihre Eltern mal da gewohnt?«

»Nein. Ich bin einige Wochen zu früh geboren worden, und meine Eltern waren da im Urlaub zu der Zeit, als die Wehen einsetzten.«

»Ist ja auch sehr schön da unten. Wiedersehen.«

Die Pflegerin grüßt im Vorbeigehen mit einem Winken,

sieht schon etwas wacher aus. Im Frühstücksraum werden die Ersten von den Tischen geschoben.

Das Handy, Telefonbuch, Seeger.

»Seeger.«

»Hast du die Probe von der Pahmeier?«

»Hat ein bisschen rumgezickt, aber ich hab sie natürlich.«

»Okay. Ich schlage vor, wir treffen uns am Bahnhof, liegt auf halbem Wege, dann kannst du die Proben zu Frau Dr. Richter bringen. Den Antrag hab ich dabei.«

»In fünf Minuten bin ich da.«

Auf der Mauer vor dem Heim sitzt ein Alter, die Hände auf einen Stock gestützt, hält sein Gesicht in die Morgensonne, lächelt.

09 Uhr 22

Petras Schreibtisch ist übersät mit kleinen Stapeln, sie steht davor mit Papier im Arm, sortiert von links nach rechts und zurück.

»Toller Job. Macht das nicht der Kopierer von selbst?«

»Wenn jeder dasselbe kriegt, dann macht er das. Wenn aber einer dieses und der andere dieses nicht, dafür das kriegt, macht er das nicht.« Albernes Grinsen. »Da ist ein Fax gekommen für den Seeger, ich glaub, in eurer Sache. Nimmst du das auch? Ich hab's in sein Fach getan.«

Im Fach reichlich Papier, der dicke Umschlag von gestern. Absender Prof. Dr. Emmanuel Peters, Institut für Geo- und Umweltwissenschaften. Das Gutachten. Da sind wir doch mal gespannt. In Seegers Fach obendrauf ein Fax, drei Blätter, geheftet.

Polizei Berlin, KK 37
Hallo, Kollege Seeger,
im Anhang, wie telefonisch besprochen, das Merkblatt der Kripo Siegen
aus der Akte Helmut Fritsche.

»Stimmt, ist in unserer Sache, ich nehm es mit.«

»Ach, ja, Richard Tonnius von 41 hat schon zweimal angerufen, du sollst dich bei ihm melden.« Sie sortiert weiter.

Altenkamp führt ein Telefongespräch über Lautsprecher, soll er wenigstens die Tür zumachen.

Rot leuchtet die Mailbox, bestimmt Richi, machen wir gleich. Was schicken denn die Berliner?

Kreispolizeibehörde Siegen-Wittgenstein.
Der beschuldigte Helmut Fritsche, 31.11.48, hat am 21.05.74, gegen 00.30 Uhr, mit zwei Mittätern die hiesige Gaststätte »Zur roten Ameise« betreten. Zu der Zeit war der Geschädigte, Günter Semmel, 20.01.33, der das Lokal betreibt, nur noch mit einer Bedienung in dem Lokal. Die drei Täter trugen Strumpfmasken und begannen sofort nach dem Betreten des Schankraums auf den Geschädigten einzuschlagen und zu treten. Dabei fielen laut der Zeugin sinngemäß die Worte: »Du weißt schon, wofür.« Semmel trug beträchtliche Verletzungen davon und verblieb stationär im Krankenhaus.
Fritsche wurde beim Verlassen der Gaststätte von Pas-

santen, die auch die Polizei verständigt hatten, ohne Maske gesehen und über sein Autokennzeichen ermittelt.
Mittäter waren mit großer Wahrscheinlichkeit sein Bruder Willi Fritsche, 04.03.47, und Ronald Küpper, 07.12.52. Beide wurden jedoch bei der Gegenüberstellung nicht eindeutig wiedererkannt. Alle drei Tatverdächtigen bestreiten die Tat.
Da es sich bei dem Lokal um einen bekannten Treffpunkt von Kriminellen handelt und der Geschädigte erheblich vorbestraft ist, dürfte der Grund für die Straftat in dem Bereich zu suchen sein.

Ja, man glaubt es nicht. Wie weit ist denn das auseinander, Siegen und Gießen? Das ist doch höchstens 'ne halbe Stunde. Drei Jahre vorher, so viel Zeit ist das nicht.

Telefon.

»Kirchenberg.«

»Richi hier. Mensch, Konni, da bist du ja. Die Fahndung hat heute Nacht Ronald Küpper festgenommen, ich dachte, das würde dich interessieren.«

»Was? Natürlich interessiert mich das. Habt ihr ihn schon zu den Waffen vernommen?«

»Natürlich, labert den üblichen Scheiß. Gehören ihm nicht, hat er nur gelagert für einen Bekannten, Wassili, ein Russe, kennt nur den Vornamen und trifft den öfter in 'ner Kneipe am Bahnhof, diese Leier. Aber aus der Nummer kommt er nicht raus, der fährt ein bei der Vorgeschichte. Um halb elf ist Vorführung. Wenn du ihn dir vorher also noch kaufen willst. Er sitzt im PG.«

»Natürlich. Danke!«

Aber nicht ohne die Acht.

Ernsts Tür ist zu. Klopfen. Er steht am Fenster und raucht.

»Aha, wieder gegen das Rauchverbot verstoßen. Wenn du 'ne Stunde Zeit für mich hast, verpetze ich dich nicht.«

»Erpressung? Nicht mit mir. Da nimm man deinen Lehrling.«

»Lehrling? Lass ihn das nicht hören. Bewerber, Ratsbewerber. Der bringt Proben zur Gerichtsmedizin.«

»Bewerber, auch gut. Ich komme.«

Er legt den Stummel vorsichtig in den Blumentopf.

09 Uhr 55

Der Kollege vom Gewahrsam geht vor, in einer der hinteren Zellen brüllt einer was, nicht zu verstehen. Vor Zelle Nr. 5 steht eine große, gelbe Lache, verschwindet unter der Tür. Er entriegelt Nr. 8, schweres metallisches Geräusch, klingt wirklich furchtbar. Küpper sitzt auf der Holzbank, ausgestreckte Beine, lehnt mit dem Rücken an der Wand. Er versteckt seine Überraschung hinter gelangweilter Lässigkeit.

»Tag, Herr Küpper.«

Er rührt sich nicht, zeigt keine körperliche Reaktion, grinst.

»Was macht die Nase?«

»Was machen die Spaziergänge in der freien Natur?«

Er versteht es nicht.

»Können Sie mal bitte aufstehen, wir möchten uns mit Ihnen unterhalten.«

Er kommt in Zeitlupe hoch.

»Einmal die Hände auf den Rücken!« Die Acht schließt sich um die Gelenke.

»So vorsichtig auf einmal?« Wieder das Grinsen. Ernst gibt ihm einen Schups, er trottet voraus.

Auf dem Flur kommt Petra entgegen, er dreht sich nach ihr um.

»Dort hinein und setzen Sie sich da hin.«

»Mit den Dingern sitzt es sich so schlecht.«

Er verdreht den Körper, zeigt die Handschellen.

»Selbst schuld. War nicht unbedingt 'ne vertrauensbildende Maßnahme vorgestern.«

Resignierendes Grunzen, er setzt sich, sucht nach einer bequemen Position. Ernst zieht sich einen Stuhl neben die Tür.

»Es geht noch mal um Ihre Zeit im Haus Am Gaswerk 17 bei Fritsches.«

»O Gott.«

»Wir können jetzt die Zeit etwas genauer eingrenzen, die uns interessiert. Es geht um das Jahr 1977.«

»Tss. Ihr seid echt nicht ganz dicht.«

»Haben Sie eigentlich Kontakte irgendwelcher Art Richtung Hessen, Herr Küpper?«

»Was soll das denn nun wieder?«

»Sie haben 1974 mal mit den beiden Fritsche-Brüdern 'ne Kneipe in Siegen aufgemischt.«

Er verlässt den Blickkontakt für einen Moment, es fällt ihm ein.

»Ach, diese Nummer mit dem bekloppten Wirt, den sie halb tot geschlagen haben. Das wollten mir die Bullen damals schon anhängen.« Er zieht eine hämische Grimasse.

»Hat aber nicht geklappt. Ich kann mich nämlich nicht erinnern, dafür verurteilt worden zu sein.«

»Sie sind nur nicht erkannt worden.«

Er seufzt einmal tief.

»Passt auf Leute. Was wollt ihr von mir? Das beginnt mich hier zu langweilen.«

Scheiße. Er hat recht. So richtig haben wir nichts, was wir ihm um die Ohren hauen können. Einfach mal erzählen lassen, vielleicht verhaspelt er sich in seinen Erinnerungen, wenn er krücken muss, und man kann ihn hinterher auf was festnageln.

»Kriegen Sie noch zusammen, was Sie 1977 gemacht haben, wir helfen Ihnen auch dabei. Laut Akte sind Sie im April 76 nach neun Monaten wegen Einbruchs entlassen worden. Und dann? Haben Sie irgendwo gearbeitet? Wo haben Sie gewohnt?«

»Herrgott, das weiß ich nicht mehr. Bei Fritsche jedenfalls nicht mehr. Helmut Fritsche war ein Idiot. Der konnte nur Autofahren und an Autos rumbasteln, ansonsten war der blöd wie'n Liter Öl. Das war'n Verlierer. Den hab ich vor fünfzehn, ach, zwanzig Jahren zuletzt gesehen. Und gewohnt hab ich da mal Anfang der Siebziger für 'ne Zeit, 77 hatten wir schon längst keinen Kontakt mehr. Und ab Sommer 77 kann ich euch auch wieder meinen Wohnort sagen.«

»Wieso?«

»Weil ich da in Marseille im Knast saß bis April 78. Das vergisst man nicht.«

Die Akte, Verurteilungen. 76 schwerer Diebstahl, 83 gefährliche Körperverletzung.

»Davon steht hier nichts.« Ernst zuckt mit den Schultern.

»Ey, wenn ihr sogar zum Aktenführen zu blöd seid, ist das nicht mein Problem.«

»Worum ging es denn da?«

»Ich bin da im Urlaub in so eine Waffensache mit reingezogen worden. Hatte ich eigentlich nichts mit zu tun.«

Wenn das stimmt, ist er raus.

»Reingezogen worden, ja? Das läuft aber auch immer so was von ungünstig für Sie, Herr Küpper.«

Er legt den Kopf in den Nacken, zieht die Luft mit einem Schmatzen ein, blickt aus kleinen Augen.

»Was macht denn nun die Nase, geht's wieder?«

»Wir prüfen das nach mit Marseille, Herr Küpper. Wenn es nicht stimmt, unterhalten wir uns noch mal. Ich weiß ja die nächste Zeit, wo Sie zu finden sind.«

Er kopiert das Lachen mit einer Fratze.

10 Uhr 35

»Ich hab gleich eh ein Gespräch mit dem BKA. Wenn du willst, horche ich wegen Küpper mal nach, wenn sie es überhaupt telefonisch machen.«

»Wenn es nicht geht, auch gut, schreibe ich denen was. Danke, Ernst.«

Er geht, raucht wahrscheinlich den Stummel weiter.

Wollen doch mal sehen, ob er uns Scheiß erzählt hat, aber so blöd kann er eigentlich nicht sein. Der weiß, dass das nachprüfbar ist.

Der Wind zupft an den Fahnen auf dem Dach gegenüber, die Sonne brennt auf der Brust, flutende Wärme. Hat doch schon Kraft jetzt, obwohl sie noch dieses milchige Winterlicht ausgießt. Jetzt sind Sonnenbäder wirklich was Wunderbares, eigentlich nur jetzt, im Sommer hinterher ist es eher quälend. Aber jetzt, die erste Sonne nach der Kälte, wie der erste Schluck Wasser nach zwanzig Kilometern Laufen. Als ob man es vergisst während des Winters. Der Bewerber könnte bald wieder da sein.

Was schreibt denn der Professor? Hoffentlich versteht man überhaupt was.

Sehr geehrter Herr Kirchenberg,
anbei das Gutachten. Ich hoffe, Sie können mit den angebotenen Alternativen zu den Lebensräumen weiterkommen. Leider ist es wie so oft auch hier viel leichter, etwas auszuschließen, als definitiv zu bestimmen. Sollten Sie noch Fragen zu den Interpretationen haben, so bin ich nur noch bis zum 5. März erreichbar, gern auch telefonisch. Danach halte ich mich für mehrere Wochen bei einem Mumienfund in Uigurien auf.
Ich verbleibe mit besten Grüßen und Erfolgswünschen
Emmanuel Peters,
Prof. Dr. rer. nat.…

Uigurien. Ist das nicht irgendwo in Asien? Wo geht es denn los?

A: Proben:
Die untersuchten Proben sind die Gelenkrolle (Trochlea radii) der rechten Speiche (Radius) und zwei Handmittelknochen (Ossa metacarpi) der linken Hand. Außerdem

eine Bodenprobe, um allfällige Kontaminationen am Fundort erkennen zu können.
Die hier untersuchten Knochen weisen eine sog. Umbauzeit für totale Erneuerung von ungefähr 10 Jahren auf, wodurch die Isotopenverhältnisse der Umwelt und der Nahrung für die letzten 10 Lebensjahre der Person erkennbar werden.
Ein gewisses Problem stellt in diesem Fall das fehlende, auch nur ungefähre Todesdatum dar.
Es wird auf Erläuterungen der Prozeduren zur Probenvorbereitung und der Messungen verzichtet. Sie entsprechen den neuesten wissenschaftlichen …

Blabla.

B: Anforderung:
Es soll anhand von Isotopenuntersuchungen des gelieferten Knochengewebes versucht werden, die letzten Aufenthaltsorte, evtl. die Nationalität der Person festzustellen.
C: Erklärungsansätze:
Durch die Bestimmung der Isotopensignaturen chemischer Elemente, die mit der Nahrung aufgenommen werden, ist es möglich, Rückschlüsse auf die Klimazone, die Entfernung zum Meer, die geogr. Breite, die topographische Höhe sowie die Umweltbelastung mit Schwefel und Blei und den geologischen Untergrund am Erzeugungsort der Nahrung zu ziehen und damit Angaben über die Aufenthaltsregionen zu machen.
Da es nationale und regionale Präferenzen in den Ernährungsgewohnheiten gibt, gilt das selbst dann, wenn die

Lebensmittel nicht am Aufenthaltsort erzeugt wurden. Die Ergebnisse sind in der Tabelle zusammengefasst.

Ist ja unglaublich. Tabellen, Tabellen. Wo wird es denn interessant?

D: Auslegung der Ergebnisse:
1. Blei-Isotopen, Häufigkeitsrelation.
Zunächst sollte ein Vergleich der Bleiwerte für das menschliche Gewebe mit denen des Bodens zeigen, ob eine Verfälschung der Bleiwerte stattfand.
Die Pb-Isotopenwerte für das gelieferte Gewebe liegen auf einer sehr gut definierten Mischungsgeraden von Straßenstaubblei und natürlichem Bodenblei.

Weiter.

Wegen der… Gewebeproben… deutschen Korrelationsgeraden, bleibt nur der Schluss, dass der Mann die letzten 10 Jahre seines Lebens in Deutschland lebte.

Na, das hilft uns ja ungemein.

Die als geogen zu bezeichnenden Bleiwerte des Toten deuten weiter offensichtlich darauf hin, dass er nicht in industriellen Ballungsgebieten gelebt haben kann, ebenso wenig in verkehrsreichen Gegenden oder einer Großstadt. Auch war er wenig auf Autobahnen unterwegs, sondern eher in ländlichen Gegenden.

Das hat der aus zwei Knochenknubbeln rausgefunden?

2. Strontium-Isotopen, Häufigkeitsrelation.
Auch die Sr-Werte zeigen, dass von einem gleichbleibenden Aufenthalt an ein und demselben Ort mit gleichbleibender Ernährung ausgegangen werden kann, wo weiterhin Böden mit einem Sr-Wert...

Wie spricht man denn so eine Zahl aus?

Solcherlei Werte in landwirtschaftlich genutzten Gebieten lassen es zu, in Deutschland aufgrund der hier vorherrschenden wechselhaften Geologie verschiedene Regionen als Lebensraum auszuschließen. Es bleiben deshalb Gegenden wie das nördliche Alpenvorland, die Schwäbische Alb, die Norddeutsche Tiefebene, die...

Wir sind nicht dabei, Hessen auch nicht. Und jetzt, Herr Professor? Was kommt denn jetzt noch?

Wasserstoff-, Kohlenstoff-, Stickstoff- und Schwefelisotopen... Regenwasser über meeresnahen Gebieten... physiologisch bedingter Isotopenfraktionierung... vorwiegend aus Gewächshäusern... Referenzproben.

E. Fazit:
1. Der oder die Tote muss – nach den Pb-Isotopenwerten in seinem Gewebe zu urteilen – in den letzten etwa 10 Jahren seines Lebens in Deutschland gelebt haben. Er war insgesamt geringfügig Umweltblei (Industrieblei) ausge-

> setzt (wobei hier der fehlende Todeszeitpunkt ein Unsicherheitsfaktor ist). Auch kommen bei diesem Wert noch die direkten Nachbarländer in Frage.
> 2. Die Sr-Isotopenwerte belegen eine Aufnahme von Nahrung aus Arealen bzw. den Aufenthalt dort, wo auf mesozoischen Gesteinen im Untergrund Böden gebildet wurden. Der Großraum um den Fundort der Knochen käme demnach als ehemaliger Lebensraum nicht in Frage.
> 3. Die Isotopenwerte der leichten Elemente C, N und S … nicht sehr meeresküstenferne Gebiete … keine bis wenig Meeresfrüchte …

Da, letzter Satz.

> Bei der synoptischen Betrachtung der unter 1.–4. gemachten Ausführungen kann für die letzten 10 Lebensjahre des oder der Toten (mit einer leichten Unsicherheit für die letzten Monate) der Aufenthalt in nur einer Gegend als wahrscheinlich angesehen werden. Dieser Bereich liegt in der Norddeutschen Tiefebene, ausgehend von der Stadt Hannover 50 km nach Norden, 30 km nach Osten und Süden und 120 km nach Westen.

Na wunderbar. Norddeutsche Tiefebene. Hier, Gießen und jetzt Norddeutschland. Wahrscheinlich hat er seine Zähne noch in Kapstadt machen lassen, lässt sich doch bestimmt auch rausfinden. So eine gequirlte … Ob er was damit anfangen kann, dass der Rest der Leiche gefunden wurde? Er hat ja um Nachfrage gebettelt. Die Nummer.

»Vorzimmer Professor Dr. Peters, Schwanke.«

»Kirchenberg, Kripo. Ist der Herr Professor zu sprechen?«

»Da haben Sie aber Glück, er ist grad gekommen.«

Na, dann wird er ja jetzt ganz locker sein.

»Peters.« Satter Bass, Langsamsprecher.

»Konstantin Kirchenberg. Guten Morgen, Herr Professor Peters. Ich habe hier grad Ihr Gutachten vor mir liegen, Sie erinnern sich vielleicht …«

»… natürlich, die Gelenkknochen.«

»Richtig, und ich bin ein wenig, tja, ernüchtert.«

»Ist es nicht gut, Herr Kirchenberg?«

»Oh, ich bin überzeugt, dass es sehr gut ist, es passt nur so überhaupt nicht zu unseren bisherigen Ermittlungen. Wir haben nämlich in dieser Woche die zu den Händen gehörende Leiche gefunden, und zwar in Hessen in der Nähe von Gießen, also an der Grenze zu Nordrhein-Westfalen. Könnte das vielleicht auch passen?«

»Nein, das passt überhaupt nicht. Natürlich wird er irgendwann dort hingelangt sein, und vielleicht war er auch schon ein paar Wochen vorher dort, aber länger gelebt hat er da nicht. Wie alt ist die Leiche?«

»Wir können den Tod relativ exakt auf Anfang September 1977 bestimmen.«

»Doch schon lange her. Gibt es noch anderes Gewebe?«

»Kaum. Wir haben exhumiert und eigentlich nur Knochen und ein paar Zähne gefunden.«

»Über die Zähne könnte man zumindest etwas über die ersten Lebensjahre aussagen. Haare wären noch gut gewesen für die letzten Lebenswochen.«

»Kann ich leider nicht mit dienen. Vielleicht komme ich wegen der Zähne noch auf Sie zurück.«

»Gern. Wegen des Todeszeitpunktes sehe ich noch einmal nach. Wir sprechen dann ja jetzt konkret über den Zeitraum von 1967 bis 77. Ich denke nicht, dass sich da an meiner Analyse grundlegend was ändern wird, wenn ja, erhalten Sie von mir Nachricht, noch bevor ich fliege. Alles andere nicht vor April, so lange werde ich wohl in Asien sein.«

»Sie schrieben es, in Uigurien.«

»Ja, ist eine chinesische Provinz, auch eingemeindet von den Chinesen, wenn Sie mir dieses Bonmot erlauben. Alle reden von Tibet, dabei fühlen sich viele Uigurier genauso unterdrückt.«

»Dann gute Reise! Vielleicht hören wir noch voneinander. Vielen Dank für Ihre Unterstützung!«

»Immer gerne. Danke.«

Norddeutschland. Von Norddeutschland nach Hessen nach hier. Oder von Norddeutschland nach hier nach Hessen. Das können wir doch alles vergessen.

Die Kamera fliegt übers Wasser, fährt hinein, Dinge flirren vorbei, Fische, anderes, es wird dunkler, schwärzer, dann erste Konturen, der Bug, das Geländer, da liegt die Titanic, eingefallen, düster, das verrottete Deck lang, plötzlich stehen da wieder Stühle, Licht fällt von drinnen aufs Deck, da sind Leute drin, durch die Schwingtür, an der Mannschaft vorbei, den Musikern, Leonardo oben auf der Treppe …

Petra ist fertig mit Sortieren

»Ist mein Auto von eben noch da?«

»Nein, aber der Golf liegt im Fach.«

»Ich bin in ’ner Stunde wieder da, falls einer fragt.«

Mal probieren.

10 Uhr 55

Als wenn der Geruch der Erde, der kalten, feuchten Erde, aufsteigt und unter der flachen Decke entlangzieht, in Kopfhöhe, durch die Kellerfenster nach draußen zieht und alles zurückholt, den Abraum, die Dinge, die Zeit, alles, kommt wieder hereingeflossen im kläglichen Licht, erst die Erde, ein graubrauner Strom, bröckelnd, schottrig, verfestigt sich unter den Füßen, steigt immer höher, es ist nur noch hocken möglich, dann das Zeugs, wie hingezappt, die Kisten, Regale voller Eingemachtem, verschieben sich, verschwinden wieder, kaum zu erkennen, und dieser Ton, immer lauter, ein maschinelles Brüllen, von draußen das Stroboskoplicht der rasenden Tage, darin, in einer Ecke, der pulsierende schwarze Berg der Kohle, Staubschwaden in der Luft, für Sekunden ein Geschmack, mineralisch, kaum wahrnehmbar, schon wieder weg, immer schneller, wirrer, dann bremst es ab, Nächte und Tage und Nächte, wieder erkennbar, Menschen auch, nur für Sekunden, holen und bringen, das Flimmern immer langsamer, das Brüllen wird ein Dröhnen, wird ein Rauschen, ein Zischen, hört ganz auf, Stille, da ein Sonnenstrahl, dürr und blass, wandert über den Boden, immer schleppender, kriecht nur noch, fast bis zur Wand, wird rot, stirbt, draußen die Nacht, von oben schnarrt »Hotel California« aus einem Taschenradio, dann, in die Ruhe, ein Scharren auf der Treppe, der matte Schein einer Lampe, darin ein Mensch, geht rückwärts, gebückt, in der anderen Hand die Schaufel, geht in den hinteren Raum, holt etwas aus der Erde, etwas Blaues, einen blauen Beutel, blutig, geht, wieder gebückt, nimmt ihn mit, den Beutel, die Treppe hinauf,

hinterher,

durch den Flur in die Küche, auf den Fliesen, schwarz-weiß, da liegt er, in seinem Blut liegt er, schwarz-weiß, rot, aus seinen Armstümpfen pulsiert es, immer schwächer, nur noch Rinnsale, er kniet sich vor ihn, greift in den Beutel, gibt ihm die Hände zurück, die linke, die rechte, legt die Säge weg, das Teppichmesser, sie stehen auf, die Gesichter glatt, Köpfe wie kubistische Statuen, setzen sich in Bewegung, rückwärts, in den Gesichtern erste Schatten, werden Konturen, sie gehen weiter, Schritt für Schritt, immer schneller, aus der Küche, eine Nase, über den Flur, rückwärts, der Mund, durch die Eingangstür, fast ein Gesicht, in die Dunkelheit, immer schneller, Augen, immer schneller ins Dunkel, weg.

So?

12 Uhr 11

Petra steht am Fenster, löffelt Nudeln mit roter Soße aus einer Plastikschüssel.

»Hm«, sie kaut erst zu Ende, »da bist du ja, dich suchen schon alle.«

Ernst kommt rein.

»Der zum Beispiel.«

Der Bewerber dahinter.

»Der auch.«

»Konni.« Helmut kommt aus seinem Bau.

»Und der auch.«

»Mein Gott, so gefragt heute.«

»Ich hab dich übers Handy auch nicht erreicht.« Ernst, sein Atem riecht nach Tabak.

»Ich war noch mal im Haus Am Gaswerk, im Keller. Manchmal hat man an den Orten Ideen, die man woanders nicht hat, ist mir schon mal so gegangen. Hab mal versucht, mich dreißig Jahre zurückzuversetzen.«

Er grinst verwundert.

»Klingt ja fast spirituell. Und? Hat der Geist des Toten dich angeweht? Hast du was gespürt, neue Erkenntnisse bekommen?«

»Ja, war ein ganz intensives Gefühl. Als ich da in der kalten Hütte stand, habe ich gemerkt, ganz deutlich, dass ich Kohldampf habe, und hab mir auf dem Rückweg dieses wunderbare Schinken-Krautsalat-Baguette mitgebracht.«

Er lacht los.

»Aber neue Erkenntnisse habe ich auch.«

»Ich auch.«

»Ich auch.« Der Bewerber aus dem Hintergrund.

»Und ich würde gern mal was erfahren.« Helmut im Türrahmen. »Dass ihr gestern in Gießen wart, wusste ich ja noch, aber dass ihr exhumiert habt, muss ich mir von Staatsanwalt Nagel sagen lassen. Der lässt übrigens fragen, was mit der Leichensache Jensen ist.«

»Ach, da starte ich heute noch einen Versuch, kriegt er heute noch. Und in der Sache Am Gaswerk schlage ich vor, wir machen das im Kaffeeraum, kann ich was dabei essen.«

Allgemeine Zustimmung, sie gehen. Nur noch grad das Gutachten holen.

Altenkamp und Edda sitzen schon am Tisch, essen Brote. Ernst teilt den letzten Kaffee auf, macht neuen. Stühlegerücke, alle sitzen.

»So, bis Gießen bist du im Bilde, oder?«

Helmut nickt.

»Gut. Wir sind nach Erhalt des Fernschreibens da hingefahren und haben natürlich zuerst die Akte gelesen. Am 03.09.77 hatten die eine Bahnleiche, die laut Obduktion eindeutig tot auf die Schienen gelegt worden ist, und nicht nur das. Man hat damals auch festgestellt, dass wahrscheinlich beide Hände vorher abgetrennt wurden. Zum Teil mit ’nem Teppichmesser oder was Ähnlichem, und die Knochen eben gesägt. Nachzuweisen war das nur noch an einem Arm, weil der Täter den Körper so auf die Schienen gelegt hat, dass nicht nur der Schädel völlig zertrümmert wurde, sondern auch einer der Armstümpfe. Er hat sein Ziel jedenfalls erreicht, denn die Leiche ist nicht identifiziert worden, auch, weil sie wirklich heftig durchgemangelt worden ist. Der Rest ist schnell erzählt. Das Grab gab es noch, wir haben exhumiert, die Knochen eingesammelt, und Frau Dr. Richter hat unsere Hände eindeutig dieser Leiche zugeordnet. Konnte sogar ein Laie erkennen, dass das passte.«

»Warum ist das dann überhaupt unsere Sache? Es gilt doch Tatortprinzip.« Altenkamp zwischen zwei Bissen.

»Richtig, aber sie hatten keinen Tatort. Das Opfer war eindeutig tot, als es überrollt wurde. Die haben eigentlich alles richtig gemacht, damals, ich habe die Akte gestern auf der Rückfahrt gelesen, hatte ja genug Zeit in dem Scheißstau. Vermisste, Klinkenputzen, BKA-Blatt – alles gelaufen. Zahnstatus war übrigens auch nicht mehr möglich, dafür haben wir jetzt aber DNA-Material. Wir haben heute schon Vergleichsproben von allen genommen, von denen wir wissen, dass sie zu der Zeit im Haus gewesen sein könnten, also Gerhard und Sandra Weber, Brigitte Pahmeier und Krause, dem Vermieter, der noch lebt. Stichwort Krause: Da wir nun das genaue Datum kennen, haben wir ein weiteres Problem, denn das Haus war laut Einwohnermeldeamt bis zum 30.06.77 vermietet an Familie Fritsche und dann erst wieder am 01.10 an Weber. Das Opfer wurde aber eben Anfang September getötet. Ich habe Krause heute telefonisch befragt, er hat keine Ahnung, ob er damals den Schlüssel früher ausgegeben hat oder ob die anderen noch einen alten hatten. Er sagt, er habe mehrere Häuser, und da wäre es normal, dass mehrere Schlüssel im Umlauf wären. Auch möglich, dass noch jemand völlig anderes einen Schlüssel hatte und den Umstand ausgenutzt hat, dass die Hütte leerstand.«

Die Kaffeemaschine rotzt das restliche Wasser in den Filter, sie schweigen.

»Schon sehr ungewöhnlich.« Wieder Altenkamp. »Bei Wasserleichen hat man das schon mal, dass die eben von der Strömung weit auseinandergetragen werden, aber das … Die Hände hier und der Rest irgendwo in Hessen.«

»Und das ist noch nicht alles, denn das Beste wisst ihr noch gar nicht. Ich habe hier das Gutachten von, mal schauen, wollen ja genau sein, Professor Dr. Emmanuel Peters vom Institut für Geo- und Umweltwissenschaften. Ist wirklich irre interessant, das ganze Gutachten, könnt ihr mal lesen, aber ich zitiere nur mal den letzten Satz.«

Große Augen in der Runde, Edda hört auf zu kauen.

»Bei der synoptischen Betrachtung der unter 1.–4. gemachten Ausführungen kann für die letzten 10 Lebensjahre des oder der Toten (mit einer leichten Unsicherheit für die letzten Monate) der Aufenthalt in nur einer Gegend als wahrscheinlich angesehen werden. Dieser Bereich liegt in der Norddeutschen Tiefebene, ausgehend von der Stadt Hannover 50 km nach Norden, 40 km nach Osten und Süden und 120 km nach Westen.«

Keiner rührt sich, keiner ein Wort, dann alle. Wahnsinn, unglaublich, gibt's doch nicht. Sie beruhigen sich wieder.

»Da ist meine Neuigkeit eher weniger spektakulär.« Ernst hält einen Zettel hoch. »Küpper sagt die Wahrheit. Laut BKA hat er zu dem Zeitpunkt tatsächlich in Marseille gesessen.«

»Schade, ihm wär's zuzutrauen gewesen. Aber können wir ihn ausschließen, auch schon mal was.«

»Tja, und irgendwie macht sich doch bemerkbar, dass ich in letzter Zeit viel mit richtigen Ermittlern zusammen bin.« Der Bewerber macht eine Kunstpause. Er kann es nicht lassen. »Ich stochere ja nun schon seit Tagen bei Fritsche und Weber in der Familiengeschichte rum. Als du heute Morgen sagtest, Sandra Weber habe keine Verwandtschaft mehr, hab ich sie noch mal angerufen und nach den genauen Daten ihrer Eltern gefragt. Das waren beide Flüchtlinge, und vom Vater war auch nichts mehr rauszukriegen, weil sie nicht wusste, wo der früher gelebt hatte, nur, dass es irgendwo in Bayern war. Aber ihre Mutter war nach dem Krieg in Geislitz, das ist ein Kaff in der Nähe von Frankfurt, den Namen wusste sie noch. Und laut dem Standesamt der Gemeinde Linsengericht, so heißt das nämlich seit den Siebzigern, hat ihre Oma dort wieder geheiratet und danach noch ein zweites Kind bekommen.«

Überlegener Blick in die Runde.

»Das heißt, Sandra Weber hatte eine Tante?«

»Das heißt, sie hat eine Tante. Und diese Tante hat auch einen Namen. Sophie Sieker lautet der heute, und wohnen tut Frau Sieker in Rheine.«

Soll man ihn jetzt wirklich loben? Bei dem Gehabe?

»Gute Arbeit, aber ob das wirklich was bringt?«

»Ich habe schon mit ihr telefoniert. Sie kennt Sandra, hatte aber seit fast dreißig Jahren keinen Kontakt mehr. Sie ist heute Nachmittag übrigens zu Hause … «

Bisschen eigenmächtig, mein Freund. Erwartungsvolle Blicke aus allen Richtungen. Ruhig bleiben, nicht auf sein Niveau begeben.

»Ich fände es in Zukunft angenehmer, wenn wir solche Dinge kurz vorher absprechen, okay?«

Er spielt es mit einer Handbewegung herunter.

Wie spät ist es denn? Halb eins.

»Ob wir fahren, entscheide ich, wenn ich mit ihr telefoniert habe. Haben wir ein Auto?«

Helmut nickt. Rheine? Kann man in einer Stunde schaffen.

Aber erst was essen.

14 Uhr 10

Granitstufen, Eichentür, schmiedeeiserne Lampe in Laternenform, der Halter wie ein Bischofsstab, darin ein Spinnennetz. Der Bewerber drückt noch mal auf den Messingknopf. Nicht so hektisch, Junge.

Die Tür geht auf. Ist sie das? Die müsste doch so um die sechzig sein, sieht jünger aus.

»Frau Sieker?«

»Ja, guten Tag. Ich habe Sie schon erwartet. Bitte.«

Sie geht vor, im Wohnzimmer alte Möbel, Antiquitäten, um den Glastisch schlanke Ledersessel. Sah von draußen eher nach eichener Polstergrausamkeit aus. Wirkt nicht billig. Nach Essen riecht es.

Sie bietet einen Platz an.

»Mein Mann ist nicht da. Möchten Sie etwas trinken, ein Wasser, einen Kaffee?«

»Gern ein Wasser.«

Der Bewerber auch. Sie geht an den Schrank, holt zwei Gläser, gießt ein, setzt sich. Kurze Haare, schlank, nur ein paar Falten um die Augen. Die ist über sechzig, sieht wirklich viel jünger aus. Fast ein Audrey-Hepburn-Typ, vielleicht nicht ganz so hübsch.

»Worum es geht, hatte ich Ihnen ja am Telefon kurz erklärt, Frau Sieker, darauf kommen wir sicher noch genauer. Können wir deshalb gleich beginnen mit den für uns wichtigen Fragen?«

»Selbstverständlich.« Sie lehnt sich zurück, schlägt die Beine übereinander. Nach Eintopf riecht das.

»Sie sind Sophie Sieker, geborene Kleemeier, und die Schwester von Helene Weber, geborene Reichel?«

»Halbschwester, um genau zu sein, der Rest stimmt aber. Helene ist noch im Osten geboren, ihr Vater ist im Krieg gefallen. Unsere Mutter hat 46 nach der Flucht wieder geheiratet, ich bin ein Jahr später geboren.«

»Wo haben Sie da gewohnt?«

»In Geislitz. Das ist in der Nähe von Frankfurt am Nordrand des Spessart. Ist heute eine Großgemeinde.«

Frankfurt. Zumindest die grobe Richtung.

»Wie war Ihr Verhältnis zu Ihrer Schwester?«

»Um ehrlich zu sein, es gab keins. Auch in der Zeit, als wir noch in Geislitz zusammengewohnt haben. Einmal war der Altersunterschied eben sehr groß, und dann ging Helene auch irgendwann aus dem Haus.«

»Wann war das?«

»Das müsste so 54, 55 gewesen sein. Ziemlich bald nach dem Ende ihrer Lehre, ich glaube, ich war noch keine zehn. Danach ist unser Kontakt sehr sporadisch gewesen und nach ihrer Hochzeit irgendwann fast ganz abgerissen. Wir haben uns dann noch ein paarmal gesehen, einmal, als Sandra ihren ersten Geburtstag hatte, danach passierten eben die Dinge um Mutters Tod.«

Sie erzählt es wie ein Kochrezept. Scheint sie ja nicht sehr zu berühren.

»Nach der Hochzeit ganz abgerissen? Lag das an ihrem Mann, also am Mann von Helene?«

»Auch. Ich sagte ja schon, Helene und ich haben nie einen Draht zueinander gehabt, zum Leidwesen unserer Mutter, haben uns sehr häufig gestritten, waren eben sehr verschieden. Auch mit meinem Vater, dem zweiten Mann unserer Mutter, hat sie sich überhaupt nicht verstanden. Helene konnte gut den Eindruck entstehen lassen, man täte ihr etwas an. Wenn es aber um ihre Interessen ging, konnte sie sehr rücksichtslos sein. Und als sie dann Gerhard geheiratet hat, verschlechterte sich das noch mehr.«

»Weshalb?«

Sie braucht einen tieferen Atemzug.

»Ach, das war einfach ein furchtbarer Mensch. Aalglatt, nur auf seinen Vorteil bedacht, einer, dem man nicht von hier bis dort trauen konnte. Ich habe nie richtig gewusst, was der beruflich macht.«

Freier Handelsvertreter, das klingt schon nach Betrüger. Import – Export, das ist noch 'ne Ecke schlimmer.

»Der hat immer nur irgendwelche Geschäfte«, mit Betonung, »gemacht. Soviel ich weiß, hat er ja auch mal wegen Betrugs im Gefängnis gesessen, irgendwann in den Sechzigerjahren, da hat aber niemand so richtig drüber gesprochen in der Familie. Ich glaube auch nicht, das heißt, ich bin mir fast sicher, dass Helene nicht glücklich war.«

»Wieso meinen Sie das?«

»Gesprochen haben wir da nie drüber, danach war unser Verhältnis nicht, aber so was kriegt man doch mit, auch wenn man sich nur selten sieht und nicht besonders mag. Die Geburt von Sandra allerdings, die hat ihn ein wenig verändert, hatte ich das Gefühl, soweit man das aus der Distanz beurteilen kann. War ja auch reichlich spät, dass das passierte, Helene war schon Ende dreißig. Vielleicht hat er lange drauf gewartet, und vielleicht war das ja vorher auch ein Grund, dass es nicht so dolle lief zwischen ihnen.«

»Es passierten die Dinge um Mutters Tod, sagten Sie.«

»Ja, Mutter starb im Mai 77. Eigentlich war da nichts zu erben, es ging um einen lächerlichen Betrag und etwas Geschirr, was eben von so einem alten Haushalt übrig bleibt. Aber Helene – ich bin sicher, Gerhard steckte auch dahinter –, also die beiden haben sich so unmöglich verhalten, da ist es zu einem Riesenkrach gekommen, und das hat dann gereicht. Seither habe ich nichts mehr von ihr gehört, wusste auch nicht, wo sie wohnte. Jahre später habe ich ihr mal einen Brief geschrieben, es ging, glaube ich, um eine Sache mit Mutters Grab. Der kam aber als unzustellbar zurück. Von ihrem Tod habe ich Jahre danach von einer früheren Bekannten erfahren.«

»Sie kennen Sandra Weber, die Tochter, also überhaupt nicht?«

»Ich habe sie seit ihrem ersten Geburtstag nicht mehr gesehen. Den haben wir hier unserer Mutter zuliebe gefeiert. Sie war damals schon sehr krank. Von dem Tag ist auch das einzige Bild, das ich noch habe.«

»Es gibt ein Bild? Darf ich das mal sehen?«

»Ach Gott, ob ich das jetzt so schnell finde.«

Sie steht auf, zieht am Schrank ein paar Schubladen auf, blättert in dicken Alben, legt sie wieder weg. Mit einem grünen kommt sie zurück, setzt sich. Sie nimmt einen losen Bilderstapel, sucht.

»Da ist es.«

Kleines Format, sie reicht es über den Tisch.

Schon etwas mitgenommen und undeutlich. Weber noch mit dunklen Haaren, das Kind auf dem Arm, er sieht es an, lächelt. Großer Bursche. Daneben die Mutter. Die Jüngere muss Helene Weber sein, nicht unattraktiv. Mein Gott, da hing ja damals schon dieselbe Lampe wie heute.

»Das ist hier im Eingang gemacht worden?«

»Ja. Wie gesagt, Mutter war damals schon sehr krank, was man auch sehen kann.«

»Können wir das Bild haben? Sie bekommen es auch zurück.«

Sie überlegt einen Augenblick, zieht die Luft hörbar ein.

»Natürlich können Sie es haben, aber ich hätte es tatsächlich gern zurück. Trotz allem, ist doch halt das einzige, was ich noch habe.«

»Sie haben also in der Zeit, während der Familie Weber in dem Haus gelebt hat, in dem wir die Hände gefunden haben, gar keinen Kontakt zu denen gehabt?«

»Ich wusste nicht einmal, dass sie da wohnen.«

»Hatten Ihre Schwester oder ihr Mann Kontakte nach Gießen, Frau Sieker?«

Sie öffnet die gefalteten Hände, legt sie wieder in den Schoß.

»Das kann ich Ihnen wirklich nicht sagen. Wir haben in den Anfangsjahren in Geislitz gewohnt, das müsste ja die Richtung sein, aber schon ein Stück weg. Danach ist Helene ins Ruhrgebiet gegangen, meine ich. Sie hat öfter mal woanders gewohnt. Ob sie danach noch einmal in der Gegend war, weiß ich nicht.«

»Wissen Sie eventuell von Kontakten in den norddeutschen Raum?«

»Wenn Sie mit Norddeutschland die Küste meinen, davon weiß ich nichts. Aber sie haben längere Jahre in der Nähe von Celle gewohnt in einem kleinen Dorf.«

»In Celle?« Na ja… »Wann denn und wie lange?«

Sie verändert ihre Sitzposition.

»Längere Jahre, Gerhard kam ja daher, glaub ich.«

»Nach unseren Ermittlungen haben sie damals in Recklinghausen gewohnt.«

»Ja, Recklinghausen ist richtig, aber da haben sie erst ganz kurz gewohnt. Ich meine sogar«, sie zeigt auf das Bild, angestrengtes Gesicht, »als das Bild gemacht worden ist, da waren sie grad umgezogen.« Sie bekräftigt ihre eigenen Worte. »Ja, wenn ich mich richtig entsinne, muss das ungefähr zu der Zeit gewesen sein. Mein Gott, das ist alles so lange her, und ich hatte Ihnen ja schon gesagt, manchmal haben wir uns ein, zwei Jahre nicht gesehen. Meistens kamen sie dann auch zu uns, weil Mutter eben hier lebte.«

»Kennen Sie noch den Namen des Ortes?«

»Beim besten Willen nicht. Ich war da nie. Celle weiß ich auch nur noch, weil Helene mal erzählt hat, dass sie da in einer großen Gärtnerei gearbeitet hat.«

»Als was?«

»Sie war gelernte Floristin und wohl auch eine sehr gute. Sie hat mal ein paar Preise gewonnen. Mutter erzählte das immer ganz stolz.«

Celle. Ist schon die Richtung, muss aber nichts heißen.

»Wir müssen das niederschreiben, Frau Sieker. Am einfachsten ist es, ich diktiere es kurz zusammenfassend, und Sie unterschreiben mir diese Erklärung, dass Sie mit dem Diktat einverstanden sind.« Ist sie.

»Gut. Vernehmung Sophie Sieker. Aufgesucht in ihrem Haus in Rheine…«

17 Uhr 22

Feierabendverkehr. Er versucht mit Fahrspurenhopping die Ampelphasen zu schaffen. Autofahren kann er, wenigstens das.

Entweder Sandra Weber lügt, oder Mutter Weber hat ihr tatsächlich nichts erzählt. Was hätte das für einen Sinn, dass sie uns das verschweigt, ’ne Tante zu haben? Keinen. Oder einen, den man noch nicht erkennen kann. Sollte der alte Weber was damit zu tun haben, könnte es ja sein, dass sie was weiß und ihn schützen will, wenn sie schon von Anfang an Vatis Liebling war. Das Kind hat ihn verändert, hat die Sieker gesagt.

»Lügt Sandra Weber uns an, oder hat Helene Weber ihre Tochter angelogen?«

Er schiebt sich mit Vollgas vor einen Sprinter.

»Wenn ich mir die Geschichte der Schwester so durch den Kopf gehen lasse, denke ich, es ist wahrscheinlicher, dass Helene Weber ihrer Tochter nichts gesagt hat.«

»Warum? Nur aus Abneigung?«

»Sicher. Abneigung ist doch Grund genug.«

Wie recht er hat.

»Die Sache mit Celle klingt doch nicht schlecht fürs Erste.«

»Ja, schon, vielleicht sind wir wirklich etwas näher dran. Vielleicht aber auch nicht. Wenn man es nüchtern betrachtet, gibt es für alles auch eine ganze Reihe anderer Erklärungen. Sie haben in dem Haus gewohnt, in dem die Hände gefunden wurden, sicher, und haben mal in dem Bereich gelebt, aus dem unser Opfer kommt. Aber da leben eben 'ne ganze Menge Leute. Die Fritsche-Brüder können auch jemanden, der aus Hannover kam, getötet und die Hände da verbuddelt haben. Vielleicht haben sie gedacht, sie lenken von sich ab und schieben es jemand anderem unter, es für clever gehalten, wenn sie so blöd waren, wie Küpper gesagt hat. Vielleicht haben sie auch gedacht, dass in dem Loch eh keiner nachbuddelt die nächsten hundert Jahre. Hat ja auch fast geklappt. Und der große Unbekannte kann auch noch ein Thema sein. Wissen wir, wer bei Krause, dem Vermieter, alles an die Schlüssel kam? Irgendein Nachbar oder Arbeitskollege? Kannst du alles vergessen. Dreißig Jahre sind dreißig Jahre, die radiert eben keiner weg.«

Er versucht, die Gelbphase noch zu kriegen, es wird knapp, er tritt drauf, rauscht bei Dunkelgelb durch.

»Habe ich was nicht mitgekriegt? Haben wir 'ne Startnummer auf der Tür oder so?«

»Ich denke, wir wollten pünktlich Feierabend haben?«

»Dass ich noch zum Krankenhaus muss, hast du noch auf dem Schirm, ja? Dann müssen wir nämlich die nächste rechts.«

Lässige Bestätigung, er geht wieder rechts rüber. Hatte er mit Sicherheit vergessen.

Er fährt schneidig auf den Vorplatz, zwei Raucher im Mantel und mit Hausschuhen gehen vorsichtshalber einen Schritt zur Seite.

»Wenn du drin sitzen bleibst, kannst du dich auf einen der Notparkplätze stellen. Sind nur ein, zwei Fragen. Dauert nicht lange.«

An der Rezeption die rothaarige Duftpflanze von letztens,

der Fahrstuhl ist in der Vierten, dann die Treppe. Vor den Fenstern in der Zweiten heute kein Jammerzirkel in Bademänteln, das Geräusch der Automatiktür zu Innere IV ist lauter als Dienstag, oder? Mal ölen.

Aus einem der hinteren Zimmer kommt der Schnösel mit wehendem Kittel, Seitenblick, er stockt kurz, geht ins nächste. Das passt ja, dass der wieder da ist. Arrogant-neureiches Jungarschloch. Vater wahrscheinlich Fabrikant, der seine Millionen damit macht, dass in irgendwelchen Lagern in Asien oder Südamerika Vorschulkinder in feuchten Räumen vierzehn Stunden am Tag auf dem nackten, feuchten Boden für zwei Cent die Woche irgendwelche Klamotten nähen, die hinterher in Berlin oder Paris für fünftausend Euro das Stück verkloppt werden. Mit der Kohle an 'nem Schlossinternat in den Schweizer Bergen durchs Abitur gehievt, dann durch Beziehungen zu anderen Blutsaugerkapitalisten an irgendeiner Eliteuni untergebracht, durchs Studium geschleust, Doktortitel gekauft, und jetzt darf er richtige Menschen behandeln. Unfassbar.

Im Bürozimmer zwei junge Schwestern beim Tablettenverteilen, lebhaft im Gespräch.

»Guten Abend, Kirchenberg, Kripo. Ich möchte zu Herrn Jensen, ist das möglich?«

Sie drehen sich beide um.

»Der liegt 221. Ich komme mit, muss eh in die Richtung.«

Die kleinere nimmt sich ein Tablett mit Pillensortiment, geht vor.

»Wie geht es ihm? Ich war gestern schon einmal hier, da war er nicht vernehmungs…, ich meine, da konnte man nicht mit ihm reden.«

»Viel besser geht es ihm heute auch nicht, aber reden kann man wohl mit ihm.«

»Was hat er eigentlich?«

Sie bleibt vor 221 stehen.

»Das darf ich Ihnen nicht sagen, auch wenn Sie von der Polizei sind.« Sollte wohl ein kleines Lächeln werden, die Mimik, ist aber schlecht getarnte Hoffnungslosigkeit. »Aber dass es ihm noch mal richtig viel besser gehen wird, ist eher unwahrscheinlich, so viel kann ich wohl sagen.« Sie öffnet die Tür. »Bitte.«

Zweierzimmer, das erste Bett ist leer. Er sitzt halb, bemerkt das Reinkommen, sieht aus wie ein trauriger alter Mann, der aufgegeben hat.

»Guten Abend, Herr Jensen.«

Mühsames Nicken, er versucht, sich aufzurichten.

»Mein Name ist Kirchenberg, ich bin von der Kripo, Sie erinnern sich vielleicht?«

»Ja, natürlich.« Er spricht langsam.

»Herr Jensen, ich weiß, dass die Anwesenheit der Polizei in solchen Augenblicken wie am Montag oder jetzt sehr unpassend erscheint, aber es ist leider unvermeidlich, deshalb will ich es kurz machen.«

Keine sichtbare Reaktion, seine Augen sind müde.

»Wir müssen das bei allen Todesfällen machen, um jede Unregelmäßigkeit auszuschließen. Dazu führen wir hinterher meistens auch ein Gespräch mit dem Hausarzt der Toten, das gehört dabei zur Routine. Ich habe auch mit Herrn Dr. Kuckert gesprochen und ihn nach den Medikamenten gefragt, die ich bei Ihnen gefunden habe. Er sagte, das seien alles Präparate, die er irgendwann einmal verschrieben habe, bis auf Insulol. Das ist Insulin, und Ihre Frau war keine Diabetikerin. Sind Sie Diabetiker?«

Er lässt sich Zeit.

»Nein.«

»Müssen Sie aus einem anderen Grund Insulin nehmen?«

»Nein.«

Was wird das hier?

»In Ihrem Abfalleimer lagen zwei Flaschen, in denen vorher Insulin war, Herr Jensen. Haben Sie die da reingetan?«

Er sagt nichts, sein Blick ist entschlossen und fest und traurig.

»Haben Sie Ihrer Frau das Insulin gespritzt?«

»Ja.«

»Aber Ihr Arzt sagte, sie war nicht zuckerkrank.«

»Das ist richtig.«

Scheiße, Scheiße. Das kann doch jetzt… soll das heißen…?

»Herr Jensen, bevor wir weiterreden, muss ich Sie belehren, dass Sie auf meine Fragen nicht zu antworten brauchen, wenn Sie sich selbst einer Straftat bezichtigen, ja? Ist Ihnen das ganz klar?«

»Ja.«

»Sie haben Ihrer Frau das Insulin gespritzt, obwohl sie keine Diabetes hatte?«

»Ja.« In seinen Augen ein Flimmern, nur einen Moment.

»Warum, Herr Jensen?«

Er öffnet den Mund, zwei rasselnde Atemzüge.

»Ich habe sie vorgeschickt.«

»Sie haben… Sie wollen sagen, Sie haben Ihrer Frau das Insulin gespritzt, um sie… um sie zu töten?«

Sein Atem geht schneller, er braucht einen Moment, sieht nach vorne.

»Irgendwann in unserem Leben beginnt die Sterbezeit, und«, seine Augen werden klein, »und wenn wir Glück haben, ist sie kurz und ohne Schmerzen.« Sein Blick kommt zurück, die Augen Schlitze. »Die von Irma begann vor zweiundzwanzig Jahren und war die Hölle.« Wieder nach vorn. »Es war nur der letzte Schritt, nicht mehr, einfach nur der letzte Schritt.«

Er tastet mit der zweiten Hand nach dem Griff über dem Bett, das Atmen macht ihm Mühe.

»Herr Jensen, mir ist klar, dass Ihnen dieses Gespräch sehr schwerfällt, aber ich muss Sie das trotzdem fragen. Sie haben Ihrer Frau das Insulin gespritzt, um sie zu töten, weil sie das so wollte? Sie wusste, dass Sie sie damit töten?«

Er presst die Lippen aufeinander, sein Kinn wird kraus, er zittert.

»Wir waren einander das Leben, wir wollten auch den letzten Schritt gemeinsam …«

Das Letzte geht in ein Krächzen über, sein Kopf fällt nach vorn.

»Das heißt, Sie wollten sich auch noch …«

Er sieht hoch, alles an ihm zittert.

»Ich habe mich nur noch von ihr verabschieden wollen, eine Weile, ich …«

Ein Husten unterbricht ihn, heiser, er beginnt zu würgen. Das sieht nicht gut aus. Tür auf, im Schwesternzimmer die beiden Mädchen und er.

»Können Sie bitte mal kommen, ich glaube, Herrn Jensen geht es nicht gut.«

Sie laufen los, Jensen würgt immer noch, der Schnösel setzt sich aufs Bett, hantiert an ihm herum.

»Wir geben ihm was.«

Er steht auf, kommt eilig aus dem Zimmer, bleibt kurz stehen.

»Das haben wir ja prima hingekriegt.«

»Ich hab ihm nur ein paar Fragen gestellt. Herr Jensen hat…« Seine Frau umgebracht? Ermordet? Das muss er nicht wissen. »Vergessen Sie's einfach.«

An der Tür immer noch der Aufkleber, im Treppenhaus hallen die Schritte.

Der Bewerber hat das Fenster einen Spalt geöffnet, macht ein genervtes Gesicht.

»Das ging ja sehr fix.« Er lässt den Wagen an, wartet kaum das Einsteigen ab, setzt zackig zurück.

»Ich hab grad einen Mord aufgeklärt.«

»Was?« Er bremst, sieht zur Seite.

»Jensen hat seine Frau mit Insulin getötet. Mit ihrem Einverständnis.«

Er glotzt mit offenem Mund.

»Und wenn ich das richtig verstanden habe, wollte er sich selbst auch noch umbringen, aber da ist irgendwas schiefgegangen.«

Ein Wagen hupt, überholt.

»Macht's dir was aus, allein zum Präsidium zu fahren?«

»Was? Nein, warum?«

»Ich muss ein paar Schritte gehen.«

Er hat nichts dagegen.

Die Tür fällt zu. Er setzt den Blinker, gibt Gas.

20 Uhr 17

Im Westen ein Punkt überm Horizont, kaum zu erahnen, die Bewegung. Jetzt wandert er, unverkennbar. Lässt zwei Sterne links liegen, durch die Füße des Orions auf den Mond zu. Sieht aus, als wenn er im Baum hinge. Bald Vollmond. Leiser Wind trägt die Geräusche der Stadt herauf, frische Kälte, die angestrahlten Kirchtürme wachsen aus dem Schatten der Dächer.

Wie beginnt man so ein Gespräch, vor allen Dingen wer? Würdest du mich töten, Schatz? Diesen kleinen Gefallen tun? Das kann doch nur Irma gewesen sein. Ist aber schon eine Frage, wie man sie nicht oft stellt. Oder haben sie sich angesehen und wussten es irgendwann, ganz ohne Worte? Wenn man so lange so dicht beieinander ist. Heißt es doch bei Hochzeiten immer: Und sie werden ein Fleisch.

Sie rückt dichter heran, lässt den Kopf auf der Schulter.

»Würdest du mich töten?«

»Wenn du mich zu sehr nervst und ich keinen anderen Ausweg wüsste.« Mit lächelnden Worten.

»Komm, du weißt, was ich meine. Würdest du mich töten, wenn ich dich darum bitten würde?«

»Wie die beiden alten Leute?«

»Ja.«

»Also nicht aus Hass?«

»Genau, nicht aus Hass, aus dem Gegenteil.«

»Aus dem Gegenteil. Du meinst dieses unaussprechliche Wort?«

»Häh? Unaussprechliches Wort?«

»Ja. Ist dir das noch nicht aufgefallen? Du hast es noch nie gesagt.«

Kann das sein?

»Du denn?«

»Ich hab zuerst gefragt.«

»Willst du denn, dass ich es sage?«

Sie lässt sich etwas Zeit, das Flugzeug ist am östlichen Himmel verschwunden. Oder der Mond ist schon zu hell.

»Keine Ahnung. Ist ein Wort mit Folgen.«

»Was für Folgen? Es ändert doch nichts an den Dingen, ob ich es sage oder nicht.«

Ihre Atembewegungen sind zu spüren, gleichmäßig.

»Manchmal sind Dinge erst da, wenn man sie sagt, weil man sie vorher denken muss.«

»Ich versteh kein Wort.«

»Traurig bin ich immer erst dann, wenn ich es denke und mir selbst gesagt habe, na und dann hat es eben Folgen, aber erst dann.«

»Aber man spürt Dinge doch.«

»Nicht, wenn man nicht will.«

»Das ist doch Blödsinn.«

»Nein, es geht.«

»War das so, als du mit deinen Eltern durch die Welt gereist bist?«

Sie richtet sich auf, streicht sich die Haare aus dem Gesicht.

»Hat Onkel Sener das gesagt, die alte Quatschtante?«

»Er hat nicht gequatscht. Er hat sich Sorgen gemacht, an dem Abend, und es mit einem Satz erwähnt. Außerdem, warum sollte ich es nicht wissen?«

Sie legt sich wieder an die Schulter.

»Ja, da war das so. Ich habe es ganz lange nicht gedacht, erst in dem Moment, in dem ich es mir selbst gesagt habe, war es für mich da, da hatte es Folgen.«

»Da bist du nicht mehr mitgereist.«

»Ja.«

Wieder bewegt sich im Westen ein Punkt, langsam, etwas andere Route.

»Denkst du heute noch oft daran, an die Menschen von damals, deine Freunde?«

»Manchmal.«

»An deine arabische Freundin?«

Sie stöhnt, schüttelt den Kopf, ohne ihn hochzunehmen.

»Onkel Sener.« Sie drückt sich fester heran, lässt eine Zeit verstreichen. »Ja, an Malika denke ich manchmal. Sie war aber keine Araberin, sondern Algerierin.« Der Wind hat fast aufgehört. »Wo sie heute wohl lebt?«

Aber irgendwas passt da doch nicht.

»Eines kapiere ich nicht. Wenn das damals so schlimm für dich war, warum bist du dann nicht schon längst verheiratet, hast einen Mann, fünf Kinder und ein schönes Haus?«

»Keine Ahnung.« Ihre Haare kitzeln an der Wange. »Vielleicht weil… Ich weiß es nicht. Ich weiß nur, immer, wenn ich mich irgendwo zu Hause fühle, egal ob bei einem Menschen oder an einem Ort, bin ich am Anfang oft glücklich. Aber gleich danach fängt etwas an, in mir unruhig zu werden, immer mehr, bis ich wieder an einen neuen Platz komme. Und ich kann nichts dagegen tun.«

»Das sind ja tolle Aussichten.«

Sie richtet sich wieder auf, gibt einen Kuss mit ernstem Lächeln.

»Jetzt bin ich ja hier. Und ich will ja auch nicht weg.« Lehnt sich wieder an, legt die Hand auf den Oberschenkel, streichelt. »Onkel Sener sagt immer: Wir kriegen alle einen Rucksack mit, wenn wir losgeschickt werden, und auch wenn nicht alles schmeckt, was drin ist, es ist unser Rucksack, einen anderen haben wir nicht.«

»Sener … Manchmal hat er so was drauf. Döner und Philosophie.«

Der Mond ist weitergewandert, hat die kahle Baumkrone fast verlassen.

»Ich habe Hunger.«

»Wirklich?«

»Ja. Was soll die Frage?«

»Na, denkst du wirklich, dass du Hunger hast?«

»Ja!« Mit Nachdruck.

»Dann wird das Folgen haben.«

»Was für Folgen?«

»Zum Beispiel ein halbes Hähnchen.«

»Blödmann.«

Ein Spaziergängerpärchen kommt von rechts, eingehakt, ihre Art zu gehen wirkt alt, sie gehen wortlos vorbei.

»Schöner Platz hier.«

FREITAG

07 Uhr 58

Unten auf dem Busparkplatz versuchen zwei Skater, den Bordstein hochzuspringen. Die sind doch höchstens zwölf, müssten die nicht in der Schule sein? Ein alter Mann mit Stock bleibt stehen, sieht zu, gebückt. Das würdest du auch gern noch können, was? Schön war die Jugendzeit, sie kommt nie mehr zurück. Oder denkst du was anderes? Vielleicht daran, wie du den beiden deine toten zwanzig Zentimeter reingeschoben hättest, als das noch ging? Und sie nachher auseinandergenommen hättest, mit 'nem Teppichmesser. Hast du das vielleicht schon mal gemacht? Kraftfahrtauglichkeitsuntersuchung, für jeden Scheiß gibt's 'ne Untersuchung. Für altes Blut an Menschen nicht, das wär doch mal was. Luminol für Menschen, und zwar so, dass es fürs ganze Leben gilt. Schnipp, die große Lampe an, und zack, überall, wo mal Blut war, leuchtet es grün. Würden sich einige bestimmt erschrecken. Du auch, Alter? Würden deine Hände dann auch grün leuchten? Er geht weiter mit steifen Beinen, kleine, unsichere Schritte. Ist auch nicht viel besser drauf als der alte Weber. Ach ja, das Foto.

Petra sitzt am Schreibtisch, markiert neongelb Passagen in einem Text.

»Petra, du bist doch mit deinem Scanner ziemlich fit?

Kannst du dieses Foto einscannen und etwas vergrößern, DIN A5, wäre nett.«

Sie nimmt es.

»Kein Problem. Wann brauchst du es?«

»Irgendwann heute, zwei Ausdrucke wären gut. Ich habe versprochen, das Original zurückzuschicken, und zwar bevor es uns auseinanderfällt.«

»Ich bring es dir.«

Der Bewerber kommt rein, schnelle Schritte, legt ihr ein Band hin.

»Frau Müller, dieses Band hier müssten Sie grad schreiben, nach Möglichkeit gleich, ich brauche es sofort.«

Petra nimmt es, legt es zu den anderen.

»Herr Seeger, diese beiden Bänder sind vor Ihnen, darum wird das mit dem Sofort nicht klappen.«

»Es ist aber eilig. Sind das die anderen auch?«

»Das weiß ich nicht. Bei mir geht es der Reihe nach.« Noch freundlich, aber schon mit Herablassung.

»Wer bestimmt das so?«

»Ich.«

»Das können Sie nicht bestimmen.«

»Was ich wann schreibe, bestimme nur ich.«

Er starrt sie mit offenem Mund an, holt Luft.

»Frau Müller, Sie sind eine Angestellte. Eine angestellte Schreibkraft im Dienste der Polizei. Ihre Aufgabe ist es, deren Arbeit zu unterstützen, indem sie Anweisungen ausführen. Sie müssen hier keine Entscheidungen treffen.«

»Ich schreibe erst die beiden anderen.«

Er sieht sie wieder wortlos an.

»Es ist aber wirklich eilig. Ich bin heute den letzten Tag

hier und will es fertig haben.« Späte Einsicht, andere Taktik, aber das wird nichts mehr.

»Wenn es so eilig ist, besteht noch die Möglichkeit, dass Sie es selbst schreiben.«

Er richtet sich auf, schnauft, nimmt das Band und geht.

Petra zuckt mit den Schultern.

Anklopfen, er sitzt am Computer, legt das Band ins Memocord.

»Waren das jetzt Sporen oder eher der Zügel?«

»Spar dir die Häme. In meiner Dienststelle wird es das nicht geben.«

Er drückt die »Play«-Taste, zieht die Tastatur zu sich.

Der lernt es nicht mehr.

08 Uhr 28

Die Spritze aufziehen, bis sie voll ist, sie liegt da, Angst in ihren Augen, vielleicht auch nicht, vielleicht Aufforderung, Erleichterung, vielleicht das Glück, nichts mehr zu spüren von diesen verfluchten Schmerzen, bald, dann der letzte Moment zum Umkehren, vielleicht hat sie genickt, was gesagt, die Nadel gleitet ins Fleisch, sein Daumen drückt den Kolben, sacht und zärtlich, weiter und weiter, bis zum Anschlag, rausziehen und warten, die letzten gemeinsamen Minuten, Stunden, erst geht das Bewusstsein, dann das Lächeln, dann das Leben. Hat er uns vielleicht nur erzählt, Jensen, war in Wahrheit seine Idee, dass da kein anderer mehr sitzen sollte neben ihr, hat vielleicht gemeint, es für sie zu entscheiden. Hat ja jahrelang alles andere auch entschieden, am Ende noch gut gemeint. Wir waren uns das Leben. Dann kann man sich auch der Tod sein. Aber lügt man, wenn man am eigenen Grab steht? Wahrscheinlich nicht. Eh egal.

An den gegenüberliegenden Häuserwänden wandert die Schattenkante langsam immer tiefer. Die beiden Skater sind weg, der Alte auch.

Es klopft, Staatsanwalt Nagel, bringt vom Flur das Nachrichtenjingle vom WDR mit rein. »Morgen.« Er zieht sich den Schal vom Hals, hängt ihn über den Stuhl, setzt sich.

»Morgen, Tom. Ging ja schnell.«

»Na, schon wieder erholt vom alten Jensen?«

»Halb so schlimm. Ich find's nur eigenartig, dass ich überhaupt nicht in die Richtung gedacht habe. Hat es ja durchaus schon mal gegeben.«

»Vielleicht hat Opa zu nett ausgesehen. Können wir ihn heute vernehmen?« Er knöpft sich den Mantel auf.

»Nein. Ich habe eben angerufen, er liegt wieder auf Intensiv.«

»Mein Gott, schon wieder. Weißt du genau, was er hat?«

»Die stellen sich da ziemlich an, haben auch so einen Idioten von Stationsarzt, aber eine der Schwestern ist ein bisschen lockerer. Es hört sich so an, als wenn er Krebs hat. Jedenfalls geht's ihm ziemlich dreckig.«

Er schüttelt den Kopf.

»Hilft alles nichts, ein Verfahren müssen wir eröffnen, auch wenn es …«

Telefon

»Kirchenberg.«

»Richter, Gerichtsmedizin. Morgen, Herr Kirchenberg.«

»Frau Dr. Richter, schon so früh am Tag? Wollen Sie mich zum zweiten Frühstück einladen?«

Sie lacht.

»Dann müsste ich erst einmal das erste zu mir nehmen. Nein, ich rufe rein beruflich an, leider. Ich habe das erste Vergleichsergebnis Ihrer DNS-Proben.«

Sie sagt immer DNS.

»Das ging aber fix.«

»Ja, und ich glaube, es ist schon sensationell, darum wollte ich es Ihnen auch gleich mitteilen. Wollen Sie raten?«

»So viele Möglichkeiten gibt es ja nicht. Es gibt also verwandtschaftliche Beziehungen zwischen unseren Knochen und einem der anderen.« Sensationell. Wen haben wir denn am wenigsten auf dem Plan? »Der alte Krause.«

»Leicht daneben. Sandra Weber. Und es ist nicht irgendeine verwandtschaftliche Beziehung. Sandra Weber ist die Tochter des Mannes, der auf den Schienen lag.«

»Was? Ganz sicher?«

»Sie wissen doch, Herr Kirchenberg, hundert Prozent machen wir selten, aber 99,9 sind es schon.«

»Ich fass es nicht. Sensationell ist keine Übertreibung, da haben Sie recht.«

»Sie kriegen das natürlich noch alles schriftlich, ich dachte, nur schon mal vorab zu Ihrer Information, vielleicht passt es in Ihre Ermittlungen.«

»Danke. Ist mindestens ein zweites Frühstück wert, so eine Nachricht.«

Wieder das Lachen.

»Ich komme drauf zurück. Ich habe noch zwei Infos, die Ihnen vielleicht helfen könnten, sind aber nur marginal. Ich habe mir die Knochen und die Zähne noch einmal genau angesehen und vermessen. Ich würde zwei Werte aus dem Obduktionsprotokoll etwas verschieben. Nach meiner Einschätzung war der Mann mindestens vierzig Jahre alt, eher zwischen vierzig und fünfzig. Und ich glaube auch, dass der relativ groß war, mindestens einsfünfundachtzig, wahrscheinlich größer.«

»Danke, ich hab es notiert.«

Das war's, sie legt auf. Nagel hängt schief auf dem Stuhl, stumme Aufforderung.

»Wir wissen, dass Helene Weber fremdgegangen ist.« Er macht große Augen. »Sandra Weber ist die Tochter unseres Toten.«

»Leck mich am Arsch!«

»Später viellcicht. Damit rutscht Gerhard Weber natürlich in die Pole-Position.«

Er überlegt, beginnt zu nicken.

»Aber solange wir nicht wissen, wer unser Toter ist, hilft uns das wenig.«

»Irgendwer aus ihrem Umfeld, Nachbar, Arbeitskollege, zur Not der Briefträger.«

»Hast du noch 'ne halbe Stunde Zeit für'n Kaffee?«

Er sieht auf die Uhr, hat er.

Wählen, Ernst.

»Was gibt es?«

»Sei mal'n bisschen netter.«

»Nicht so früh am Morgen.«

»Hast du gleich 'ne Viertelstunde? Ich hab Neuigkeiten und bräuchte mal eure Phantasie.«

»Phantasie? Um diese Zeit? Wann denn?«

»Um neun im Kaffeeraum. Ich sag noch den anderen und dem Bewerber Bescheid.«

Er legt auf. Nagel zieht sich den Mantel aus, bleibt ja noch ein bisschen.

09 Uhr 06

Das Blatt vom Flip-Chart klebt nur mit Mühe auf der Tapete, dann eben an die Tür. Der schwarze Stift hinterlässt einen blassen Strich auf dem Papier, der blaue ist besser. Ernst reißt noch eine Kondensmilch auf, verschüttet was auf dem Kühlschrank, stöhnt, die anderen sitzen am Tisch.

»So, Leute, ich fang mal an. Ihr seid ja so einigermaßen in dem Fall drin, denke ich, sonst fragt. Das hier ist unsere alte Skizze, die seit eben zum Teil überholt ist, denn diese beiden Strecken hier oben bezeichnen jeweils die Zeiträume, in denen die Familien Fritsche und Weber in dem Haus gewohnt haben. In der Nacht zum 03.09.77, also genau in dem Zeitraum dazwischen, ist in der Nähe von Gießen der Mann tot auf die Schienen gelegt und von einem Zug überrollt worden, dessen Hände wir vor fünf Wochen im Keller Am Gaswerk 17 gefunden haben. Dieses Dreieck hier unten bedeutet einmal den Fundort der Leiche in Gießen, den Fundort der Hände bei uns, und das hier oben ist der Bereich Großraum Hannover mit einem Ausschlag nach Westen, denn dort hat unser Opfer laut Isotopengutachten die letzten zehn Jahre seines Lebens gelebt. Die Zahlen dazwischen sind die Kilometer. Dieser letzte Punkt passte bis gestern überhaupt nicht ins Bild. Jetzt wissen wir aber von einer Halbschwester der Mutter, die wir bisher nicht kannten, dass Webers vor dreißig Jahren zwar aus Recklinghausen zugezogen sind, so stand es beim Einwohnermeldeamt, aber dort nur sehr kurz gewohnt haben, wahrscheinlich nur ein paar Wochen. Vorher wohnten sie in einem Dorf in der Nähe von Celle.«

Edda nickt kaum sichtbar, wortlose Aufmerksamkeit.

»Überholt ist die Skizze deshalb, weil ... Anders. Wir haben nach der Exhumierung in Gießen DNA-Vergleiche gemacht mit allen Leuten, die mal im Haus gelebt haben und die wir heute noch kennen, und eben hat mich Frau Dr. Richter angerufen und das erste Ergebnis mitgeteilt, und das ist schon ein Hammer. Sandra Weber ist die Tochter unseres Toten.«

Sie nicken, Altenkamp pfeift leise.

»Ich sag's ja immer, fremdvögeln bringt nur Ärger.«

Edda schickt ihm einen gespielten Vorwurf.

»Wie war denn die Ehe der beiden?«

»Nach Aussage der Halbschwester nicht so dolle. Ist aber 'ne subjektive Einschätzung, und sie sagt ja selber, dass sie und ihre Schwester sich nicht ausstehen konnten. Nach der Geburt von Sandra hat es keinen Kontakt mehr gegeben. Sie wusste nicht mal, dass Helene Weber Ende der Achtziger gestorben ist.«

»Wenn ich deine Skizze richtig lese, sind die doch erst drei Wochen nach dem Leichenfund eingezogen. Was hat er in der Zwischenzeit mit den Händen gemacht?«

Altenkamp nickt Ulla zu, wollte er auch fragen.

»Wissen wir nicht. Zur Not könnte man Hände tatsächlich irgendwo lagern. Möglich ist aber auch, dass sie den Schlüssel schon hatten. Krause, der Vermieter, sagt, das würde er oft machen, den Schlüssel früher rausgeben, schon mal zum Renovieren. Aber erinnern kann er sich nicht mehr. Der hatte damals schon drei Häuser und heute fünf.«

»Du suchst also das Opfer?«

»Ja klar, Heinz. Wir wollen wissen, wer unser Toter ist. Das Einzige, was wir bis jetzt von ihm wissen, ist, dass er seine letzten zehn Lebensjahre da oben gewohnt hat und 75 Kontakt zu Helene Weber gehabt haben muss. Und natürlich die Angaben der damaligen Obduktion, die Frau Dr. Richter eben noch einmal leicht korrigiert hat. Sie meint, ungefähr zwischen einsfünfundachtzig und einsneunzig groß, dunkelhaarig und vierzig bis fünfzig Jahre alt.«

»Und dass er Straftäter war.« Ernst zwischen zwei Schluck Kaffee.

»Ja richtig, dass er wahrscheinlich ein Straftäter war. Das ist der einzige Grund, warum die Sache mit den abgesägten Händen Sinn macht. Dazu würde auch passen, wie er auf die Schienen gelegt worden ist, denn sowohl Zahnstatus als auch das Gesicht waren für 'ne Identifizierung nicht mehr zu gebrauchen. Und der alte Weber, wenn wir denn davon ausgehen, dass er der Täter ist, muss das gewusst haben.«

»Wissen wir was über den Täter –«, Altenkamp hebt beschwichtigend die Hand, »den wahrscheinlichen Täter? Was ist das für einer?«

»Die Schwester konnte ihm damals nicht aufs Fell gucken. Betrügertyp, aalglatt, dem war nicht von hier bis da zu trauen, sagt sie. Soll in den Sechzigern auch mal wegen Betrugs gesessen haben, aber Genaues wusste sie nicht.«

»So wie du das schilderst, ist das ja 'ne eigenartige Beziehung zwischen ihm und der Tochter. Läuft da was Sexuelles?« Wieder Ernst.

»Jetzt sowieso nicht mehr, aber nach meinem Gefühl auch früher nicht, was meinst du?«

Der Bewerber richtet sich im Sitzen auf, tiefer Atemzug.

»Schwer zu sagen, der Alte ist echt nur noch ein Wrack, in jeder Hinsicht, aber vom Gefühl her ist es was anderes, sehe ich auch so.«

»Wo genau haben sie gewohnt? Wissen wir das?«

»Nein. Irgendein kleines Kaff in der Nähe von Celle.«

»Scheiße.«

»Das Einzige, was sie definitiv sagen konnte, war, dass Helene Weber in einer großen Gärtnerei in Celle gearbeitet hat.«

Stille. Man kann das Denken fast hören.

»Dafür, dass das so lange her ist, schon 'ne ganze Menge«, Ernst kratzt sich am Kopf, »aber richtig was zum Anpacken ist nicht viel dabei. Höchstens noch die Gärtnerei.«

»So weit waren wir auch schon. Ich dachte, ihr hättet vielleicht noch 'ne andere Idee. Du, Edda, mit deinen Vermissten.«

»Konni, wir sprechen von 1977. Sicher, da muss mal einer vermisst worden sein, vielleicht aber auch nicht, denn die Vermissten werden die damals auch abgefragt haben. Dateien gibt es da heute keine mehr, da bin ich sicher. Und über die Krankenkassen kannst du es in dem Zeitraum auch vergessen.«

»Ach ja, wollte ich vorhin schon sagen«, Helmut dazwischen, »fällt keinem von euch am Datum was auf?« Er blickt von einem zum andern, allgemeines Schulterzucken. »Wahrscheinlich seid ihr alle zu jung. Wenn der am 03.09.77 gefunden wurde, dann war das zwei Tage bevor Schleyer in Köln entführt worden ist.«

»Richtig.« Altenkamp erinnert sich auch. »Da war ich in der Bereitschaftspolizei und habe irgendwo Waldstücke durchsucht in der Sache.«

Edda sieht ihn von der Seite an.

»Noch jung und schlank und schön, Edda.« Mit Schwärmerblick.

Sie muss lachen, klopft ihm auf die Wampe.

»Da haben alle völlig durchgedreht.« Helmut winkt ab. »Das wird mit dem Fall nichts zu tun haben, beileibe nicht. Aber damals war wochenlang kein normaler Dienst mehr möglich. So ein kleiner Mord war da nichts, da musste Deutschland gerettet werden. Wirklich, was da angestellt wurde …«

Gemurmel, Erinnerungen, Gelächter.

»Gut, Leute, danke! Dann versuchen wir es über die Gärtnereien. Und wenn da nichts kommt, mal sehen.«

»Wenn du Unterstützung brauchst …« Ernst hebt die Hand, nimmt nebenbei einen Kaffee, schüttet was daneben, schimpft. Nicht sein Tag.

09 Uhr 32

Petra kommt aus ihrem Zimmer, stoppt mitten im Schritt.

»Da bist du ja. Hartmut Hilger hat schon zweimal angerufen, du sollst dich bei ihm melden.«

Sie reicht einen Zettel mit der Telefonnummer.

Was will der denn? Wegen der Drogenleiche?

Wählen.

»Hilger.«

»Kirchenberg, was gibt es, Hartmut?«

»Kennst du eine Bianca Strathmann?«

»Ja, kenne ich. Das ist… wir sind um ein paar Ecken verwandt.«

»Die sitzt mir gegenüber. Sie sagt, sie würde dich kennen.«

»Was? Ich bin sofort da.«

Scheiße. Hoffentlich ist da nicht irgendwas schiefgelaufen.

Beide Fahrstühle weit weg, dann die Treppe.

Leerer Flur, die Tür zu Hartmuts Büro ist zu, klopfen, rein. Bianca sitzt vor seinem Schreibtisch, er dahinter, steht auf, kommt mit nach draußen, angelehnte Tür.

»Was ist passiert?«

»Sie saß in 'nem Auto, das einer von unseren Kleindealern fuhr, zusammen mit noch drei anderen. War Zufall, dass wir den angehalten haben, aber wir haben in dem Wagen zweihundert Gramm Shit gefunden. Das ist ungefähr die Größenordnung, die zu dem passt.«

»Hat sie was damit zu tun?«

»Sie sagt nein, wäre nur über ihre Freundin an den Typen gekommen. Sie hätten Schule geschwänzt und wollten irgendwohin fahren, Zeit totschlagen.«

»Könnte das stimmen?«

»Keine Ahnung. Vielleicht. Ich wollte ihre Mutter zu Hause anrufen, habe aber keinen erreicht. Da hat sie nach dir verlangt.«

»Okay, ich red mal mit ihr, lass uns mal ’nen Augenblick allein.«

Sie bleibt sitzen, in ihrem Gesicht ein Kampf zwischen lässiger Ablehnung und Zweifel.

»Hi, Bianca.«

»Hi.« Mit leicht belegter Stimme.

»Was ist passiert?«

Sie steht auf.

»Gar nichts ist passiert. Wir wollten heute Schule schwänzen, und Jenny kannte diesen Thomas. Der hat eben ein Auto, und wir wollten irgendwohin fahren bis Mittag. Als wir dann an seiner Wohnung losfuhren, war plötzlich die Polizei da.«

»Du kennst diesen Thomas nicht?«

»Nein, habe ich dem andern Bullen auch schon gesagt.« Mit Nachdruck.

»Und jetzt?«

»Du hast doch letztens gesagt, ich könnte dich … also, für alle Fälle.« Sie macht eine Pause. »Du könntest meine Mutter anrufen, die ist auf der Arbeit.«

Sie kritzelt was auf einen Zettel und hält ihn hin.

»Ich denke, die ist nicht erreichbar.«

»Zu Hause nicht, aber auf der Arbeit schon. Das wollte ich dem da aber nicht sagen.«

»Warum soll ich das machen?«

»Mir glaubt sie im Augenblick nichts, dir aber. Sie scheint ’ne Menge von dir zu halten, wenn sie dich schon holt, um mich zu Hause vollzulabern.«

»Und was soll ich ihr erzählen?«

»Na, dass ich nichts damit zu tun habe.« Mit ehrlicher

Entrüstung. »Ich wusste nicht, dass das Zeug im Auto war. Ich deale nämlich nicht.«

»Dazu müsste ich dir das erst mal glauben.«

Sie macht den Mund auf, schließt ihn wieder, atmet einmal tief durch.

»Ich deale nicht.« Leise und bestimmt. »Und ich spritze nicht, mehr kann ich nicht sagen.«

Ganz schön selbstbewusstes Mädel. Aber es stimmt wahrscheinlich, was sie sagt.

»Okay, Bianca, ich sag Vera Bescheid, dass sie dich abholen soll, und ich erklär es ihr.« Kurzer Wink mit dem Zettel.

Sie verschränkt die Arme, schließt für einen Moment die Augen.

»Danke! Trotzdem wollt ich dir noch sagen, dass dein Auftritt letztens echt das Letzte war. Wenn ich wirklich so was nehmen wollte, hätte mich das bestimmt nicht davon abgehalten.«

Das musste sie noch loswerden. Ganz schön mutig.

Hartmut steht in der Tür zum Büro nebenan.

»Ich ruf ihre Mutter an, die holt sie ab, ist ’ne Cousine von mir.«

Aha-Geste, er bedankt sich.

Die Fahrstühle sind immer noch woanders.

09 Uhr 56

Nächste. Obermoser. Alter norddeutscher Name, versteht man den da überhaupt? Wählen.

»Gartencenter Obermoser, Kracht, guten Tag.« Normale Stimme, kein Dialekt.

»Guten Morgen, Herr Kracht. Mein Name ist Kirchenberg, ich bin von der Kriminalpolizei und habe ein etwas ungewöhnliches Anliegen.«

»Kriminalpolizei?«

»Ja, keine Angst, es betrifft Sie nicht. Ich rufe aus Nordrhein-Westfalen an, und wir ermitteln hier in einem Mordfall, der etwa dreißig Jahre zurückliegt, sicherlich ungewöhnlich. In dem Zusammenhang suchen wir in Celle nach einer Gärtnerei, in der in den Jahren 1974 bis 76, vielleicht auch davor, eine Helene Weber gearbeitet hat.«

»Wann, bitte?«

»Ungefähr in den Jahren 1974 bis 76. Kann auch etwas früher sein.«

»Das ist über dreißig Jahre her.«

Ja, ist es. »Das ist mir schon klar, Herr Kracht, und …«

»Sie wollen wissen, wo vor dreißig Jahren jemand gearbeitet hat?«

Junge, brauchst du es schriftlich?

»Ganz genau.«

Stille.

»Sie sind doch einer von diesen bescheuerten Radiowitzbolden, die immer Leute anrufen und erzählen, sie wären wer weiß wer? Natürlich, das ist doch eine Verarschung. Hören Sie, für so einen Scheiß habe ich zu viel zu tun.«

»Nein, Herr Kracht, ich …«

Er legt auf.

Radiowitzbold, hatten wir auch noch nicht.

Wählen.

»Gartencenter Obermoser, Kracht, guten Tag.« Mit der gleichen Freundlichkeit, ein Profi.

»Kirchenberg, Kripo. Ich bin's noch mal, Herr Kracht, Sie ...«

»Hören Sie mal, ich habe Ihnen eben schon gesagt ...«

»Dreißig Sekunden, Herr Kracht, geben Sie mir nur dreißig Sekunden, ja?«

Er sagt nichts, sein Atem ist zu hören. Zumindest nicht aufgelegt.

»Fünf sind schon vorbei.«

»Gut, ich brauche etwas länger, Herr Kracht, ja? Mein Vorschlag: Ich gebe Ihnen jetzt meine Nummer, Sie fragen bei der Auskunft oder schauen mal im Internet nach, ob das die Polizei ist, rufen da an und lassen sich zu mir durchstellen, okay? Mein Name ist Kirchenberg. Dann können Sie sicher sein, dass Sie niemand verarschen will. Für mich ist die Information wichtig.«

Staatsanwalt Nagel steckt den Kopf herein, will was sagen.

»Den Blödsinn können wir uns sparen. Ich kann Ihnen wahrscheinlich sowieso nicht helfen.«

Er wird ungeduldig, kommt rein, schreibt was auf einen Zettel.

»Wieso sind Sie da so sicher?«

Kurzer Gruß, er tippt auf die Uhr, geht.

»Weil unser Betrieb erst seit 1987 besteht.«

»Dann hat sich meine Frage tatsächlich erledigt. Vielen Dank.«

Hätte er gleich sagen können, Idiot.

Auf dem Tisch ein Zettel.

Hallo Konni,
Obduktion Irma Jensen Montagmorgen.
Mit F. Richter abgesprochen. Da läuft nichts mehr weg.
T.

Wollen mal hoffen, dass Irma uns bis dahin nicht wegläuft, in Einzelteilen.

Der Bewerber kommt rein, hält einen Zettel hoch, ein Gesicht wie ein Sieger.

»Blumenparadies Lehmann. Der Seniorchef ist einundneunzig und hat ein gutes Gedächtnis.«

»Wann hat sie da gearbeitet?

»Anfang der Siebziger, die genauen Jahre wusste er nicht mehr, aber länger.«

»Einundneunzig. Du bist sicher, er meint unsere Helene Weber?«

»Er hat sie beschrieben, und das hatte schon Ähnlichkeit mit der Frau auf unserem Bild. Der Hauptgrund war aber der, dass sie in der Zeit damals zweimal einen Preis gewonnen hat, Dritte bei den Deutschen Meisterschaften, oder so.«

Viertel nach zehn, noch relativ früh. Celle. Eine Stunde, wenn man Gas gibt.

»Haben wir ein Auto?«

11 Uhr 45

Unter den spärlichen Haarsträhnen etwas Schorf, die Haut zieht sich wie ein schlaffer Luftballon über seine Wangenknochen, fleckig. Wenn man genau hinsieht, ist der Totenschädel schon zu erkennen. Hagerer Bursche. Aber in den Augen ist noch Leben. Er betrachtet das Bild, lässt es sinken, nimmt die Brille ab, die Bügel verraten sein Zittern.

»Ja, das ist sie. Sie hat bei uns gearbeitet.« Schleppende Worte. »Ist ein wenig undeutlich, aber sie ist zu erkennen.« Noch ein Blick, er atmet mit offenem Mund, die Zunge stößt an die Unterlippe.

»Und Mitte der Siebziger hat sie hier gearbeitet?«

»Die Jahre weiß ich nicht mehr genau. Aber etwa zu der Zeit war es.«

»Weshalb können Sie sich so gut an sie erinnern, Herr Lehmann?

»Sie war eine sehr gute Floristin, hat ein-, zweimal Preise gewonnen, damals. Die Urkunden hingen im Geschäft.«

»Können Sie noch sagen, wo Helene Weber gewohnt hat?«

Wenn er so glotzt, mit offenem Mund, sieht er fast ein bisschen blöd aus. Ist er aber nicht.

»Nein, aber das müsste noch in den Papieren stehen.«

»Sie haben noch Papiere aus der Zeit?«

»Das könnte schwierig werden.« Der Sohn steht an den Türrahmen gelehnt, bullige Oberarme, die Wampe teilt den grünen Kittel.

»Weshalb?«

»Vermutlich sind die nicht mehr zu finden, weil …«

»Unsinn.« Die Stimme des Alten mit jugendlicher Schärfe, auf einmal. »Meine Papiere hatte ich immer in Ordnung. Die müssen auch noch im Keller sein. Soll ich selber nachsehen?«

»Schon gut, Vater, du weißt, dass du das nicht mehr

kannst.« Der Sohn mit kraftloser Resignation, verschränkt die Arme.

»Wenn man nicht alles selber macht…«, er massiert den Knauf seines Stockes, »geht noch alles vor die Hunde.«

Scheint ja ein sonniges Familienidyll zu sein, lasst Blumen sprechen.

»Hatten Sie mal Kontakt zu dem Mann von Frau Weber, damals?«

Er kommt nur zögernd aus seinem Ärger zurück.

»Nein, weiß ich nicht mehr. Ihren Mann habe ich nicht kennengelernt, ich kann mich jedenfalls nicht erinnern.«

»Wir haben Grund zu der Annahme, dass Frau Weber zu der Zeit eine außereheliche Beziehung hatte, eine Affäre, wenn Sie so wollen. Haben Sie da vielleicht mal was bemerkt?«

»Nein. Sie hat hier ihre Arbeit gemacht, die hat sie gut gemacht. Von Männern weiß ich nichts.«

Hat sich ja richtig gelohnt, die Stunde Fahrt.

»Letzte Frage, Herr Lehmann. Gibt es noch Angestellte von damals, die mit ihr gemeinsam hier gearbeitet haben?«

Er stützt beide Hände auf den Stock, wieder das leichte Zittern.

»Nein, aus der Zeit arbeitet niemand mehr hier.«

Der Sohn bestätigt es.

»Oder gibt es noch jemanden hier im Ort, der mit ihr gearbeitet hat und den wir noch befragen könnten?«

Fordernder Blick zum Sohn.

»Wer könnte das sein?«

»Emma? Emma Pape?«

Wieder Kramen in der Erinnerung, wieder offener Mund.

Hat was von ’nem Frosch, das Gesicht, nur nicht so breit. Die Schönheit des Alters, ja, ja.

»Ja, das könnte sein. Emma.«

»Und die wohnt noch hier?«

»Ja.« Der Sohn zeigt aus dem Fenster, blickt über die Hand, als könne er das Haus sehen. »Gar nicht weit, fast noch Nachbarschaft. Wenn es mal richtig brennt, kommt Emma heute noch man für einen Nachmittag und hilft, Valentinstag oder bei mehreren Beerdigungen.«

»Gut, und wegen des Wohnortes können wir da noch einmal in den Papieren nachsehen?«

Der Dicke zieht ein verschwörerisches Gesicht, kurzer, demonstrativer Seitenblick auf den Alten.

»Am besten, Sie kommen mal mit«, dreht sich um und geht.

»Dass aber alles wieder an seinen Platz kommt!« Zornig und kraftvoll hinterhergeschrien, drohendes Winken, die Hand wie eine Klaue.

»Vielen Dank, Herr Lehmann, für Ihre Unterstützung!«

Was für ein Kneisthaken. Soll mal aufpassen, dass Sohnemann ihn nicht irgendwann durch den Häcksler schiebt.

Er steht im Flur, seine Frau bei ihm, haben beide denselben Schneider. Durch die Hände in den Taschen wird der Kittel vorne auseinandergezogen, sein Kopf leuchtet rot. Von der Figur her kommt er wohl mehr nach der Mutter.

»Ich habe Sie rausgebeten, Herr Kommissar, weil ich das hier mit Ihnen besprechen möchte. Sie haben gemerkt, dass mein Vater schon etwas tüddelig und in manchen Dingen, ja, schwierig ist.«

»Meinen Sie damit, wir können seine Aussage nicht gebrauchen?«

»Nein, nein«, er hebt eine Hand, »das will ich damit überhaupt nicht sagen. Aber es ist, was das Geschäft betrifft, sehr schwierig, mit ihm umzugehen, denn...«

»Mein Mann drückt es mit Rücksicht auf seinen Vater etwas verhalten aus, kann man ja verstehen. Ich nehme diese Rücksicht weniger. Sie haben es selbst mitbekommen. Wenn es ums Geschäft geht, war er immer ein Tyrann, der diese Firma erst aus seinen Klauen gibt, wenn er im Grab liegt, und wahrscheinlich nicht einmal dann.« Gedrückte Stimme, sie versucht, ihren Ärger zu beherrschen.

»Ist jetzt gut, Brigitte.« Er wiegt den Kopf. »Dieser Betrieb ist das Lebenswerk meines Vaters, ihm geht es da wie vielen Leuten seines Schlages, er kann schlecht loslassen.«

»So kann man es auch nennen. Er erträgt es nicht, dass auch mal andere etwas entscheiden, selbst wenn es seine Kinder sind.«

Mein Gott, ganz schön Dampf unterm Kessel. Für die Aktion mit dem Häcksler kommt wohl eher sie in Frage. Er wartet ihren kleinen Anfall einfach ab.

»Ich habe die Firma erst Anfang der Neunziger übernommen, da war er schon weit über siebzig.«

»Unser größter Fehler.«

»Wir regeln die Dinge jetzt so, wie wir es für richtig halten, sagen ihm aber nicht mehr alles. Und das bedeutet leider, dass diese Papiere nicht mehr existieren. Wir heben im höchsten Fall vier, fünf Jahre für die Steuer auf, den gesamten Rest haben wir schon vor vielen Jahren durch den Schredder gejagt. Aber er weiß es nicht.«

»Schade, wäre vielleicht noch ein Ansatzpunkt gewesen. Sie können nichts darüber sagen?«

»Nein, ich sagte ja, bis 91 hatte ich eine eigene Firma und war gar nicht hier. Ich kenne die Frau nicht.«

Der Bewerber sieht sich die beiden mit verschränkten Armen an, irgendwas nervt den.

»Wo wohnt Frau Pape?«

»Ich kann es Ihnen zeigen.« Er macht die Tür auf, geht nach draußen. »Es ist die Straße runter, den nächsten Weg rechts rein und dann das rote Haus auf der rechten Seite. Sie können den Wagen hier stehen lassen, wenn Sie wollen, ist ziemlich eng dort.«

»Danke für den Tipp!«

Seine Frau tritt ihm zur Seite, mit ihr der Ärger, die Hoffnungslosigkeit.

12 Uhr 35

An der Eingangstür hängt ein Kranz, von drinnen Schlagergedudel in Stadionlautstärke, jemand singt laut mit. Der Bewerber drückt die Schelle, augenblicklich wird es stiller. Die Tür geht auf, grauer Lockenkopf, klein, Jogginganzug.

»Guten Morgen, mein Name ist Kirchenberg, ich bin von der Kripo, das ist mein Kollege Seeger. Frau Pape?«

»Ja…«, gehaucht, sie sieht von einem zum andern, ignoriert den Ausweis.

»Keine Angst, Frau Pape, es ist nichts passiert, wir haben nur ein paar Fragen an Sie.«

»Da bin ich aber froh, ich dachte schon, es wäre was mit Kurt.« Hohes, lautes Lachen. »Oder Sie wollten mich festnehmen.« Noch mal eine Fanfare mit Steigerung. Eine Lachoma. »Dann müssen Sie aber mit reinkommen, ich bin am Kochen.«

Man riecht es.

Auf dem Herd dampfen drei Töpfe, aus dem Ghettobooster auf der Arbeitsplatte trällert jemand was von Himmel und Hölle und Engel. Teufel kommen nicht vor. Sie summt noch zwei Takte mit, stellt es aus.

»So, was kann ich für Sie tun? Ich koch mal nebenbei weiter, ja? Ist nämlich gleich fertig.«

»Kein Problem, Frau Pape. Um es kurz zu machen: Wir ermitteln in einem Mordfall, der dreißig Jahre zurückliegt. Sie haben in den Siebzigern nebenan bei Lehmann in der Gärtnerei gearbeitet, sagte man uns dort.«

»Ja, das stimmt. Mordfall, du meine Güte.«

»Kennen Sie noch eine Helene Weber, die muss damals auch dort gearbeitet haben.«

Sie stellt für einen Moment ihre Geschäftigkeit ein, krause Stirn.

»Ja, richtig. Helene, so eine Kleine, Dunkelhaarige. Ist die etwa umgebracht worden?«

»Nein. Sie ist zwar auch schon lange tot, aber sie ist nicht unser Opfer.«

»Die war aber keine Gärtnerin, die war Floristin, wenn ich mich richtig erinnere. Ja, die hat länger da gearbeitet. Möchten Sie übrigens was essen?«

»Nein, danke, sehr nett.«

Der Bewerber will.

»Hatten Sie häufiger Kontakt zu Helene Weber, wie war Ihr Verhältnis?«

Sie stellt ihm einen Teller mit zwei Klopsen und Soße hin. Schade, sieht doch gut aus.

»Normal war das. Mein Gott, das ist so lange her. Wir haben uns halt häufiger gesehen als Kolleginnen und kamen eigentlich auch miteinander aus.« Sie hält wieder inne, legt die Hand auf die Hüfte. »Aufgehört hat sie damals, als sie das Kind bekam. Da sind sie auch weggezogen, meine ich.«

»Das könnte sein. Wissen Sie noch, wo Familie Weber hier gewohnt hat?«

»Ich glaube, Richtung Hambühren raus, aber genau ...«, sie zieht die Schultern hoch, »... beim besten Willen nicht. Möchten sie noch einen?«

Der Bewerber nickt. Könnte man jetzt noch ...? Sieht auch blöd aus.

»Kannten Sie Helenes Mann?«

Sie stellt ihm noch zwei Klopse hin. Sehen wirklich gut aus.

»Sie stellen aber Fragen nach dreißig Jahren. Nein, ich kann mich nicht an ihn erinnern.«

»Wir haben Grund zu der Annahme, Frau Pape, dass Helene Weber in der Zeit, mit Sicherheit im Jahre 1975, eine Affäre hatte, eine außereheliche Beziehung. Können Sie da was zu sagen? Hatte sie vielleicht einen unsoliden Lebensstil, öfter Männerbekanntschaften?«

Sie sieht sich um, legt drei Finger auf den Mund, überlegt, kommt mit langsamen Schritten zum Tisch. Mit der anderen Hand zieht sie einen Stuhl vor, setzt sich mit Fixierblick. Ihre Hand löst sich vom Mund, sie winkt mit dem Zeigefinger.

»Wo Sie das sagen ..., ja, da war mal was. Mein Gott, dass einem das tatsächlich wieder einfällt. Also, Affäre weiß ich nicht, aber ich habe sie mal gesehen, mit einem von den Häftlingen.«

Der Bewerber hört zu kauen auf, blickt rüber.

»Was für Häftlinge?«

»Wir haben damals über Jahre Häftlinge aus der Justizvollzugsanstalt in der Firma gehabt, zum Arbeiten. Eigentlich sollten wir mit denen keinen engen Kontakt haben, aber ich erinnere mich, dass ich Helene ... ich meine sogar ein-, zweimal hinten in den alten Gewächshäusern mit einem von denen gesehen habe. Das war nämlich ungewöhnlich, weil sie eigentlich meistens nur im Laden war als Floristin.« Sie sieht zur Seite, nickt, langsam kommt es wieder. Hoffen wir es mal, Erinnerung ist ein Drehbuch ...

»Was heißt gesehen? In einer eindeutigen Situation?«

»Nicht beim ... also, wenn Sie meinen, nein, nein. Aber schon so, dass ich es bis heute nicht vergessen habe. Sie war ja verheiratet, und ich meine, sie hatte auch schon das Kind. Das war auch öfter mit im Laden. Wie hieß die Kleine noch mal?«

»Sandra. Und es waren Häftlinge aus der JVA hier in Celle?«

»Ja.«

Das Opfer muss ein Straftäter sein. Aber wieso war das Kind schon da? Hat sich die Pape wohl geirrt. Oder sie hatte länger was mit dem.

»Ist jetzt vielleicht ein bisschen viel verlangt, aber können Sie noch was zu dem Mann sagen, Statur, Größe, Haarfarbe?«

Sie schüttelt mit trauriger Miene den Kopf.

»Es tut mir leid, Herr Kommissar. Wenn ich das Bild jetzt so vor mir sehe, meine ich, es wären dunkle Haare gewesen, aber ob das stimmt?«

»Sie waren uns so schon eine große Hilfe, vielen Dank! Wir gehen jetzt auch.« Bevor er noch 'ne dritte Portion frisst.

Sie kommt mit zur Tür, auf Wiedersehen.

»Was haben wir jetzt noch vor? Ich meine nur, heute ist mein letzter Tag, wir haben Freitag und noch 'ne lange Autofahrt vor uns.«

»Wir fragen noch mal bei Lehmann nach, obwohl die Akten bestimmt mitzerschreddert wurden. Aber vielleicht weiß der Alte noch was. Dann fragen wir zumindest telefonisch mal im Knast an, wo wir schon hier sind.«

»Ob es das bringt? Auch wenn die da mal was gesehen hat, das Kind kann doch von wer-weiß-wem sein. Wenn die sich von Häftlingen im Gewächshaus hat vögeln lassen, hat die bestimmt auch den Nachbarn oder was-weiß-ich-wen rangelassen.«

»Ja, aber wir gehen immer noch davon aus, dass unser Opfer ein Straftäter war. Weißt du, ermitteln heißt, das kann ich nach zwanzig Jahren wirklich sagen, viele kleine Schritte machen, von denen die meisten umsonst sind. Ermitteln heißt nur ganz selten, die große Idee zu haben. Darum rufen wir da zumindest an. Aber vorher muss ich irgendwo was essen.«

»Ich brauch nichts mehr.«

Schon klar. Arschgesicht.

14 Uhr 22

Mittelstrecklerin könnte sie gewesen sein, für 'ne Sprinterin sind die Beine zu schlank. Sie geht jedenfalls mit dieser sportlichen Elastizität. Schlecht zu schätzen vom Alter her, die kurzen Haare machen wahrscheinlich jünger. Gefängnisdirektorin. Fünfundvierzig wird man da wohl sein müssen. Sie biegt um die Ecke, noch ein langer Flur.

»Ich kann Ihnen da nichts versprechen, Herr Kirchenberg. Es ist Freitagnachmittag, und wenn wir überhaupt noch etwas aus der Zeit haben, kann Ihnen da nur Herr Nöske helfen, und ich kann dem Mann nicht das Wochenende verderben.«

»Schon klar, Frau Krug. Wir waren halt nur grad in der Gegend und wollten die Gelegenheit nutzen.«

Sie klopft an eine Tür, endlich, geht sofort rein.

»Herr Nöske, ich grüße Sie.«

Glatze, brauner Haarkranz mit etwas Grau, er blickt über seine halbe Brille, leuchtend blaue Augen. Kinderaugen.

»Ich habe ein Attentat auf Sie vor. Das sind die Kriminalhauptkommissare Kirchenberg und Seeger, die ...«

»Bei mir Polizeihauptkommissar, wenn ich das anmerken darf.«

Man glaubt es nicht.

»... Entschuldigung, die in einer Mordsache ermitteln, die sich mittlerweile fast auf halb Deutschland erstreckt, wenn ich das richtig verstanden habe. Einer unserer früheren Insassen könnte dabei als Opfer«, mit Betonung, »in Frage kommen.«

»Was heißt früherer Insasse?«

Sie dreht sich um, spielt überfordert.

»Das erklären Sie man lieber.«

»Tag, Herr Nöske. Ich will mal versuchen, es auf das Wesentliche zu beschränken. Wir suchen in einem Mordfall die Identität unseres Opfers. Der Mann ist im September 1977 umgebracht worden, und durch DNA wissen wir, dass er etwa im August 1975 eine Frau geschwängert haben muss. Seine Identität ist seit damals unbekannt. Die Umstände der Tat deuten aber darauf hin, dass er ein Straftäter war, dass es zumindest Fingerabdrücke von ihm gab. Unsere Ermittlungen haben nun ergeben, dass die Frau, die geschwängert worden ist, zu der fraglichen Zeit in Celle in einer Gärtnerei gearbeitet hat, in der Freigänger aus dieser JVA gearbeitet haben, zu der Zeit. Und wir haben eine Zeugin, die damals zwar keine intimen, aber ein paarmal sehr enge Kontakte dieser Frau zu einem Häftling von hier beobachtet hat.«

»Sie-ben-und-sieb-zig?« Jede Silbe lang gezogen. Kann nicht mal einer anders reagieren?

»Ja, ich weiß, ist lange her.«

»Und Sie suchen also Leute, die – wann war das? 75? – im Freigang waren?«

»Nicht nur das. Sie müssten auch vor September 77 entlassen worden sein, ansonsten könnte er vermutlich nicht unbemerkt umgebracht worden sein.«

Er lehnt sich zurück, nimmt die Brille ab.

»Wenn es nur um die Namen geht, das ist nicht unmöglich.«

»Sehen Sie, ich habe Ihnen ja gesagt, wenn Ihnen einer

helfen kann, dann Herr Nöske.« Sie wendet sich an ihn: »Kann ich Ihnen die beiden Herren überlassen?«

Er nickt, sie geht. Vielleicht auch Weitspringerin.

Mit versteckter Deutlichkeit sieht er auf die Uhr.

»Könnte nur ein zeitliches Problem geben.«

»Wenn es heute nicht mehr klappt, wäre es gut, wenn Sie uns das vorher sagen könnten.« Der Bewerber, schon mit genervtem Unterton.

»Wir können es probieren. Elektronisch haben wir nichts aus der Zeit, aber zumindest die Jahrbücher können wir uns ansehen.« Er geht zum Schrank, an der Innenseite unzählige Haken mit Schlüsseln. Er nimmt einen, geht vor.

Im Keller die gleichen langen Flure wie oben, er schließt eine Stahltür auf. Dahinter Stahlregale mit Ordnern, der Geruch von Staub steht dazwischen, als könne man ihn anfassen. Nöske geht zielstrebig durch die Gänge, bleibt stehen, fährt mit dem Finger über die Rücken, greift zu. Er holt ein Riesenbuch heraus, die Pappränder des Deckels sind aufgescheuert.

»So, die Entlassungsbücher.« Er legt es auf einen kleinen Tisch in der Ecke. »Die reinen Personalien der Entlassenen werden nicht das Problem sein. Wenn wir aber wissen wollen, ob diese Leute im offenen Vollzug oder Freigänger waren, könnte sich eines ergeben, denn das steht nur in den Akten. Die vernichten wir aber in der Regel nach zwanzig Jahren.«

Verdammt. Wenigstens die Namen, ist auch schon was.

»Was heißt in der Regel?«

»Spektakulärere Fälle schicken wir ans Bundesarchiv und behalten eine Kopie hier.«

»Sind in den Akten Angaben zur Person, Größe, Gewicht, Fotos?«

»Fingerabdrücke sind nicht drin, aber Angaben zur Person schon.«

»Ich rufe grad einmal bei der Gerichtsmedizinerin an, ob ihr das hilft bei den Knochen. Jetzt erreiche ich sie vielleicht noch.«

Die Empfangsanzeige des Handys ist auf null, vor der Tür immer noch, die Treppe hoch, drei Balken bauen sich auf, vier. Telefonbuch, Richter.

»Richter.«

»Hallo, Frau Dr. Richter, noch nicht im Wochenende, das passt ja.«

»Noch nicht im Wochenende … Sie sind gut. Ich bin auf dem Weg zu einer Obduktion, und zwar zu Ihnen, zu Herrn Funk. Ich habe vor drei Minuten mit ihm gesprochen.«

»Bei uns? Was ist denn passiert?«

»Eine junge Frau ist getötet worden. Viel weiß ich noch nicht, aber es hörte sich nach einer Ehrengeschichte an. Ich glaube auch, der Täter steht schon fest. Was kann ich für Sie tun?«

»Wir sind derzeit in der JVA in Celle in unserer Knochengeschichte. Es könnte sein, dass unser Opfer von hier kommt. Wir sind grade dabei, die Akten zu sichten. Können Sie mit den Personendaten im Bezug auf die Knochen etwas anfangen?«

»Sicher, was Größe und vielleicht Statur angeht. Noch besser wären natürlich die Krankenakten, da könnte man zum Beispiel nach Knochenbrüchen oder Infektionen suchen.«

»Danke, ich werde mal sehen, ob überhaupt was dabei ist.«

Im Keller sitzt der Bewerber am Tisch über das Buch gebeugt, Nöske ist irgendwo zwischen den Regalen zu hören.

»Wir sind vom Zeitpunkt des Auffindens der Leiche sechs Monate zurückgegangen. Ich denke, das reicht erst mal, oder?«

»Sechs Monate? Mal sehen, was dabei rauskommt.«

»Dann haben wir vom Alter schon mal aussortiert, also nur von fünfunddreißig bis fünfundvierzig Jahren.«

»Können wir sogar noch etwas weiter eingrenzen. Richter geht nach einer ersten Untersuchung der Knochen beim Alter des Toten eher von fünfundvierzig als von fünfunddreißig aus. Könnten wir die unter Vierzigjährigen auch schon mal rausnehmen.«

»Also dann die nach 37 geboren sind. Dann können die hier auch raus.« Er streicht auf seinem Zettel sechs Namen. »Bleiben sechzehn übrig.«

»So, meine Herren, von den zweiundzwanzig fallen sechs unter unsere Aufbewahrungswürdigen, aber zwei waren nicht im offenen Vollzug beziehungsweise keine Freigänger, bleiben vier. Ist sogar ein ziemlich guter Schnitt, sechs von zweiundzwanzig. In der Regel heben wir nicht so viel auf.«

»Diese sechs fallen auch noch raus vom Alter her.«

Der Bewerber zeigt ihm die Namen, er vergleicht, legt noch eine Akte zur Seite.

»Drei Akten von sechzehn möglichen, nicht die Masse, aber wir müssen damit leben. Bei den anderen dreizehn Namen müssen wir halt nachforschen, was aus denen geworden ist, wenn das überhaupt noch möglich ist, vielleicht kommen wir da weiter. Ach ja, noch eine Frage der Gerichtsmedizinerin: Sind die Krankenakten dabei?«

Nöske nickt.

»Eigentlich sind die wegen des Arztgeheimnisses getrennt, bei den alten Akten legen wir die aber zusammen.«

»Sind da auch Angaben zur Person enthalten?«

»Einige Angaben schon, und in den Krankenakten steht in erster Linie was zu den Krankheiten, wie der Name schon sagt.« Er lacht verschmitzt, bricht mittendrin ab, sein Gesicht verändert sich. Sieht so aus, als käme noch was. »Warten Sie mal. Wenn Sie Insassen suchen, die vor dem 3. September freigekommen sind … Wir könnten auch noch woanders nachsehen.« Er geht schon bei den letzten Worten, kommt wieder, hat ein Buch in der Hand, aber kleiner, schmaler. »Das könnten ja auch Entflohene sein.«

»Ist aber wesentlich dünner, die Kladde.«

»Zum Glück.« Seine blauen Augen lachen über den Brillenrand. Er blättert, sucht, beginnt zu nicken. »Tatsächlich, da haben wir noch zwei in dem Zeitraum.«

Er verschwindet wieder, klappert im Hintergrund, kommt zurück mit zwei Aktendeckeln.

»Die sind sogar kurz vorher geflohen, einer am 29. August und einer am 31. August. Beide als Freigänger.«

Er legt die Akten dazu.

»Wenn diese Leute draußen gearbeitet haben, ist das vermerkt worden?«

»Nein. Es steht nur drin, dass sie irgendwann in den offenen Vollzug verlegt oder Freigänger wurden. Selbst den genauen Zeitpunkt müsste man jetzt in jeder Akte suchen, aber...« Er sieht auf seine Uhr. »Ist halt Wochenende.«

»Und Sie überlassen uns die zu treuen Händen?«

»Nehmen Sie die man mit und suchen sich raus, was Sie brauchen. Aber wirklich zu ganz treuen Händen, wenn ich bitten darf. Ich hätte sie gern zurück, unversehrt.«

»Großes Kriminalistenehrenwort.«

»Na dann.«

Der hat wirklich Kinderaugen.

16 Uhr 14

Er überholt eine Lkw-Kolonne, das Radio springt an, Verkehrshinweise. Ein Stau auf der A7, eine Baustelle vor dem Elbtunnel, sonst alles frei.

»Aber voll ist es, verdammt.« Er schlägt aufs Lenkrad. »Und? Was steht drin?«

»Also, Hinrich Kracht, geboren 22. Mai 37 in Dresden. Verurteilt 1966 wegen Totschlags. Damals ist man noch zu Zuchthaus verurteilt worden.« Die Bilder helfen uns auch nicht weiter. Zumindest dunkle Haare hat er. Größe: 186 cm, auch gut. Steht da irgendwo was zur Tat? Sind ganz anders aufgebaut als unsere Akten.

...für schuldig befunden, am 16. Mai 1966 mit dem späteren Opfer in einer Gaststätte in einen Streit geraten zu sein, in dessen Verlauf er dem Opfer ein zuvor zerbrochenes Bierglas in den Hals stieß, sodass das Opfer am großen Blutverlust noch vor Ort verstarb.

»Ein Totschläger, hat bei 'ner Kneipenschlägerei jemandem ein Bierglas in den Hals gerammt, das hat der nicht so gut vertragen. Was sagt denn die Krankenakte?«

Dieses lateinische Zeug. Infektion der Tonsillen, das sind die Mandeln. Fraktur Fibula, was hat er sich denn da gebrochen?

»Ein paar Infektionen, und gebrochen hat er sich auch was. Die oder den oder das Fibula.«

Bewusst verständnisloser Blick von der Seite.

»Schon gut. Soll sich Frau Richter ansehen. Den Beginn der Hafterleichterung muss man echt suchen, verdammt, da hatte Nöske recht. Da, 01.07.75, Freigang. Nächste. Das ist der Erste von den Entflohenen. Rudolf Daniels, geboren am 22.04.1931 in Eidengesäß. Auch dunkle Haare, Größe: 184 cm, passt grad so. Verurteilt 1960 wegen Mordes in Tateinheit mit schwerem Raub.«

...befunden, am 15. Juli 1960 mit u. g. Mittätern einen Geldtransport der Deutschen Bundesbahn mit Waffengewalt gestoppt und das transportierte Bargeld in Höhe von 270000 DM geraubt zu haben. Weiterhin wird der Angeklagte für schuldig befunden, auf der Flucht einen begleitenden Wachmann erschossen zu haben, um sich im Besitz der Beute zu halten. Die Anklage der Mittäterschaft an dem Mord am zweiten Wachmann wird eingestellt.

»Der hat einen Zug überfallen, 270000 Mark geraubt und dabei 'nen Wachmann erschossen. War damals noch richtig viel Geld. Krankenakte? Nichts Auffallendes. Fraktur des Schlüsselbeines, na also, muss doch nicht immer Latein sein. Und das da.«

Bemerkung:
Auf der Röntgenaufnahme der Claviculafraktur sind im Schulterbereich vier etwa pfenniggroße, scharf abgegrenzte Schatten erkennbar, die in etwa die Form einer Raute bilden. Nach Angaben des Häftlings ist er im März 1944 bei einem Bombenangriff schwer verletzt worden. Es handelt sich daher wahrscheinlich um verkapselte Splitter.

Die wären jetzt auch nicht mehr da. So, Freigänger seit, wo haben wir es, 01.01.77.

»Krieg ich auch noch ein paar Infos, oder willst du alles für dich behalten?«

»Der hier fällt raus, weil er zum Zeitpunkt der Zeugung noch nicht rausdurfte. Und die Krankenakten sind nicht so spannend. Aber okay, lese ich laut. Der Nächste ist August Oberstuke, geboren am 31. Dezember 33 in Dossenheim. Würde sagen, das ist eher dunkelblond. Größe: 182 cm, eigentlich zu klein. Verurteilt 1955 wegen Mordes. So, das Urteil:

...für schuldig befunden, am 17. Mai 1955 seine Ehefrau durch vier Stiche mit einem Messer getötet und sie anschließend zur Verdeckung der Tat vergraben zu haben.

Ende einer Ehe.«

»Und die waren alle draußen beschäftigt und durften frei rumlaufen?«

»Sieht so aus. Wobei die zu dem Zeitpunkt auch schon alle tierisch lange saßen, unser August hier seit zweiundzwanzig Jahren. Heute wäre der dann schon längst draußen.«

»Leider.«

»Krankenakte. Donnerwetter, war oft krank, der gute August. Influenza, das ist Grippe, steht hier öfter, ist das Einzige, was ich kenne. Etwas schwaches Immunsystem.«

»Hat vielleicht zu wenig Sonne gesehen.«

Sollte das ein Scherz sein? Wollen uns doch nicht noch einschmeicheln auf den letzten Drücker?

»Ich glaub, die Krankenakten schenken wir uns mal, soll sich Frau Dr. Richter ansehen. August war Freigänger seit dem 01.03.75. Das passt auch. Nächste. Wilhelm Thees, 12.12.28 in Reichenberg. Verurteilt 1970 wegen dreifachen Betruges. 28 geboren, der fällt wahrscheinlich schon wegen des Alters raus. Ist auch eher blond. So und der Letzte.«

Aus der Akte fallen ein paar lose Blätter. Wo saßen die denn? Nachher gibt es noch Ärger mit Nöske.

»Das ist der Zweite, der auch geflohen ist. Ernst Zimmermann, geboren 27.04.35 in Groß Lindow. 'ne Glatze, aber dunkler Haarkranz. Größe: 184 cm. Verurteilt 1968 wegen schwerer räuberischer Erpressung.

... für schuldig befunden, am 20.12.68 die Filiale der Kreissparkasse Soltau überfallen und die Angestellte unter Vorhalt einer Waffe zur Herausgabe des Geldes gezwungen zu haben.

20.12? Brauchte wohl Geld für Weihnachtsgeschenke. Krankenakte ... «

»Scheiße.« Er bremst ab. »Freitagnachmittag, es ist zum Kotzen. Alle Lkws wollen wieder nach Hause. Wir fahren echt einen Schnitt von achtzig.«

»Spätestens sechs sind wir zu Hause. So, und unser Weihnachtsmann war Freigänger seit Juni 75. Das könnte mit dem befruchtenden Akt grad so hinkommen.«

»Befruchtender Akt ist das Stichwort. Wenn davon wirklich einer der Vater von Sandra Weber ist, müsste er im August 75 mit Helene Weber gepennt haben und ist zwei Jahre später von ihrem Mann ermordet worden?«

»Das sind die Fakten. Fakt ist auch, dass Emma Pape Helene Weber mit 'nem Knacki gesehen hat.«

»Aber sie meinte, das Kind wäre zu der Zeit schon da gewesen.«

»Sie meint es. Erstens kann sie sich nach dreißig Jahren täuschen, und zweitens, wenn es einer aus dem Knast war, kann das auch länger gelaufen sein. Sie hat ja ein paar Jahre dort gearbeitet, hat mit ihm gepennt und den Stress mit dem alten Weber hat es erst gegeben, als er entlassen wurde und auf der Matte stand. Was übrigens auch noch dafür sprechen könnte, ist der Umstand, dass Helene Weber schon achtunddreißig war, als sie das Kind gekriegt hat. Vielleicht war der alte Weber unfruchtbar, und bei der ersten Nummer mit 'nem anderen hat es geklappt.«

»Trotzdem, ganz schön langer Zeitraum, zwei Jahre.«

»Schon richtig. Aber die Fakten verdichten sich zurzeit eben hier. Natürlich kann es nach wie vor auch jemand anders sein.«

Er geht wieder in die Eisen, schimpft.

Sechs müsste trotzdem zu schaffen sein.

18 Uhr 17

Ein Streifenwagen fährt in den Hof, parkt direkt vor der Eingangstür, die beiden Uniformierten steigen aus, helfen einer Oma vom Rücksitz. Der größere Kollege kriecht noch mal rein, sucht hinten alles ab.

»Hat Oma was verloren?«

Er kommt raus.

»Von wegen. Das ist 'ne Ladendiebin, die irgendwo in der Hose 'ne Diebestasche haben muss. Wir hatten keine Frau zum Durchsuchen dabei, nachher hat sie die Sachen noch bei uns im Wagen entsorgt.«

Er geht hinter den beiden her.

Im Fahrstuhl pappt immer noch der Alf-Sticker an der Tür, in der Sechsten Licht auf dem Flur, offene Türen, Stimmen. Ernst kommt eilig aus seinem Zimmer, Papiere in der Hand.

»Konni, ihr zwei kommt wie gerufen. Habt ihr noch 'ne Stunde Zeit?«

Der Bewerber zieht ein genervtes Gesicht.

»Eigentlich wollte ich nach Hause, aber wenn es unbedingt sein muss, habe ich Zeit, klar.«

»Wir hatten hier heute Nachmittag ein Tötungsdelikt an einer jungen Türkin, Trennungsgeschichte. Der Täter ist mit ziemlicher Sicherheit der Cousin. Wir wissen sehr wahrscheinlich, wo er ist, und wollen da gleich mit einer Gruppe Spezialeinheiten rein.«

»Dazu brauchst du uns?«

»Was wir noch nicht haben, ist die Tatwaffe, ein Messer.

Sein Auto haben wir gefunden, da ist es nicht, und wir sind auch den Weg abgefahren vom Tatort bis zu dem Haus, wo er jetzt ist, und das ist ein ziemlich großes Objekt.«

»Gibt's noch 'ne Einweisung zum Haus?«

»Ich bin in zwei Minuten wieder da, geht schon mal zu mir.« Schon im Weggehen.

»Es ist dein letzter Tag. Wenn du was vorhast, kannst du fahren.«

Er atmet einmal tief durch, schließt kurz die Augen.

»Vergiss es. Der Abend ist eh im Arsch.«

Telefonbuch, Ayse, zweimal Freizeichen.

»Ayse hier.«

»Hi, ich bin's.«

»Wann kommst du? Ich habe gekocht, ist schon fast alles fertig.«

»Ich bin schon in der Dienststelle, es dauert aber noch 'ne Stunde. Ich muss mit zu 'ner Durchsuchung raus. Geht leider nicht anders.«

Generytes Stöhnen.

»Dann beeil dich! Morgen fahre ich schließlich.«

»Sobald es geht, hau ich hier ab.«

Ernst kommt wieder.

18 Uhr 50

Noch ein kurzer Stopp in der dritten Etage, Ernst in der Mitte, der Gruppenführer daneben, die vermummten Leute von den Spezialeinheiten drum herum, Flüstern.

»Die Tür ist so eingelassen wie die hier.« Didi spricht leise ins Helmmikro, kaum zu verstehen. »Wenn wir also hart an der Wand sind, sind wir für den Spion im toten Winkel. Wie gesagt, es ist die Wohnung seines Freundes, die Skizze vom Hausmeister habt ihr im Kopf.« Seine Leute nicken, er dreht sich zu Ernst. »Es dürfte außer den beiden niemand drin sein?«

»Relativ sicher. Wir haben 'ne ziemlich gut klingende Aussage einer Bewohnerin aus dem Erdgeschoss. Außerdem steht das Auto in der Nähe.« Er sieht in die vermummten Gesichter, Zustimmung.

Eine Tür öffnet sich, die Frau atmet schnappend ein, zuckt heftig zusammen.

»Polizei.« Gehaucht.

Sie sieht auf den Ausweis, glotzt wirr in die Runde, verschwindet wieder rückwärts wie eine Muräne in ihrem Bau.

Stumme Übereinkunft, los geht's, die beiden mit der Ramme gehen vor, die andern hinterher. Schon erstaunlich, wie leise die sind mit ihrem ganzen Geschirr. Sie drücken sich an der Wand lang, Ernst bleibt auf halber Treppe zur Fünften stehen. Letzter Blickkontakt, dann sehr schnell. Ein Schlag, Bersten, Splittern, sie sind drin, brüllen ihre Kommandos, es schlagen Türen, die Stimmen schon aus den hinteren Räumen, ein Knall. Ernsts Kopf fährt herum. Das war ein Schuss. Scheiße, das war tatsächlich ein Schuss. Hektisches Gebrüll in den Räumen, wird leiser, nur noch vereinzelte Rufe, Ruhe. In der Tür erscheint Didi.

»Alles klar, beide Personen sind sicher.«

Die Wohnung sieht genauso aus, wie der Hausmeister sie aufgezeichnet hat. Im hinteren Raum liegen die beiden auf der Erde, Hände mit Plastikfesseln auf dem Rücken geknebelt, die Kollegen stehen drum herum, die meisten haben ihre Waffen schon wieder weggesteckt. Vor dem Schrank liegt eine Pistole auf der Erde. Sie sehen unverletzt aus, wer hat dann geschossen? Und was ist das für ein beißender Geruch hier? Nicht zum Aushalten.

»Haben Glück, dass sie noch leben. Irgendwie ist er noch an die Scheiß-Gaspistole gekommen«, er tritt mit dem Fuß an die Waffe, hebt sie auf, »da hatte ich ihn aber schon. Abgedrückt hat er trotzdem noch.«

Aber wer von den beiden ist der Täter? Sehen ziemlich gleich aus, glatte Bubigesichter unter schwarzen Locken, einer blutet an der Lippe. Sie zittern, in ihren Augen ein zielloses Flattern. Zwei Sekis greifen ihnen unter die Arme, setzen sie in die beiden Sessel.

»Kann mal einer das Fenster aufmachen, das Zeug brennt ja wie Sau in den Augen.«

Seeger, ach, auch schon da, geht zum Fenster, macht beide Flügel auf, die kühle Luft wälzt sich herein.

Auf dem Stuhl liegt eine Jacke, Ernst nimmt sie, fingert in alle Taschen, holt einen Pass heraus. Er blättert, sein Blick fällt auf den im roten Hemd, kurzer Wink mit dem Kopf. Der Junge atmet mit offenem Mund, seine Nasenflügel beben.

»Bist du Aslan?«

Er sitzt nach vorn gebeugt, zeigt keine Reaktion, zuckend wie ein Huhn bewegt er seinen Kopf, völlig durch den Wind.

»Du bist festgenommen wegen Verdacht des Mordes, Aslan. Du brauchst bei der Polizei keine Aussage …«

Mit einem Ruck steht er auf, ein Blick zu Ernst, zu Didi, in seinen Augen traurige Entschlossenheit, er macht einen

Schritt Richtung Fenster, zwei Sekis reagieren sofort, Didi dreht sich um, schreit etwas, der zweite Schritt, Ernst mit aufgerissenen Augen, der Bewerber will hinterher, startet, noch zwei Meter, einer der Sekis steigt über den Stuhl mit dem anderen Gefesselten, trifft ihn mit dem Knie am Kopf, der Bewerber schafft es nicht, noch anderthalb Meter, die anderen schreien, er ist fast dran, streckt den Arm aus, noch ein Meter, die Hand, er hat ihn gleich, Zentimeter, zehn, fünf, er springt ab, seine Beine stoßen seitlich an die Fensterbank, die Hand an den Schuhen, der Oberkörper kippt, das rote Hemd verschwindet im Dunkel, dann die Beine, die Füße, weg.

Stille, keiner rührt sich, das Tränengas brennt in den Augen. Der Kollege beugt sich aus dem Fenster, richtet sich wieder auf, flucht, schlägt mit Wucht an den Fensterflügel, eine der Scheiben zerbricht.

Der Freund beginnt zu schreien, sie drücken ihn in den Sessel, lassen ihn.

Er liegt über der Bordsteinkante auf dem Bauch, rührt sich nicht mehr, die hellen Plastikfesseln sind auf dem roten Hemd bis hier oben zu erkennen. Ernst drängelt sich daneben, sieht runter, lange, unten sind die ersten Kollegen bei ihm. Das Schreien des Freundes ist in ein Wimmern übergegangen.

Ernst geht einen Schritt zurück, blickt geradeaus, einige Sterne sind zu sehen. Er atmet schwer, schüttelt den Kopf, noch ein kurzer, fragender Blick, Schulterzucken, dann geht er nach unten.

21 Uhr 20

Eifersucht, Hass, Geldgier, Geilheit, Macht. Neugier hatten wir auch schon. Wie sieht einer aus, wenn er stirbt? Rache, natürlich, und Angst sowieso. Und Ehre. Ehre. Wirklich? Achtzehn Jahre alt, rammt seiner angeheirateten Cousine acht Mal das Messer in den Leib und beendet später sein Leben. Mit achtzehn – und mit Überzeugung. Was treibt einen in dem Alter zu so was? Der ist doch hier groß geworden, verdammt. Schmeißt zwei Leben weg, einfach weg, nur weil ihm was nicht gepasst hat. Sah aus wie ein kleines, unschuldiges Tier mit 'nem weichen Streichelgesicht und macht so eine Scheiße. Im Leben baden sollte man in dem Alter, aber er hat's mit dem Tod. Ob er irgendwann mal einen Zweifel gehabt hat? Sah eben nicht danach aus. Wenn man meint, das Richtige zu tun, ist es eigentlich völlig egal, was es ist. Man macht es. So wie der alte Jensen auch?

Fast vor der Tür ein Parkplatz. An einer Antenne baumelt ein Stück Schleier im Wind, die Luft ist weich, fühlt sich tatsächlich schon ein bisschen nach Frühling an, heute.

Der Briefkasten sieht leer aus, beim Aufschließen sind zwei Frauenstimmen zu hören. Das ist … Das ist doch Frau Gierth.

Sie sitzen in der Küche, das Essen auf dem Tisch, schmutzige Teller. Ayse hat die Füße auf der Sitzfläche, Arme um die Knie, ein Weinglas in der Hand.

»Hallo, Herr Kommissar.« Etwas gedehnter als normal. »Wir haben schon gegessen, du bist so spät.«

»Ich hoffe, Sie sind nicht ungehalten, Herr Kirchenberg, ich wollte Sie eigentlich nur bitten, mir eine Birne im Flur auszuwechseln, da hat Frau Demir ...«, sie winkt ab, glühende Wangen, »Ayse natürlich, mich zum Essen überredet.« Auch schon etwas schwerfälliger, der Zungenschlag.

»Schon gut, Frau Gierth, ich hoffe, es hat geschmeckt.«

»Bis jetzt hätte es sowieso nicht gehalten, wäre alles verkocht. War was Türkisches.«

»Ganz, ganz lecker, haben Sie wirklich was verpasst.« Mit Anerkennungslächeln über den Tisch.

»Und das hier habt ihr dazu getrunken?« Likörwein, am Boden noch eine kleine Pfütze, die zweite Flasche noch gut halb voll.

»Auch sehr lecker. Hab ich spendiert, wenn ich schon zum Essen eingeladen werde. Fürs Aufpassen, hat mit die Waltraud mitgebracht.«

»Ihr habt anderthalb Flaschen Likörwein zum Essen getrunken?«

»Die Waltraud sagt immer: Eine Flasche Wein am Abend für zwei Erwachsene, das ist normal.«

»Normaler Wein schon, aber diese Dröhnung hier hat 24 Prozent.«

»Mir geht's jedenfalls gut.« Augenaufschlag im Bahnschrankentempo, sie steht auf. »Und ich weiß ja, dass die Frau Demir, ach«, ärgerliche Grimasse, »die Ayse, ist noch so ungewohnt, morgen wieder fährt. Darum verabschiede ich mich jetzt auch. Den Wein lass ich Ihnen da.« Sie steht auf, kurzer Gruß, geht.

»Soll ich Ihnen helfen, Frau Gierth?«

»Was denken Sie. Ich werde ja wohl nach einer halben Flasche Wein in meinem Haus meine Wohnung finden. Wenn die Waltraud das kann.«

»Likörwein, Frau Gierth, ist ein Unterschied.«

»Mir geht es gut.« Langsam, im Takt der Schritte, Betonung auf jedem Wort, sie zieht die Tür hinter sich zu.

Ayse steht auf, legt ihren Kopf an die Brust, ihre Haare riechen nach Kochen, schmecken salzig.

»Mir ist schlecht. Aufräumen tu ich morgen. Ich lege mich nur'n Moment hin.« Sie löst sich, als klebte sie fest, flüchtiger Kuss.

»Ich dusche nur kurz, war'n langer Tag.«

Sie lässt sich aufs Bett fallen, gibt einen Ton von sich wie ein kleiner Hund. Ob es in ihrer Familie auch schon mal einen Ehrenmord gegeben hat? Eigentlich nicht vorstellbar, die sind bestimmt anders drauf. Aber wer weiß.

Wie ein warmer Körper legt sich das Wasser um den Nacken. He ain't heavy, he's my brother… Die Dusche tropft im Drei-Sekunden-Takt nach, das wird auch immer schlimmer. Irgendwann mal die Dichtung erneuern. Unter den Augen reichlich Falten, da dreht die Zeit auch keiner zurück.

Ayse in Klamotten auf dem Bett, schläft auf dem Bauch. Anderthalb Flaschen Likörwein, wie kann man nur? Ihre Haare liegen auf dem Kissen wie ein schwarzes Tuch.

»Hey, Saufziege.«

Winselndes Stöhnen.

»Mir ist schlecht.« Mit geschlossenen Augen, kaum zu verstehen. Genau so haben wir uns doch den letzten Abend vorgestellt, wunderbar. So kann sie jedenfalls nicht bleiben.

Mit Mühe lässt sie sich hinsetzen, das T-Shirt über den Kopf ziehen, fällt zurück ins Kissen. Ihre Brüste bewegen sich, als wären sie kleine Wesen. Beim Ausziehen nimmt die Jeans ihr Höschen ein Stück mit nach unten, der Saum ihrer Schamhaare wie ein schwarzes Band über dem weißen Stoff, der Rand des Märchenwaldes. Sie liegt auf dem Rücken, ihr brauner Bauch hebt und senkt sich.

Lag auf Kissen aus dunklem Blut gebettet, der blonde Nacken einer Frau, so ähnlich ging das. Die Sonne lag auf ihrem Haar und wanderte die hellen Schenkel lang, kam auch drin vor. Leckte! Leckte ihr die hellen Schenkel lang, richtig, damals in der Schule war das der Brüller. Sollte man nicht machen, mit sechzehnjährigen Testosterontankern solche Gedichte besprechen. Das Licht der Nachttischlampe lag auf ihrem Haar und leckte ihr die dunkeln Schenkel lang, hätte man auch schreiben können. Kissen aus dunklem Blut… Schreibt einer Gedichte über Obduktionen, auch irgendwie gestört. Aber lag auf ihrem Haar stimmt nicht, die machte irgendwas, die Sonne.

Tiefer Atemzug, sie dreht den Kopf auf die andere Seite, winkelt das rechte Bein ein wenig an.

Wenn man es jetzt tun würde, ob sie es merken würde? Und dann davon träumen? Die Gehirnforscher sagen doch, dass das funktioniert, bei Freude lacht man, und wenn man lange genug lacht, freut man sich auch. Müsste doch beim Sex auch funktionieren, wenn man geil ist, vögelt man, und wenn man vögelt, ist man irgendwann geil, selbst im Schlaf. Und denkt dann, toller Traum. Wie heißt es im Strafgesetzbuch? Ausnutzen einer erkennbar hilflosen Lage. Welcher Paragraph ist das noch mal? Ts. Isses eigentlich noch ganz dicht, solche Gedanken zu haben, oder ist das schon unnormal? Wahrscheinlich auch nicht verrückter, als Gedichte über Obduktionen zu schreiben. Hoffentlich. ... Wütete in ihrem Haar, genau, das war's. Wütete in ihrem Haar und leckte ihr die dunklen Schenkel lang, so hieß es, nur nicht mit dunklen Schenkeln. Ist aber schöner. Hat dunkle Haut eigentlich mehr Glanz als weiße, oder sieht das nur so aus? Mal den Wein probieren.

Zudecken, noch ein Kuss. Gepresster Seufzer mit einem hohen Ton, sie räkelt sich auf die andere Seite.

Nacht, Ayse.

Licht aus.

[illegible]

Wie Kosemarathen [illegible]
Sie trat auf den Stuhl, die Nase [illegible]
[illegible]

[illegible]

[illegible]

[illegible]
kein.

[illegible]

SAMSTAG

08 Uhr 14

Wie Korsettstäbchen treten ihre Fußmittelknochen hervor. Sie sitzt auf dem Stuhl, die Füße auf der Sitzfläche, das Kinn auf den Knien. Leer und leidend liegt der Blick irgendwo auf dem Tisch, zwischen Butter und Aufschnitt, sieht aber nicht nach Hunger aus.

»Wenn man abends gesoffen hat, soll man morgens mit dem gleichen Stoff anfangen. Dann geht es einem wieder gut. Alte Trinkerweisheit.«

Sie blickt rüber, als wögen ihre Augäpfel Tonnen.

»Okay, für 24-prozentigen Likörwein gilt das wahrscheinlich wirklich nicht.«

Das T-Shirt über den Knien, zwischen ihren Fersen der weiße Rand des Höschens auf ihren braunen Oberschenkeln.

»Tut mir leid. Sollte alles ein wenig anders laufen gestern und heute.« Sie legt die Stirn auf ihre Knie.

»Schon gut. War doch ein netter Abend für dich.«

»Mir ist so schlecht. Bist du böse, wenn ich mich noch 'ne Stunde hinlege, vielleicht ist es dann besser.«

»Quatsch. Räum ich hier ein bisschen auf.«

»Und zu Onkel Sener möchte ich auch noch 'ne Stunde, bevor ich fahre.«

»Mach dir keine Sorgen, es ist gut so. Wann fährt dein Zug?«

»Fünf vor drei oder fünf nach.«

Das Handy. Mein Gott, samstags um die Zeit. Seeger, was will der denn? Den Samstag versauen, oder was?

»Kirchenberg.«

»Ja, Sebastian Seeger hier, guten Morgen.«

»Mein Gott, fällt dir die Trennung so schwer?«

»Bilde dir nichts ein. Es gibt zwei Gründe, weshalb ich anrufe. Erstens habe ich wahrscheinlich bei dir im Büro mein Etui mit Füller und Kugelschreiber vergessen. Das ist ein Geschenk, und die waren auch nicht ganz billig. Ab Montag bin ich aber in Düsseldorf und hab gestern alle Schlüssel abgegeben.«

Man hat ein Etui mit teuren Stiften, gar nicht aufgefallen, passt aber irgendwie.

»Die Werbekulis vom Zementwerk haben auch Vorteile, wusste ich doch. Ist aber kein Problem, die Leute von der MK sind mit Sicherheit im Haus, Ernst schließt dir auf.«

»Zweitens ist mir heute Nacht was eingefallen, hat man ja manchmal, dass die Leitung etwas länger ist. Als du gestern die Geburtsorte der Knackis vorgelesen hast, ich weiß nicht mehr, von wem, hat es bei einem der Orte geklingelt, ich wusste in dem Augenblick aber nicht, wie und wo. Eidengesäß.«

»Ja, und?«

»Heute Nacht im Bett ist es mir eingefallen. Ich habe doch in der Familiengeschichte von Webers reichlich rumtelefoniert, ja, und Eidengesäß ist heute Teil einer Großgemeinde aus mehreren Dörfern. Einer dieser Orte ist Geislitz. Das liegt sogar direkt daneben, habe ich eben im Internet nachgesehen. Und das ist der Ort …«

»Ich weiß, in dem Helene Weber nach dem Krieg gelebt hat. Du meinst, sie hätten sich kennen können? Schon möglich.«

»Ja, und? Du hast es doch immer so mit deinen Fakten, und ich dachte mir, die DNA, das Isotopengutachten, die Orte und jetzt auch noch die Tatsache, dass Helene Weber als Jugendliche in der Nachbarschaft von einem der Männer gewohnt hat, die in Frage kommen könnten.«

»Stimmt. Ich kümmere mich gleich Montag darum. War'n das die beiden Gründe?«

»Fast. Eine Sache ist mir noch durch den Kopf gegangen. Du hast gestern gesagt, die haben wahrscheinlich irgendwann in 'nem Gewächshaus miteinander gepennt, und als der Knacki raus war, stand er bei denen auf der Matte. Ich hab mir das mal so vorgestellt, und das waren bis auf den Betrüger doch alles ziemlich heftige Typen, alles Gewalttäter, und ich kenne ja nun auch genug von der Sorte. Irgendwie passt das nicht.«

»Wie, das passt nicht?«

»Ich meine, so ein dreifacher Bankräuber oder Mörder, der kommt doch nicht an die Tür, klopft an, sagt, hey, das ist mein Kind, ich möchte ab heute Vati spielen, und lässt sich dann von 'nem Handelsvertreter umhauen. Passt irgendwie nicht, weder die Sache mit dem Kind noch das Umhauen. Was wäre eigentlich, wenn der Knacki gewonnen hätte?«

»Wie, wenn der Knacki gewonnen hätte?« Hat der nichts Besseres zu tun, als Leuten am Wochenende auf die Eier zu gehen? »Und wie soll das dann mit der DNA funktionieren? Die Geschichte ist dreißig Jahre her, und ich mache mir nächste Woche Gedanken darüber, versprochen. Jetzt habe ich Wochenende, okay?«

»Meinetwegen, es ist dein Fall. Ich fand nur, so rum ist es auch denkbar.« Er macht eine Pause. »Und im Präsidium ist jetzt jemand?«

»Ganz sicher, sonst kannst du mich anrufen.«

Er legt auf.

Passt irgendwie nicht, Blödsinn. Bankräuber können auch nette Väter sein. Und Mörder auch. Der Vergewaltiger vor drei Jahren, der zwei Teenies umgebracht hat, war dreifacher Vater, und ein guter, haben alle Nachbarn gesagt.

Mein Gott, was für ein Abwasch, dauert ja 'ne Stunde.

Wären ja nicht die Ersten, die durch so'n Kind verändert werden. Vielleicht hat sie es ihm im Knast gesagt, und er hat sich drauf gefreut. Wenn der Knacki gewonnen hätte … Und wie soll das dann gehen?

Angetrocknetes Tomatenzeug. Kriegt man kaum mit dem Messer ab.

Wer sitzt dann jetzt da im Rollstuhl, häh? Wenn der Knacki gewonnen hätte. Das würde ja bedeuten … Scheiße. Das kann aber nicht funktionieren, schon wegen Helene Weber nicht. Das könnte nur dann funktionieren, wenn Helene und alle anderen die ganze Zeit … Aber welche anderen? Da waren nur noch Sandra und die Schwester. Die eine war klein, die andere nicht da. Alle Brücken abgerissen. Scheiße. Was wäre, wenn die sich wirklich kannten? Und haben sich dann in der Gärtnerei wiedergesehen nach zwanzig Jahren. Dann könnte die alte Pape vielleicht sogar recht haben. Dann haben die sich getroffen, als das Kind schon da war. Scheiße,

Scheiße. Seeger müsste doch jetzt im Büro sein. Ayse pennt sowieso.

Sie liegt im Bett, schon wieder zugedeckt.

»Ich bin grad für ’ne Stunde weg, okay, soll ich dir den Wecker stellen?«

»Ich werd schon wach.« Halb durch die Decke genuschelt.

Das Zeug muss sowieso erst einweichen.

09 Uhr 06

An der Innenseite der Fahrstuhltür glotzt Alf von seinem Sticker. Was halten Sie als Unbeteiligter von Intelligenz? Ja, ja, manchmal ist man blind. Auf dem Flur in der Sechsten ist die Samstagsruhe vertrieben, Ernst, Ulla, Edda, einige aus den anderen Kommissariaten im MK-Raum. Der Staatsanwalt auch schon.

»Morgen, Leute.«

»Was machst du denn hier? Dein Mündel ist auch schon da, wollte bei dir aufgeschlossen haben.« Ernst über den Tisch gebeugt, sieht hoch.

»Ja, ich weiß. Wollten nur was nachsehen.«

Ulla unterhält sich mit Tom Nagel, grüßt über seine Schulter, er dreht sich um.

Die Tür zum Büro steht einen Spalt offen, der Bewerber sitzt am Schreibtisch, vor sich eine Akte. Er blickt auf, macht ein Fischmaul.

»Was machst du denn hier? War der Gedanke doch nicht so schlecht?«

»Mal ganz langsam. Ich bin samstags öfter hier, und nachher bringst du mir noch alles durcheinander. Darf ich auf meinen Platz.«

Genervte Grimasse, er will was sagen, schluckt es runter.

»Rudolf Daniels, geboren am 22.04.1931 in Eidengesäß, das ist er.« Sein Zeigefinger tippt auf die Akte, schon im Stehen. »Seit Anfang 77 Freigänger. Einer der Ausbrecher, auch das würde passen. Wegen des Motivs.«

»Mal ganz der Reihe nach. Einer der Ausbrecher? Das soll heißen, er hat seine alte Bekannte getroffen und die Chance genutzt, sich, was weiß ich, fünf, sieben oder zehn Jahre Knast zu ersparen und für immer zu verschwinden.«

»Ich hab schon einiges gelesen. Leider sind die Akten nicht so ausführlich wie unsere, aber bei dem Überfall auf den Geldtransport im Zug haben sie nicht nur zwei Wachleute getötet, sondern es ist auch einer der drei Täter erschossen worden, und es hört sich so an, als habe man ihn über den ermittelt. Es muss übrigens noch mindestens eine Vorstrafe wegen Raubes gegeben haben. Ach ja, und das Geld war bis zur Verurteilung nicht aufgefunden.«

»Alles uninteressant.«

»Kann schon sein, dass das alles uninteressant ist«, mit Ironie, »aber eine Sache nicht. Irgendwo mittendrin steht nämlich, dass er gelernter Gleisbauer war.«

Er geht vor den Schreibtisch, lässt die Akte liegen. Gleisbauer …

»Gelernter Gleisbauer, das heißt, er wusste wahrscheinlich, wie Bahnleichen aussehen.«

»Und er kam aus der Gegend von Frankfurt, er könnte sich also da ausgekannt haben, wo die Leiche lag, so weit auseinander ist das nicht.«

»Nur mal angenommen, es könnte wirklich so gewesen sein, dann muss der Mann auf den Schienen Gerhard Weber gewesen sein. Dann hat Helene Weber das Kind noch von ihrem Alten gekriegt und hinterher Daniels in der Gärtnerei getroffen. Das kriegen wir bloß nicht mehr bewiesen. Wie denn, verdammt, nach dreißig Jahren. Fingerabdrücke gibt es nicht mehr.«

»Und dann wäre das da tatsächlich ein richtiges Familienbild.«

Das Bild. An der Pinwand die beiden Ausdrucke des eingescannten Familienfotos der Schwester. Weber, groß mit dunklen Haaren. Daniels auf dem Foto in der Akte, auch kurze, dunkle Haare. Vom Typ waren sie wirklich ähnlich.

»Frau Dr. Richter hat gesagt, unser Opfer wäre sehr groß gewesen, ungefähr einsneunzig. Sieh dir ihn hier mal an, das hier ist Gerhard Weber, definitiv. Ich habe 'ne Idee.«

K-Wache, wählen.

»Kriminalwache, Zimmermann.«

»Hi, ich bin es, Konni. Charly, haben wir heute Morgen einen Fotografen im Haus?«

»Pit ist da. Die sind draußen beim Tatort, müssten aber gleich wieder reinkommen.«

»Pit? Wunderbar. Kannst du ihn mal bitten, dass er zu mir kommt, sobald er da ist.«

Kann er, auflegen.

»Was wird das?« Er sitzt wieder vor dem Schreibtisch.

»Pit war früher beim LKA, und ich meine, der könnte Fotos vermessen.«

Er macht ein Gesicht, als wäre er nicht überzeugt.

09 Uhr 45

Pits dicke Finger halten das Bild an der unteren Ecke.

»Im LKA haben die so ein Programm zum Vermessen, wir brauchen das hier nicht. Schick es ihnen am Montag, dann hast du es ruckzuck zurück. Günstig ist es, wenn du einen Vergleichswert hast. Also, hier die Höhe der Tür oder des Geländers oder so. Sonst müssen sie sich einen entwickeln.« Er ist ein Tanzbär, spricht auch so.

»Danke, Pit, dann Montag, ich dachte wir hätten so was auch bei uns. Und einen Vergleichswert muss ich erst besorgen.«

»Wobei«, er sieht noch einmal auf das Bild, »dieses Vermessungsprogramm hat seine Stärken eher bei ganz komplexen Aufnahmen oder auf große Entfernungen. So ein Foto hier kannst du doch fast selbst vermessen. Nicht völlig genau, aber so einigermaßen. Müsstest zum Beispiel nur wissen, wie hoch die Lampe hängt, oder die Höhe der Tür.«

»Dann könntest du das?«

»Das ist kein Problem, das könntest du auch.«

»Kleinen Augenblick.«

Die Akte Gaswerk, Vernehmung Sieker war hinten, da, Telefon.

Freizeichen.

»Sieker«, trockene Männerstimme.

»Tag, Herr Sieker. Mein Name ist Kirchenberg, ich bin von der Kripo. Sie kennen mich nicht, aber wir waren letztens bei Ihnen und haben mit Ihrer Frau gesprochen.«

»Sie hat es mir erzählt, es ging um Helene.«

»Richtig, Herr Sieker, ich habe jetzt ein etwas ungewöhnliches Anliegen. Die Lampe in Ihrem Eingang, diese Laterne, haben Sie die mal umgehängt in den letzten dreißig Jahren?«

»Bitte, die Lampe umgehängt?« Leichtes Unverständnis. »Nein, die hängt schon immer da.«

»Gut, könnten Sie für uns, wie gesagt, klingt jetzt wahrscheinlich ein wenig ungewöhnlich, einmal den Abstand messen zwischen dem Boden und dem Punkt, wo die Lampe in der Wand sitzt.«

»Ich soll messen?« Der fühlt sich wahrscheinlich verarscht.

»Ja, Herr Sieker, fühlen Sie sich bitte nicht auf den Arm genommen, es hängt mit dem Foto zusammen, das uns Ihre Frau überlassen hat.«

Er braucht eine längere Pause

»Ja, ja. Augenblick. Die lichte Höhe meinen Sie?«

»Ja, genau.«

Kurzes Klappern, der Hörer liegt daneben, dumpfe Geräusche im Hintergrund.

Pit sucht auf dem Schreibtisch, kramt das Lineal aus der Stiftebox, misst etwas auf dem Bild. Der Bewerber kippelt mit dem Stuhl, Arme vor der Brust.

»So, Herr... ich habe Ihren Namen nicht verstanden, wenn ich richtig gemessen habe, sind das genau zwei Meter und fünf bis zur Unterkante.«

»Danke, Herr Sieker, Sie haben uns sehr geholfen.«

Pit mit aufforderndem Blick, den Stift im Anschlag.

»Zwei, null, fünf.«

»So, auf dem Foto sind das 10,8 cm, und der Typ misst hier 10,1 cm.« Er kritzelt aufs Papier, Zahlen, Striche, sieht nach 'ner Gleichung aus, seine Lippen bewegen sich, er macht mit Schwung einen Doppelstrich. »Ist nicht grad hochwissenschaftlich, aber ungefähr einsneunzig. Hat natürlich 'ne Ungenauigkeit, klar. Das Bild ist ein bisschen unscharf, er steht etwas weiter vorne, ist etwas von unten fotografiert, aber größer als zwei Zentimeter dürfte die nicht sein.« Er sieht von einem zum andern. »Hilft euch das jetzt?«

»Wissen wir noch nicht so genau, aber danke für deine Mühe!«

»Wenn es mehr nicht war.« Er geht.

Der Bewerber steht auf, stellt sich vor den Schreibtisch, betrachtet das Bild.

»Einsneunzig. Das spricht auch für Weber als Opfer.«

»Ja, es spricht für ihn, es könnte sein, möglicherweise, aber wir kriegen es nicht nachgewiesen. Und wir müssten beweisen, dass Daniels der Mann im Rollstuhl ist.«

Die Akte. Verurteilung, Begründung, Vermerke, das Bild.

»Das Bild kann man auch vergessen, nach dreißig Jahren und zwei Schlaganfällen. Ich erkenne ihn darauf nicht.« In der Krankenakte vielleicht, irgendwelche Brüche, da, Schlüsselbein, vielleicht kann man das noch nachweisen, geht ja bei Leichen auch …

Bemerkung:
Auf der Röntgenaufnahme der Claviculafraktur sind im Schulterbereich vier ca. pfenniggroße, scharf abgegrenzte Schatten erkennbar, die in etwa die Form einer Raute bilden. Nach Angaben des Häftlings ist er im März 1944 bei einem Bombenangriff schwer verletzt worden. Es handelt sich daher wahrscheinlich um verkapselte Splitter.

Verkapselte Splitter. Das könnte es sein. Verdammt, das könnte es sein. Ist der Staatsanwalt noch da?

»Was ist los?« Hinterhergerufen.

»Bin gleich wieder da.«

Nicht mehr ganz so viel los im MK-Raum. Tom Nagel ist nirgends zu sehen.

»Ist Tom noch da?«

»Der gibt 'nem alten Bekannten die Hand.« Altenkamp, telefoniert nebenbei.

»Was?«

»Er ist pissen. Hat er jedenfalls gesagt.«

Tom steht in der Toilette am Waschbecken, wäscht sich die Hände.

»Gut, dass du noch da bist. Ich brauche einen Beschluss für eine 81a. Kriegen wir das noch hin?«

Er sieht auf die Uhr.

»Zehn Uhr, der Richter müsste noch da sein. Aber 'ne körperliche Untersuchung? Heute Morgen? In welcher Sache?«

»In der Sache Am Gaswerk. Müsste ich dir etwas ausführlicher erklären. Kommst du gleich zu mir?«

»Sofort. Ich muss nur grad noch pinkeln.«

Er muss noch pinkeln. Der wäscht sich die Hände vorm Pinkeln? Das muss er mal erklären.

11 Uhr 22

In der Mitte ein Trockenblumengesteck, sonst sind die Tische leer im Frühstücksraum. Die in den Rollstühlen hat man zum Bescheinen ans Fenster in die Sonne gestellt, wie

Blumentöpfe, von irgendwoher Blasmusik. Im Schwesternzimmer wimmert nur leise ein Radio eine andere Melodie, weiter hinten Stimmen und Geklapper, wahrscheinlich sind sie da.

Sie kommt mit Frohnaturgesicht aus dem Zimmer, bremst im letzten Augenblick.

»Guten Morgen, die Polizei schon wieder, Sie werden ja bald zum Dauergast. Und heute gleich mit Verstärkung.«

»Wir sind wahrscheinlich kurz davor, lästig zu werden, Frau…, das seh ich ein.«

»Was kann ich heute für Sie tun?«

Ist diese gute Laune echt oder ein Mittel gegen die tägliche Gesellschaft des Siechtums?

»Können wir das vielleicht in Ihrem Büro besprechen?«

Die Verwunderung macht sie einen Moment sprachlos, sie geht vor, macht das Radio aus.

»Was gibt es so Geheimnisvolles oder Wichtiges?«

Ihr Gesicht hat sich verändert.

»Es geht um Gerhard Weber. Wir haben hier einen richterlichen Beschluss für eine so genannte körperliche Untersuchung.«

Sie zieht die Stirn kraus.

»Das heißt in diesem Fall, wir müssten mit ihm ins Krankenhaus fahren. Es sei denn, es existieren hier Röntgenaufnahmen von ihm.«

Unsicherheit und Sorge in ihren Augen, sie sieht von einem zum andern, keine Spur von guter Laune mehr.

»Wir haben einen Arzt, der immer zu uns kommt, aber am Wochenende ist der nicht zu erreichen. Ich weiß nicht, ob wir so etwas haben.«

»Wie transportieren Sie Ihre Kranken, die nicht mehr gehen können?«

»Wir haben einen Fahrdienst.«

»Können Sie den für uns organisieren, sonst machen wir es über unsere Leitstelle.«

Sie dreht sich um, geht zum Telefon, legt den Hörer wieder ab.

»Weiß seine Tochter darüber Bescheid? Sie ist sein Vormund.«

»Wir haben versucht, sie zu erreichen, sie ist nicht da.«

»Ich habe ihre Handy-Nummer. Ich hätte sie gern dabei.«

Sie geht an eine Schublade, nimmt einen Zettel heraus, wählt. Mit einem Seufzer legt sie auf.

»Nicht zu erreichen, sehr ungewöhnlich. Können wir nicht warten, bis wir sie erreichen?«

»Tut mir leid, aber wer weiß, wann das sein wird? Wie lange wird das mit dem Fahrer dauern?«

Sie zuckt mit den Schultern.

»Es ist Samstag. Eine halbe Stunde.«

»Ist es möglich, dass wir uns Herrn Weber einmal ansehen?«

Sie will vorgehen.

»Bemühen Sie sich nicht. Wir bräuchten nur die Zimmernummer.«

Unsicheres Zucken, kurzer innerer Kampf.

»Nummer 127.«

»Danke.« Mal freundlich lächeln, die ist ja völlig von der Rolle, so schlimm ist es doch auch nicht.

Der Bewerber geht vor, macht die Tür auf, Weber liegt im ersten Bett, starrer Blick an die Decke. In dem Körper am

Fenster ist noch etwas mehr Leben, er wendet den Kopf, atmet mit ständigen Mundbewegungen. Der Bewerber geht auf die andere Seite, zieht das Lineal aus der Innentasche seiner Jacke. Er ertastet die Füße, legt an, Strecke für Strecke, bis zum Scheitel. Gesenkter Kopf, Augen voller Überzeugung.

»Ungefähr einsachtzig.«

»Na ja, das Alter, zwei Schlaganfälle, der Unfall.«

»Nie im Leben ist das Gerhard Weber.«

»Gut, dann wissen wir jetzt, wer er nicht ist. Vielleicht ist heute ja ein Glückstag, und wir wissen in einer Stunde, wer er ist.«

Die Tür geht auf, der Bewerber steckt das Lineal weg, eilig.

»Der Wagen ist in fünfundzwanzig Minuten da. Wir müssten ihn dann jetzt anziehen.«

Sie hat sich ein wenig erholt, ihr gelingt schon wieder ein angestrengtes Lächeln.

»Wir warten draußen.«

12 Uhr 10

Steppjacke, Jogginghose, Wollmütze bis auf die Augenbrauen. Mit dem Ding könnte er in jedem Rapper-Video auftreten. Sie schiebt ihn über das löchrige Pflaster des Parkplatzes, sein ganzer Körper zittert im Takt. Passt ja. Mr. Bojangles, dance… Wenigstens die Schuhe mit den gelben Flecken haben sie ihm ausgezogen.

Die Glastür teilt sich langsam, sie muss warten, schiebt

ihn durch. Na, kommst du hier auch als der wieder raus, als der du reingeschoben wurdest?

An der Rezeption vertritt ein Rentner mit gleichgültigem Gesicht die rothaarige Parfumverkäuferin, er riecht nach Zigarre. Röntgenabteilung den Flur lang und hinten zweimal links, danke.

Auf dem langen Flur kommen zwei junge Schwestern entgegen, Kittel und weiße Gesundheitsschuhe. Sind wohl ein Codex, diese Treter. Schwestern mit normalen Schuhen scheint es nicht zu geben. Oder Pumps. Wirklich noch nie gesehen. Der Bewerber hat die Hände in den Taschen, trottet nebenher, keiner sagt was. Radiologie links, die Tür schwingt auf, vor dem Glaskasten vier leere Stühle, drinnen ein Pfleger.

»Guten Morgen, Kirchenberg, Kripo, hatten wir miteinander gesprochen vor etwa einer Stunde?«

»Thomas Schultz, hatten wir. Um den älteren Herren geht es?« Er zeigt auf den Rollstuhl. »Wir können die Aufnahme ja schon einmal machen, Dr. Daei bespricht das dann gleich mit Ihnen. Kann jemand beim Ausziehen und Hinlegen mit anfassen?« Er sieht die Pflegerin an, sie zuckt mit den Schultern, nickt.

Einmal um zwei Ecken, sie halten vor einer Pritsche.

»Die Sachen können hier abgelegt werden, die Umkleide ist zu eng für den Rollstuhl.«

Sie fangen an, ihn gemeinsam auszuziehen, seine Arme sinken immer wieder in den Schoß zurück wie Hydraulikstangen.

»Das Unterhemd können wir ihm anlassen, die Hose auch.«

Unter der käsigen Haut sind kaum noch Muskeln zu erkennen, die langen Arme liegen leblos im Schoß. Sein Mund ist einen Spalt auf, seine Augen wandern ziellos. Man könnte fast meinen, es geht ihm gut, wie er so da sitzt.

Hinten geht eine Tür auf, weißer Kittel, schwarze Haare, Filmstarlächeln, Dr. Daei wie es aussieht. Was für ein Schönling, meine Güte. Hat wahrscheinlich schon die Hälfte des Schwesternwohnheimes flachgelegt, jede Wette.

»Guten Morgen, Daei.« Er reicht die Hand, seine Freundlichkeit ist echt. »Sie sind von der Polizei, richtig?« Er wartet die Bestätigung ab. »Hatte ich auch noch nicht, muss ich gestehen, eine Untersuchung aus strafrechtlichen Gründen. Bei den Kollegen von der Gynäkologie hört man das schon mal, aber bei uns ...«

»Den Beschluss hier kann ich Ihnen aushändigen.«

Er nimmt das Blatt, wirft einen Blick drauf, zieht die Mundwinkel nach unten, schlagartig.

»Ermittlungssache wegen Mordes?« Er sieht ihn an. »Sieht gar nicht so gefährlich aus.«

»Ob er etwas damit zu tun hat, ist auch noch nicht klar, daher bräuchten wir die Aufnahme.«

»Gut, dann wollen wir mal. Was brauchen Sie?«

»Wir brauchen eine Aufnahme seiner Schulter, oder besser der Brust.«

»Weshalb?«

Sein Handy dudelt, er geht dran, setzt ab.

»Mach schon mal«, zum Pfleger, »ich bin gleich wieder da, dann besprechen wir das.« Er verschwindet mit Handy am Ohr durch die Tür.

»Na dann.« Der Pfleger gibt ihr einen Wink, sie folgt ihm

durch eine Tür, lässt sie offen. Ganz vorsichtig fassen sie ihn an den Füßen und unter der Schulter, legen ihn auf den Metalltisch. Er richtet das Gerät aus, sie gehen raus, nehmen den Rollstuhl mit, Tür zu. Seine Bewegungen haben die behände Sicherheit von tausend Wiederholungen, er geht in ein kleines Kabuff, das schwere metallische Klacken ist durch die Tür zu hören.

»Das war's schon.«

Sie folgt ihm wieder mit dem Rollstuhl, der Alte liegt da wie vorher, sie hieven ihn herunter.

»Sie können ja schon mal ins Arztzimmer gehen, da vorn, steht dran. Dr. Daei kommt bestimmt gleich.«

Okay. Dann ins Arztzimmer. Sieht auch nicht aufwendiger aus als die anderen Büros. An den Wänden die üblichen Poster, der Bodybuilder ohne Haut, die Wirbelsäule und die Gelenke dürfen auch nicht fehlen.

Der Bewerber zieht sich den Stuhl vorm Schreibtisch heran, setzt sich. Halb eins, um drei Uhr geht ihr Zug, verdammt. Das war so alles nicht geplant. Wieso ist der eigentlich noch hier, war doch gestern schon den ganzen Tag auf dem Sprung?

»Du hattest es gestern doch so eilig, was machst du eigentlich noch hier?«

»Auch wenn du es nicht glaubst, es interessiert mich einfach.«

Die Tür geht auf, Dr. Daei, in der Hand das Negativ.

»So, meine Herren, verzeihen Sie das Telefongespräch, aber so geht das den ganzen Tag. Was suchen wir nun?«

»Ist eigentlich 'ne lange Geschichte, aber ich mache es mal ganz kurz. Das hier ist die Gefängnisakte eines Mannes, der

1960 einen Zug überfallen und dabei einen Mann getötet hat. Er ist 1977 aus dem Gefängnis geflohen und nie wieder aufgetaucht. Es könnte sein, dass wir ihn jetzt gefunden haben. Dort wo das Lesezeichen steckt, ist seine Krankenakte.«

Er klappt die Kladde auf, wirft einen Blick darauf, nickt.

»Wir suchen also eine Raute.« Mit geheimnisvollem Grinsen.

»Richtig, wir suchen eine Raute.«

Er geht zu den Lichtkästen, klemmt die Aufnahme fest, sieht noch einmal zur Seite. Seine Hand tastet nach dem Lichtschalter, es flackert kurz, dann ist das Gewirr von Grautönen zu sehen. Wieder ein Seitenblick mit gespielter Lässigkeit.

»Ich war nie besonders gut in Geometrie, aber ich würde es eher für ein Trapez halten.«

Unglaublich. Er ist es. Er ist es tatsächlich, verdammt noch mal.

Der Bewerber stößt die Luft aus, schüttelt den Kopf

»Sind im Laufe der Jahre etwas verrutscht, das ist normal.« Mit dem Kugelschreiber tippt er auf die dunklen Punkte.

»Normal? Gibt es das häufiger?«

»Immer weniger. Aber bei alten Männern, die noch im Krieg waren, schon hin und wieder. In meiner Heimat auch bei jüngeren Männern.« Für einen Moment in seinen Augen ein kleines bitteres Flackern. »Aber in dieser Anordnung und genau an der Stelle ist es sicherlich einmalig, wenn das der Sinn Ihrer Frage war.«

War es.

Draußen vor der Tür laute Stimmen, Gezeter, Beschwichtigungsgemurmel. Daei macht die Tür auf, Sandra Weber steht neben dem Rollstuhl, die Hand auf seiner Schulter.

»Was ist hier los?«

Du willst es nicht wissen, Mädchen, glaub es, du willst es nicht wissen.

»Was ist hier los?« Ihr Kopf ist rot, die Aufregung gibt ihr was Unbekanntes, Unpassendes.

»Können wir das woanders besprechen, Frau Weber?«

»Wo denn?«

»Ich schlage vor, wir fahren jetzt zurück, und dort erkläre ich Ihnen einiges.«

Verflucht. Aber was denn? Hauptsache, Zeit gewinnen.

Sie sackt allmählich wieder in ihre Kleinheit zurück, fasst die Griffe seines Rollstuhls, geht. Die anderen folgen. Der Bewerber hält den Schlüssel hoch. Fahr du man.

13 Uhr 06

»Ich will das jetzt wissen. Sie können nicht mit meinem Vater irgendwas machen, ohne mir zu sagen, worum es geht.«

»Wir haben noch nicht alle Fakten, Frau Weber, ich möchte nicht spekulieren, bevor uns die Dinge nicht klar sind.«

»Ich will aber wissen, was los ist.« Gezügelte, zornige Angst, in ihren Mundwinkeln weißer Speichel.

Scheiße, was soll man der Frau sagen? Aber sie wird es eh erfahren, irgendwann, ist doch auch unmöglich, sie jetzt wegzuschicken.

»Können wir uns irgendwo ungestört unterhalten, Frau Weber?«

»Im Wintergarten.« Sie fasst die Griffe des Rollstuhls, löst die Bremse.

»Könnte ihr … könnte Herr Weber nicht hierbleiben?« Auch falsch.

Sie stoppt mitten in der Bewegung.

»Ich denke, es geht doch um Vater, oder?« Wieder diese hervorblitzende Angst. Sie schiebt ihn den Flur lang an den anderen vorbei in den Wintergarten, setzt sich mit Blick auf den Alten. Wartet. Tja, jetzt muss was kommen. Wie anfangen, wie?

»Also, Frau Weber. Das hier ist kein leichtes Gespräch für mich, glauben Sie mir das. Ich würde es auch eigentlich lieber später führen, denn wir wissen einige Dinge erst seit kurzer Zeit und können uns vielleicht auch noch nicht alles zusammenreimen.« Wie sie da sitzt mit ihrem verschnürten Leben, wirkt fast lächerlich, diese zusammengekratzte Entschlossenheit. »Aber es gibt sicherlich ein paar Tatsachen, die unumstößlich sind.«

Sie hat die Hände ineinandergelegt, in einer ein Tuch für ihn, wie immer.

Womit fängt man denn an? Eigentlich völlig egal. Weißt du eigentlich, dass deine Welt in einer Stunde völlig anders aussehen wird, Mädchen?

»Also …« Los jetzt! »Was wir mit Sicherheit sagen können, ist …« Verdammt, verdammt. »Was wir mit Sicherheit sagen können, Frau Weber, ist, dass dieser Mann dort vor Ihnen im Stuhl nicht Gerhard Weber ist.«

Keine Reaktion, hat es wahrscheinlich gar nicht gerafft.

»Dieser Mann dort, das wissen wir seit kurzer Zeit, heißt mit ziemlicher Sicherheit Rudolf Daniels.«

Sie winkelt den Kopf etwas an, ihre Lippen öffnen sich ein paar Millimeter.

»Er ist ein Straftäter, oder besser, er war mal ein Straftäter, der in den Sechzigerjahren im Gefängnis gesessen hat. Er hatte einen Raubüberfall begangen, bei dem nicht nur sehr viel Geld gestohlen wurde, sondern auch zwei Menschen erschossen wurden. Einen dieser Menschen hat dieser Mann dort erschossen.«

Sie lacht ein kurzes, verzweifeltes, hämisches Lachen.

»Wollen Sie damit sagen, dass mein Vater ein Mörder ist?« Wieder das Lachen, verkrampft ungläubig und voller Furcht.

»Nein, Frau Weber, das will ich nicht sagen, denn, und das ist die zweite Tatsache, die wir mit absoluter Sicherheit wissen…« Scheiße, sie hat es dreißig Jahre lang geglaubt. Am besten einfach raus. »Dieser Mann dort ist nicht Ihr Vater.«

Ihr Gesicht verändert sich nicht. Weiterhin dieses kleine, blöde, verbergende Grinsen.

»Ich könnte mir vorstellen, das heißt, ich bin mir sicher, dass das jetzt alles für Sie unbegreiflich ist, wahrscheinlich undenkbar, aber wir wissen das seit gestern. Sie erinnern sich, dass wir Speichelproben genommen haben bei Ihnen und Ihrem Vater… Ich meine, bei ihm. Wir haben diese Speichelproben verglichen, und wir können es daher mit Sicherheit sagen: Dieser Mann dort hat nur dreißig Jahre lang als Ihr Vater gelebt.«

Sie lässt die Worte verklingen, bewegt sich kaum, irgendwo hinten fällt etwas runter.

»Warum? Warum sollte er das tun?«

»Das können wir nur raten, Frau Weber. Wahrscheinlich

wollte er an der Stelle Ihres Vaters weiterleben, er saß damals nämlich schon lange im Gefängnis und hatte auch noch ein paar Jahre vor sich.«

Sie sieht ihn an wie immer, oder? Wendet wieder den Kopf.

»Und wer, bitte schön, soll dann mein Vater sein?« Langsam wird sie wieder leiser und kleiner.

»Sehen Sie, das ist der dritte Punkt, den wir mit Sicherheit sagen können. Ihr Vater ist jener Mann, der vor dreißig Jahren in der Nähe von Gießen von jemandem auf die Schienen gelegt wurde und dessen Hände, oder besser, dessen Knochen wir im Keller des Hauses gefunden haben, in dem Sie einen Großteil Ihres Lebens verbracht haben.«

Ein unkontrolliertes kurzes Schnaufen, sie legt den Kopf nach hinten.

»Das glaube ich Ihnen nicht. Wie, bitte schön, soll das alles mit meiner Mutter gegangen sein?«

Ach, Mädchen, lass dir das doch von ’nem anderen erzählen.

»Ich weiß es nicht, Frau Weber, deshalb wollte ich das Gespräch noch nicht führen, denn da können wir nur spekulieren, und das mache ich ungern. Fakt ist aber, dass er unter dem Namen Gerhard Weber an der Seite Ihrer Mutter gelebt hat, von 1977 bis zu ihrem Tod. Auch wenn ich mich sehr anstrenge, mir etwas anderes vorzustellen, es ist nicht anders denkbar, als dass sie davon gewusst hat, ja, es wahrscheinlich gewollt hat.«

Sie steht auf, geht ans Fenster, sieht nach draußen, nichts an ihr rührt sich, nur ganz zart heben sich ihre Schultern im Rhythmus des Atems.

»Und wer hat den Mann getötet, dessen Hände Sie dort im Keller gefunden haben?« Eine Drehung, sie kommt zwei Schritte, bleibt stehen. »Sie…«

Er kriegt einen kleinen Hustenanfall, sie ist sofort bei ihm, hält den Kopf.

»Ist wieder gut.«

Sie wartet, bis er sich gefangen hat, lässt ihre Hand auf seiner Schulter liegen, bleibt stehen.

»Sie glauben, dass mein Vater diesen Mann getötet hat?«

Und jetzt? Es hilft doch alles nichts.

»Ich war vor dreißig Jahren nicht dabei, niemand von uns war dabei, aber wenn Sie mich so direkt fragen, ja, ich glaube, dass dieser Mann dort Ihren Vater getötet hat, um an seiner Stelle weiterzuleben. Denn sein altes Leben war nicht mehr so gut zu gebrauchen.«

Sie sieht an die Wand gegenüber, durch ihren Körper läuft ein kurzes, unrhythmisches Zittern, schon wieder vorbei. Sie blickt auf ihn, aus ihrem Lächeln ist die Unsicherheit, die Häme, alles Unechte verschwunden.

»Aber ich habe vielleicht auch noch eine gute Nachricht für Sie. Sie sagten mir vor ein paar Tagen, hier, genau an diesem Platz, dass Sie keine Verwandten hätten, das stimmt aber nicht. Es ist nämlich nicht so, dass alle tot sind, das ist Ihnen nur erzählt worden. Sie haben eine Tante oder Halbtante oder wie man das nennen mag. Eine Halbschwester Ihrer Mutter, sie lebt noch und wohnt nur eine gute Stunde von hier.«

Sie zeigt keine Reaktion, streichelt ihm übers Haar, ganz leicht, ganz sanft.

»Ach ja, und noch etwas. Sie sagten auch, dass Sie kein

Bild von sich hätten, von sich als Kind. Dieses Foto habe ich von ihr.«

Sie nimmt es, sieht es an wie ein unbekanntes Spielzeug.

»Das Kind auf dem Arm sind Sie, und der Mann, der Sie dort auf dem Arm hält, das ist Ihr Vater. Sie sehen, er war ein großer Mann, etwas größer als … Es ist nicht so besonders, ist nur eine Kopie, aber Sie können es behalten, damit Sie jetzt ein Foto haben.«

»Danke.« Tonlos und leer.

Sie faltet es zusammen, steckt es in die Manteltasche und löst die Bremse des Rollstuhls.

»Ich kann wahrscheinlich nicht wirklich nachvollziehen, wie es Ihnen jetzt geht, Frau Weber, aber ich kann mir vorstellen, dass das alles zu viel ist im Augenblick. Wir haben einen Kriseninterventionsdienst, das sind Kollegen, die sich mit so etwas auskennen. Wenn Sie wollen, rufe ich die an. Ich würde Sie jetzt ungern allein lassen.«

Sie ist schon im Flur, bleibt stehen, sieht sich um.

»Ich bin nicht allein.« Schiebt ihn an, ihre Schritte tappen auf dem Boden, den ganzen Flur lang, sie biegt ab.

Die macht doch jetzt keinen Scheiß, oder? Wo geht die hin? Vom Wintergarten aus ist doch der Eingang zu sehen.

Die Automatiktür öffnet sich, sie schiebt ihn zu einer Bank, dreht ihn in die Sonne. Aus der Tasche an der Rückseite holt sie das Buch, setzt sich, steht noch einmal auf, zieht ihm die Mütze aus dem Gesicht. Vorsichtig klappt sie es auf, steckt das Lesezeichen nach hinten, ihre Lippen beginnen sich zu bewegen. Er sitzt mit offenem Mund, die Februarsonne macht sein Gesicht noch weißer. Was hat der alte Jensen gesagt? Irgendwann in unserem Leben beginnt die

Sterbezeit, und wenn wir Glück haben, ist sie kurz und ohne Schmerzen.

Die Pflegerin kommt in den Wintergarten, blickt in dieselbe Richtung.

»Ach, Frau … Ich habe Ihren Namen vergessen.«

»Ganz einfach, Meier.«

»Könnten Sie sie ein wenig im Auge behalten?«

»Meinen Sie, das ist nötig?«

»Keine Ahnung.«

Sie sitzt da, das Buch auf den Knien, ihre Lippen bewegen sich unentwegt.

13 Uhr 38

Der Bewerber steht am Auto, die angewinkelten Arme auf dem Dach, spielt mit dem Schlüssel.

»Und? Wie hat sie es aufgenommen?«

»Hat sie das? Wahrscheinlich braucht sie 'ne Zeit, um zu merken, was es wirklich bedeutet.«

»Machen wir da nichts?«

»Da läuft uns nichts weg.«

Er schüttelt den Kopf, sieht zur Seite.

»Schon erstaunlich, dass so was funktionieren kann.«

»Es geht nur, wenn du wirklich alle Verbindungen zu früher kappen kannst, und die Einzige, der es hätte auffallen können, war die Schwester. Da passte es doch ganz gut, dass man sich eh nicht leiden konnte.«

»Deshalb wahrscheinlich auch die ganze Umzieherei.«

»Wahrscheinlich. Der Umzug nach Recklinghausen könnte

sogar noch normal gewesen sein, dass sie da aber nach ein paar Wochen wieder abgehauen und ins Haus Am Gaswerk gezogen sind, muss schon Teil des Plans gewesen sein.«

Die Zentralverriegelung klackt, einsteigen. Er steckt den Schlüssel ins Zündschloss, stockt, sieht geradeaus durch die Scheibe.

»Trotzdem, er brauchte doch auch Papiere, und wenn er sich die schwarz besorgt hätte, wäre wieder ein Mitwisser da gewesen.«

»Vielleicht haben sie dabei auch die Nummer mit dem Wohnungsbrand gebracht, und vom Typ her waren sie ja schon ähnlich, bis auf die sieben Zentimeter Größenunterschied. Und wenn du da drei dazulügst, das vergleicht doch keine Sau mit dem alten Antrag von vor zig Jahren. Was weiß ich, jedenfalls hat es funktioniert.«

»Trotzdem unglaublich.« Er dreht den Schlüssel um, setzt zurück.

»Ach ja, was ich noch sagen wollte: War 'ne gute Idee.«

»Was?« Er blickt zu Seite.

»War 'ne gute Idee, das Ganze mal anders zu denken.«

Auf seinem Gesicht ein überlegenes Grienen. War das ein Fehler, das Lob? Mal ein bisschen relativieren.

»Trotzdem, wenn ich dich noch beurteilen würde, so wie das früher bei den Ratsbewerbern war, würde dich das nicht retten.«

Weiterhin das kühle Grinsen.

»Sind das die guten Wünsche, die man 'nem jungen, aufstrebenden Kollegen mit auf den weiteren beruflichen Weg gibt?«

»Ich wünsch dir Gesundheit.«

Kurzer arroganter Lacher.

»Vielleicht laufen wir uns ja noch mal dienstlich über den Weg.«

»Möglich, aber das wollen wir mal nicht hoffen.«

»Nur eines ist dir ja hoffentlich klar: Wenn doch, werde ich dich dann beurteilen.«

Mit ausgestrecktem Zeigefinger.

Es war ein Fehler. Was soll's.

Er fährt los.

14 Uhr 50

Die Ampel schlägt auf Gelb, grad noch geschafft. Sie hat den Kopf an die Seitenscheibe gelegt, ruckelt im Takt des Kopfsteinpflasters, ist irgendwo weit weg. Vielleicht schon wieder zu Hause. Im Radio singt eine geschmeidig und gekonnt einen gewöhnlichen Popsong durch alle Höhen. Die hören sich auch alle gleich an.

»Warst du noch bei Sener?«

»Ja, ich habe bei ihm gegessen. Wir haben noch ein bisschen gequatscht.«

»Und wie geht es ihm? Ich war schon ein paar Tage nicht mehr da.«

»Wie immer.« Sie lächelt, blickt aus den Augenwinkeln, ohne den Kopf von der Scheibe zu nehmen. Ist bestimmt schon in Gedanken zu Hause. Wie war das noch? Gleich danach fängt es an, in mir unruhig zu werden, bis ich wieder an einen neuen Platz komme. Ist es jetzt schon wieder so weit?

»Ging es denn schon wieder mit dem Essen, so vom Magen her?«

Zustimmendes Brummen.

»War sogar ganz gut, hatte ich das Gefühl, hinterher ging es mir besser.«

Sie lässt sich wieder sanft durchschütteln, noch ein Blick aus den Augenwinkeln, sie setzt sich gerade hin, kommt rüber, legt ihre Hand in den Nacken, krault. Warmer Schauer.

»Wann beginnt das am Montag?«

»Schon morgens, darum brauche ich morgen auch den ganzen Tag zur Vorbereitung. Ist eben meine erste größere Präsentation in der Firma.«

Wieder das Kraulen.

Die Parkplätze vorm Bahnhof alle belegt, Scheiße, ist doch sonst immer was frei. Bei den Taxen auch Überfüllung.

»Eine Runde fahren wir noch.«

Sie sieht auf die Uhr.

»In acht Minuten geht mein Zug.« Mit deutlicher Aufforderung.

Hinten auch nichts frei, in der Nebenstraße stehen sie schon in zweiter Reihe. Sie blickt noch einmal auf die Uhr.

»Irgendwo musst du mich jetzt rauslassen.«

Dann eben auf dem Bürgersteig. Sie steigt eilig aus.

»Krieg ich eben ein Knöllchen.«

»Ach, Quatsch, das ist nicht nötig.« Sie hebt ihren Trolley aus dem Kofferraum. »Verabschieden wir uns hier, sind noch fünf Minuten. Ist mir auch lieber.«

Sie steht neben ihrem Koffer, lässt sich in den Arm nehmen wie ein Dummy, ihre Lippen schmecken nach Creme. Langer Blick, sie beendet ihn mit einem Lächeln.

»Kommst du wieder? Wirst du immer wiederkommen?«

Sie legt ihren Schal um.

»Frag nicht so was Schweres, wer weiß, was in 'nem halben Jahr ist.«

Noch eine Umarmung, noch ein Kuss.

»Okay, dann frage ich dich das immer nur für das nächste Mal, okay. Wenn es dann mal so weit ist, sagst du einfach nein, ja? Kommst du wieder?«

Ihr Lachen ist ernst und ein bisschen amüsiert, zum Glück.

»Ja.« Noch ein Kuss.

Sie zieht den Griff heraus, geht los, die Rollen des Trolleys rattern über das Pflaster des Vorplatzes. Vor der Tür bleibt sie noch einmal stehen, sieht sich um, winkt, ein gepusteter Kuss, und weg ist sie. Die große Uhr über dem Eingang steht auf zwei nach.

Das schafft sie.

C [illegible]

Auch beim [illegible] dieser [illegible] [illegible]
[illegible] für die [illegible]
[illegible] von Mann [illegible] und [illegible]
der Bücher [illegible]
speziellen [illegible]
[illegible]
[illegible]
Auf dem [illegible]
[illegible]
und [illegible]
der [illegible]
[illegible]

Ich [illegible]
[illegible]
[illegible]

[illegible]
[illegible]
mächtigen [illegible]

[illegible] Ohne [illegible] Kinder [illegible]
dass sie [illegible]
[illegible]
[illegible]

DANK

Auch beim Schreiben dieses Buches habe ich wieder viel Unterstützung erfahren, für die ich danken möchte.

Meinen Kollegen Martin Wowro und Dietmar Heyer von der Bielefelder Kripo für ihren wertvollen fachlichen Rat in speziellen Fragen und besonders Ralf Östermann, der mir wie immer nicht nur als erfahrener Todesermittler geholfen hat, sondern in manchen Augenblicken fast schon wie ein Autor denkt.

Dank an eine weitgereiste Unbekannte, die ich jederzeit und überall in rechtsmedizinischen Dingen um Rat fragen durfte, und Dank auch an Ulrich Pöppl für seine freundschaftliche Unterstützung.

Ich danke sehr meiner Lektorin Barbara Heinzius für ihr motiviertes Vertrauen und die große Mühe, dieses Buch gemeinsam durchs Ziel zu bringen.

Ganz besonders danke ich, wie bei jedem meiner Bücher, Thomas F. Schneider für seine so wertvolle, stetige Hilfe in unzähligen Situationen.

Besonderer Dank auch an meine Kinder Julia und Lukas, dass sie meine Schreibphasen aushalten, und besonders danke ich auch meiner Frau Elke fürs Parallellesen und die ständige Ermutigung.